U0030382

樂遊原

上

匪我思存——著

引子　大暑

天氣熱得像要墜下火來，連野狗都伏在城牆根陰涼處吐著舌頭。中午最熱的一個時辰，正當輪值的哨卒站不到一會兒，就得輪換著去喝水歇伏。太陽毒辣，透過藤甲像小刀剮在皮肉上，不一會兒汗水就浸濕後背衣服，再過一會兒又被太陽曬乾，結出一層白花花的鹽霜，漬得人皮肉又被小刀剮過一遍似的。每個人晚上跳進河裡洗澡的時候，肩背都會像醃肉似的，又紅又腫。

不過也有樂子。今天是大暑，牢蘭城裡的習俗是要吃羊肉湯，所以趁著大清早日頭還未出，天時涼快，伙房裡宰了三百多隻羊，煮了無數鍋羊湯，上上下下猛吃了一頓。天氣太熱，肉食擱不住，沒吃完的羊肉都被從鍋裡撈起來，伙伕們擔了清水，把城樓上的方磚沖洗乾淨，然後將羊肉整整齊齊晾在太陽底下。只消兩日工夫，這羊肉就被曬得乾透成肉脯，秋冬時節，正好用來做乾糧。

趙六在城樓大太陽地裡的哨位上站了差不多半炷香的時辰，就被換下來喝水。同他一班輪值的老鮑不知從哪裡學得了一個新花樣：在太陽曬得滾燙的牆磚上貼餅子。也不曉得他怎麼從伙房裡偷到了細白麥麵，拿水和好，用石棍將麵胚碾得薄薄的幾欲透光。趁中午太陽最毒的時候，將碾得薄如蟬翼的麵胚往滾燙的牆磚上一貼，頓時滋滋地直冒白煙，等一個崗站完，餅子就熟了。

羊肉湯就白麵餅，可美啦！

老鮑拿一捧麵烙了十來張餅，每個被換下來的人都可以喀嚓喀嚓地嚼著餅子，就著井裡剛汲上來的涼水猛灌一氣，連天時也似乎沒那麼惱人了。天熱就熱唄，反正最熱也就這大半個月，一進八月，或許只是一夜之間，北風吹來，牧草變黃，天上沒準就會飄起雪花。

大暑大寒，就像燒刀子一般，割裂著牢蘭城裡每個人的皮肉，但曬脫了皮，有清清的牢蘭河水可以浸，生了凍瘡，有獾子油可以塗抹。等春秋好日子的時候，照例歡天喜地騎了馬出去獵野味回來加餐，牢蘭城裡駐紮著三千士卒，沒誰不會在這苦日子裡找樂子。

老鮑揭下最後兩張餅，突然聽見背後有人說：「嘿，學了我的法子烙餅，也不給我留一份。」

來者是個未及弱冠的少年，穿著和老鮑一模一樣的藤甲，身量卻比年紀大他一輪有餘的老鮑足足高了一個頭。邊關的日頭將少年皮膚曬得黢黑，可是他眼珠更黑，像兩丸水晶，瞟一眼那烙餅子，老鮑連忙塞給他。「吃就吃吧，別多話。」

「拿餅子就能堵住我的嘴啊？今兒伙房裡的老杜還在嚷嚷，丟了一袋上好的細白麥麵。」少年將一張餅揣進懷裡，另一張餅送進嘴裡，喀嚓一聲脆響，咬去大半。他用手接著不斷掉落的薄脆碎屑，含混不清地說：「那可是大都護今年開春千里迢迢遣人從宛西城送來，專門給十七皇孫做點心的。原來是被你偷了。」

老鮑道：「休要胡說，哪有一袋白麵，我不過看伙房沒人，順手抓了一把。」

少年三下兩下將餅子吃完，笑嘻嘻地說：「偷一袋是偷，偷一把也是偷，盜竊軍糧可是要重罰的，你可知道？」

老鮑狡黠一笑。「我拿的乃是皇孫的東西，又不是軍糧，這罰也罰不到我！何況十七皇孫不是早就說了，有福同享，有難同當！我們吃什麼，他就吃什麼。這細米白麵，還不是分給眾家同袍享用？」

少年撓了撓頭髮，正待要說話，突然聽到遙遙鳴鏑聲起，不由臉色一變。轉眼第二聲鳴鏑又起，正是每日放在城外的遊騎斥候發出的預警。眾人皆已經聽見了，不由得大驚失色。

雖然夏日水草豐茂的時候，黥民很少侵擾邊城，但牢蘭城地處險要，枕戈待旦，卻是片刻也不敢疏忽。少年立刻抓起值房裡的一張弓，眾人紛紛取了弓箭刀槍，一起奔上城樓。正當值的哨衛已經探出身子，極目眺望，這時候第三聲鳴鏑又響了。

少年招了招手，有人遞了一壺箭給他，他試了試弓弦，抽出一枝羽箭。此時城樓上已經站滿了士卒，分開列陣，劍拔弩張。開國初年，太祖以弓馬得天下，治軍甚嚴。三通鼓響遍若還未列陣完畢，是一定會掉腦袋的。如今國朝已太平盛世百餘年，四海咸服，眾夷歸化，天下弛禁，連治軍也早沒有了開國時的嚴厲。只是牢蘭城扼守西北，歷代鎮守的軍將，卻是從來不敢懈怠。

遠遠已經可以看到煙塵大起，晴空烈日下，像是突然捲起一陣烏雲。伏在城牆下聽著來敵蹄聲的謝長耳終於高高舉起右臂，伸出五根手指。

「五千！」

有人大聲向城樓上的守軍報出敵騎的數量。

五千騎兵，那是前所未有的重襲，黠民們只怕是砸上了全部家當，才湊齊這五千騎兵。黠民近年來勢弱，早就沒有了當年的氣象。聖佑初年，驃騎大將軍杜申在塗元河大敗黠民，朝中也藉此在宛西設置鎮西都護府。等到了承順年間，鎮西大都護裴獻以攻代守，數次接戰之後，逼得黠民不敢再大舉入境劫掠，近幾年來，頂多是入秋前後偶爾有百騎滋擾一下邊陲。數十年來，牢蘭城還沒有打過這樣的大仗。

趙六手心不由漚出一層汗，勾著弓弦的食指微微發抖。站在他旁邊的少年卻很沉得住氣，索性放下弓，從懷裡掏出那最後一張薄餅。

「喀嚓！」一聲脆響，餅似乎在唇齒間迸散，然後被響亮地咀嚼著。眾人繃到極點的心弦都快要斷裂了，所有人都往這邊看，少年不慌不忙吃著餅，弓箭就放在他面前的雉堞上，他小心地用手接著餅屑，在所有人的注目之下，仍舊吃得不緊不慢。馬蹄聲已經隆隆襲來，像是夏天遙遠的雷聲——牢蘭城也是會下雨的，只是下得少，所以每次下雨都像過節一般，大家興高采烈脫了衣服跳進雨裡，狠狠洗個天水澡。

趙六聽著少年喀嚓喀嚓吃餅子的聲音，不由得焦慮。他不禁又回頭看了少年一眼，少年正將手心最後一撮碎餅屑倒進嘴裡，無限眷戀地舔了舔嘴角，然後深深地吸了口氣。

「起！」

少年的聲音清脆響亮，帶著沉著地威嚴，彷彿驚雷般在每個人耳邊炸響。每個人下意識遵從了每日的訓練，屈膝半跪半蹲，扣緊弓弦，從垛口瞄準城外那越來越近的滾滾煙塵。

少年也挽飽了弓，他的姿勢挺拔，全身都迸出一股勁力，弓弦被他拉成一輪滿月，這張弓比他平時用的弓要輕，所以他拉得很小心，似乎是怕拉斷了弦。

敵人越來越近，漸漸煙塵散去，連張揚在風裡的旌旗也漸漸清晰，所有人不由得一愣，因為赤邊玄旗上頭繡著大大「鎮西」二字，此刻斥候業已馳回，大聲向城樓上呼喊：「是我鎮西都護軍！是裴大將軍！」

斥候聲音響亮，城樓上諸人聽得清清楚楚，不得號令卻不得撤回弓箭，所有人都掉轉了目光去看少年。少年探出身子，看清楚煙塵裡領頭的纛旗，還有纛旗下那高頭大馬上的將領。身形高大並未戴盔，披散著頭髮，正是鎮西都護使裴獻；緊隨著在他身邊，馬上背著長槍的銀盔少年，則是裴獻的兒子裴源。而他們身後，正是國朝威名赫赫的鎮西騎兵。

少年這才微微鬆口氣，低喝一聲：「撤！」

所有箭枝從弦上退回，刀槍收起，少年奔下城樓去，吊橋正軋軋放下，裴獻一馬當先，不等吊橋完全放平，就已經策馬躍上橋頭。少年奔跑著迎出城門洞，歡喜地大叫：「裴叔叔！阿源！」目光所及，卻是裴獻和裴源的右臂上皆繫著素白麻帶，不由得倒抽了一口涼氣。

裴獻一見他便勒住轡繩，駿馬長嘶一聲人立而起，硬生生收住蹄步。裴獻騎術精湛，借勢已經滾下馬背，跪倒在地。「裴獻拜見皇孫殿下。」在他身後，裴源也不聲不響下馬，同樣跪在塵埃中。

少年驚疑不定地看著裴獻臂上繫著素白麻帶，又叫了一聲：「裴叔叔……」

裴獻伏在橋頭，卻已經是淚流滿面。「三日前宛西接到河間府傳書，陛下在六月初三萬壽宴上被孫靖那個奸賊所害，陛下……陛下已經殯天了。」

少年似乎被重拳猛然擊中，不由得退了半步。

裴獻放聲大哭。「賊人策反金吾軍，閉宮屠城，太子殉國，魯王、趙王、晉王、韓王……諸王及世子皆遇害，後宮嬪妃公主死殉無數……雲麾將軍韓暢護了太孫，殺出一條血路，最後終於脫出京城，但在城外被亂軍衝散，如今太孫生死不明，還不知曉是否猶在人世。」

少年茫然地注視著裴獻，方當壯年藩鎮一方的都護使跪在那裡，哭得呵呵作響。少年終於聽到自己的聲音，似乎在喃喃地問：「那我父王呢？」

「梁王殿下當日因病沒有入宮，倖免於難，據說已經被叛軍扣押爲質。」裴獻終於拭了一把眼淚，長跪道：「臣與鎮西諸府已經決議，請立十七皇孫爲太子監國，以詔令天下兵馬勤王。」他仰起臉來，「太子殿下，請允臣等所請！」

少年站在毒辣的太陽底下，似乎仍有些茫然地看著不遠處清波粼粼牢蘭河水，繞城而過的牢蘭河成了天然的護城河，在正午的陽光下熠熠閃爍著萬點碎金，耀人眼目。

少年終於將目光重新投回裴獻的臉上，他的語氣已經平靜而從容。

「裴將軍，我不能答允你的請求。」

「殿下！」裴獻猛然抬起頭，臉上淚痕縱橫，眼神悲痛而憤怒。

「太孫下落不明，生死未卜，說不定尚在人世。先帝崩，太子薨，應該擁立太孫繼位。」

裴獻大聲道：「國事動盪，當賴長君，太孫哪怕猶在人世，也不過一介稚子！何況太孫不過是太子的長子，並未冊立名號。如今天下烽煙四起，國朝到了生死存亡的關頭，怎麼能立一個人事不知的小娃娃做君主！」

「裴將軍！」少年的聲音嚴厲，透著不可名狀的威儀，「嫡長名正言順，怎麼可以出言輕慢君上！」他似乎微不可聞地嘆了口氣，「何況……父王現在落在孫賊手裡，你們要是讓我監國，豈不置父王炭火其上。」

第一章 處暑

蘆葦根的汁水有幾分清甜味，李嶷折了幾枝嫩的，彎腰在湖水裡淘洗乾淨，放進嘴裡不緊不慢地嚼著。行軍一個多月，大大小小的仗也打了十幾場，他曬得更黑了，也更瘦了一些，因爲吃不飽。孫靖謀逆，弒帝及諸王、王孫，鎮西軍素來依靠朝中供給的甘涼糧道，自然斷絕，軍中連傷兵亦只得一日兩食。李嶷雖辭了太子監國之位，但仍舊被裴獻等鎮西諸將奉作平叛元帥，統率鎮西軍，號令天下兵馬勤王。縱然身爲主帥，他也同鎮西軍最尋常的士卒一樣，每日吃著摻著麩皮的粗糧，睡在墊著乾草的地上。

李嶷一邊嚼著蘆根，一邊慢條斯理地問：「崔家的人還在相州？」

「是，派去送信的人已經回來了。」裴源語氣中透著不滿，「回信通篇的胡扯，說什麼替十七皇孫殿下守相州以策萬全，至於軍糧，更推說沿線州郡皆被孫靖所獲顆粒無存。十七郎，崔家父子不可信，崔倚自在幽州恃兵伺機不說，又派他兒子崔琳打著勤王的旗號領定勝軍南下。什麼勤王，明明是抱著不臣之心。這幾個月來，那崔琳帶著定勝軍，連占緊要之地，到了相州後卻按兵不動，分明是要待我們與孫靖分出個勝負，好鷸蚌相爭漁翁得利。」

李嶷拔出口中蘆根的渣滓，卻問了一句閒話：「聽說崔倚只此一子？」

「是，」裴源不由恨恨地，「此子狡黠，不可輕視。」

李嶷輕笑了一聲，說道：「崔倚只此一子，卻放心讓他領兵南下。而這位崔公子一路勢如破竹，攻城掠地，孫靖的人都擋不住他，可見極難應付。」他毫不在意崔家父子的不忠與涼薄，漫然道：「崔家如此立場，也是意料之中。當務之急，咱們還得好好絆住庾燎大軍，便由我做餌，把庾燎逗引出來吧。」

「不行！」裴源脫口說道，「這如何使得，還不如我打著元帥的旗號，扮成是你……」

李嶷將一根雪白的蘆根遞給裴源，見裴源搖頭拒絕，便放進嘴裡，津津有味地嚼著。「庾燎那個老滑頭，跟著孫靖多年，最是刁猾不過，你打著我的旗號扮成是我，如何騙得過那個老狐狸？萬一他稍覺不對，咱們可就功虧一簣了。」

裴源還要分辯什麼，李嶷抬頭，看了看天上舒展的薄雲，悠然道：「如今是萬事具備，就等一場好雨了。」

裴源咬牙道：「這般行事，未免太險了。殿下，末將還是覺得不妥。」他與李嶷同在鎮西軍中多年，雖是同袍，亦如兄弟一般，平素只喚李嶷作「十七郎」，今日用到「殿下」這個稱謂，卻是表明身分和立場了。

李嶷渾不在意。「兵者，詭道也。我知道此計凶險，但若非如此，怎麼能絆住庾燎數萬大軍？不絆住庾燎，難取焉州，到時候全域崩壞，崔家又在一旁虎視眈眈，再難一救。」

道理裴源都明白，但他只是不甘心。「大將軍若是在此，絕不能允。」

李嶷卻是一笑。「大將軍臨走之前，囑咐過你什麼？」

裴源頓時噎了一噎，裴獻率大軍出發之前，囑咐他好好聽李嶷的吩咐——這是自然，上下之屬，君臣之分，他當然該聽李嶷的。

李嶷笑咪咪安慰似地說道：「再說，你要領著人先接戰，一樣是有極大風險的。」

裴源不由苦笑。「你若是有半點閃失，我爹定然第一個就砍我的頭，天下沒有比這更大的風險了。」李嶷拍了拍他的肩，輕笑一聲說：「你就放心吧，我絕不會讓大將軍砍了你的腦袋。」

裴源嘀咕，成天跟著你提心吊膽，還不如被我爹砍腦袋呢。抱怨歸抱怨，當李嶷再次將嫩生生的蘆根遞過來時，他還是接了，咬了一口，嚼著頗有幾分清甜之味。他抬頭也如李嶷一般看了看天上的薄雲。已近初秋時節，午後的太陽早已不如暑天猛烈灼熱。里泊是方圓百里的大澤，放眼望去，無邊無際浩瀚的蘆葦蕩，何止千頃萬頃。蘆葦的葉子被風吹得刷刷作響，蘆叢間隙裡是映著日頭的湖水偶爾一閃的波光。他在心裡慶幸地想，幸好最近不像是要下雨的樣子，總能多些時日預備那一戰。行此凶險之策，當然預備得越萬全越好。

不等他一個念頭轉完，只聽李嶷打了個呼哨，老鮑不知道從哪裡鑽出來，笑嘻嘻牽著三匹馬，將韁繩交到他們手中，彎腰提起一大捆蘆根和嫩生生開黃花的水草，另一隻手裡，卻拎著四隻兀自撲騰的野鴨。

裴源不由笑道：「好傢伙，就這麼一會兒工夫，到處都是陷人的沼澤，也不敢亂走，你竟然還逮到四隻野鴨。」

老鮑笑道：「帶回去煮湯，大夥兒加餐。」

李嶷已經翻身上馬，笑道：「你放心，老鮑在哪兒都能找到好吃的。」老鮑將那一大捆蘆根水草牢牢繫在李嶷鞍後，那四隻野鴨也用葦葉擰成的細繩綁好，自己拎了，上馬放在鞍前。三人小心地沿著來時做記號的路徑，馳馬回紮營之處。

四隻野鴨到了晚間，和那開黃花的鮮嫩水草一起，煮了幾大鍋湯，每個鎮西軍將士都分得了半碗，雖只有半碗，好歹也算沾了葷腥，野鴨肉燉得稀爛，連皮帶骨都撈起來分給了傷兵。還有蘆根也洗淨分發下去，聊作點心，這一頓便算得十分豐美了。

起了更，李嶷照例去巡營，老鮑跟在他身後，等看完了各處，正往回走，老鮑突然鬼鬼祟祟問李嶷：「咱們是不是又要誘敵去？」

李嶷也不瞞他。「庾燎帶著三萬人，氣勢洶洶移師涼州，再加上涼州本就有的一萬多駐軍，試圖將咱們鎮西軍堵死在甘涼道外。裴大將軍去取焉州，這裡無論如何得牽制住庾燎，可滿打滿算，咱們也就六千多人，庾燎又是跟著孫靖征屹羅的老將，要是打硬仗，只怕沒多少勝算。」

「所以你又打算拿自己當釣魚的那個香餌？」老鮑眼睛骨碌碌，盯著李嶷。

李嶷輕描淡寫地說：「那可不，我可是皇孫、平叛元帥、鎮西節度使，孫靖手下那些大將，哪個不想拿住我，好掙這潑天之功。」

聽了這一長串頭銜，老鮑不由撇了撇嘴。李嶷十三歲就到牢蘭關，跟初到軍中的士卒一般無二，冬天到牢蘭河上砸冰取水，夏天在臭氣熏天的羊圈裡鏟糞，壓根無人知曉他是皇孫。後來最爲艱險的，是深入大漠去探黥民的王帳，數百騎兵橫穿大漠，最後只餘李嶷在內的十來人摸到單于帳前，力戰後剩了兩名老兵一傷一殘，還是李嶷奮力帶著他們一齊活著回來，從此李嶷便是公認的鎮西軍中最好的斥候。凡是最艱險的刺探軍情，李嶷總是自告奮勇前往，由此軍功累積，直到須得追封三代的時候，眾人方才知曉，他竟然是皇帝之孫，梁王之子。但鎮西軍上下，盡皆膺服的乃是軍中赫赫有名的「十七郎」，至於他是不是皇孫，那又有什麼打緊？

老鮑藉著月色，上下打量李嶷，嘆了口氣。「跟著你這香餌，自打出了牢蘭關，我一天安穩日子都沒過過。」

李嶷忽然起疑。「你又幹什麼虧心事了！」

「沒有！你別瞎說！」

李嶷一伸手，就把想要開溜的老鮑提著後領抓了回來，另一隻手快如閃電探進老鮑懷裡，摸出一個熱乎乎圓溜溜的東西，居然是一枚已經煮熟的野鴨蛋。

「還有呢？」李嶷板著臉問。

「真的沒有了。」老鮑嘀咕著，卻明知李嶷不肯信，只好愁眉苦臉又從腰帶裡掏出了三隻野鴨蛋。「小祖宗哎，眞是什麼都瞞不過你。」

李嶷看了看那四枚已經煮熟的野鴨蛋，說道：「我送去傷兵營裡。」

「我成天跟著你這個香餌出生入死！」老鮑氣得直嚷嚷，「自打出了牢蘭關，哪一天吃飽過？你就不能讓我留點體己嗎？」

李嶷遙遙擺了擺手，頭也沒回，徑直朝傷兵營走了。

❀

秋雨連綿細密，澆在甲冑之上，漸漸浸潤了牛皮，使盔甲都變得沉重起來。道路泥濘，馬蹄滑濕，輜重大車動輒陷入泥淖，須得十數人墊土推行。對於數萬大軍而言，在這樣的天氣裡行軍，再艱難不過。

只是不論多艱難，大軍每日須行七十里，庾燎多年征戰，怎會為此動容。此時他騎在馬上，只覺得曾經受過箭傷的左腿無比痠痛，甲冑被細雨浸透，寒意又透過數重衣裳，濕衣貼在肌膚之上，觸及舊傷，更是難耐。庾燎卻並無半分神色顯露。他看了一眼隨在後方的心腹郎將梁渙，梁渙立時會意，打馬上前聽令。

「埋鍋做飯吧。」庾燎下令，「下雨天寒，吃點熱食，大軍再過峽口。」

梁渙大聲傳令，立時中軍派出十餘騎，各執令旗四散傳令。數刻之後，大軍有條不紊緩緩停下，各部派出炊伕，準備生火做飯。庾燎翻身下馬，卻大步朝山脊上走去，梁渙等十餘個心腹的郎將、校尉連忙上前簇擁，跟隨庾燎爬上山脊，觀察地形。

大軍行進的道路自然是遊騎早就哨探好的，此時放眼望去，只見大隊士卒依山而坐，埋鍋造飯的炊煙初起，和著雨霧，方自嫋嫋。數以萬人的大軍，暫停休整時卻肅然寂寂，各自有方，偶爾只有一兩聲馬嘶傳來，饒是素來治軍極嚴的庾燎，也忍不住微微點了點頭。

正在此時，忽見一騎，從東北方向疾馳而來，雨中縱馬，來勢卻是極快，可見騎手騎術頗佳，轉瞬即至軍中。梁渙早已認出是早先放出去的哨探，必是偵得緊要軍情。果然，哨探匆匆上山來報，小隊遊騎本來護衛著炊伕去河邊取水，不想正巧撞見河對岸也有人取水，看服色竟是鎮西軍的人，對方猝不及防狼狽而逃，遊騎便一邊派人騎馬渡河去追蹤，一邊遣人回來向大軍報信。

庾燎兀自沉吟，梁渙便說道：「燎帥，讓末將帶著人去追吧。」

早先偵得裴獻帶著鎮西軍大部南下，據說留下其子裴源帶著後營傷兵，亦為鎮西軍的後路，這一小股鎮西軍，說不定正是裴源。

庾燎素知梁渙是個謹慎妥當之人，當下便應允了。梁渙帶著三千輕騎追了半晌，與那股鎮西軍短兵相接，鎮西軍不敵而走。梁渙追上去本欲將其擊潰，不久卻發現其中的蹊蹺，連忙遣了快馬回報庾燎。

「不僅有裴源，還有李嶷？」庾燎面沉如水，看不出喜怒。

「是！」遣回來報信的哨探語氣中透著欣喜，「因茫河水淺，梁將軍一直擔憂裴源從茫河逃走，所以在河邊布下埋伏，不料裴源拚死抵抗，毫無逃退之意，梁郎將心中疑惑，便暗中遣人從下游渡河偵探，發現竟然有一隊人馬藏在對岸山間，那隊人馬甲冑精緻，皆攜良弓，看服色配置，明明乃是裴獻親衛，所護衛者，必是比裴源更爲要緊，所以裴源才拚死不退。」

庾燎身邊的諸將，無不動容。在京的諸王及王孫皆被戮，太孫下落不明，生死未卜，李嶷不僅是寥寥僅存的皇孫之一，而且被鎮西軍奉作主帥，以號令天下兵馬勤王，就連出幽州的崔家定勝軍，都不得不捏著鼻子承認李嶷乃是名義上的主帥。如果能生擒了他，或者將他擊殺，鎮西軍和勤王諸師便不足爲患了。庾燎很快下了決心。「全軍拔營，渡河去追李嶷。」

「得令！」諸將轟然相應，迅速整頓大軍拔營追擊出去，茫河水曲折蜿蜒，卻是淺淺才沒過馬蹄。大軍渡河之後不久，果然追上鎮西軍的一小股人馬。雙方交戰，鎮西軍雖然奮勇，但到底人少不敵。這一隊鎮西軍不僅甲冑鮮明，而且弓箭厲害，確實並非一般士卒。

梁渙早就已經探得清楚，此時甩開裴源的糾纏徑直與大軍會合，自是精神振作，親自來稟報庾燎：「燎帥，這些人都配了三馬，又攜帶勁弩，必是裴獻留下護衛李嶷的親衛。」庾燎亦看得明白，見對方雖然且戰且退，顯然陣形未散，便點了點頭，說道：「今日切不可放走他們。」

鎮西軍這隊人馬仗著一人三馬，弓箭厲害，所以退得極快。庾燎乃是用兵老道的宿將，親率大軍，緊緊追在其後。追了不過三四里，天上烏雲翻滾，雷聲隆隆，綿綿細雨卻驟然變得雨點密集。庾燎並沒有遲疑，大軍在雨中固然行進艱難，但李嶷所率亦皆是輕騎，遇雨馬蹄打滑，更難行進。只見天空一道道猩紅的閃電劃過，不一會兒，就下起瓢潑大雨，雨澆得人直睜不開眼，百十步外，更是白茫茫一片，什麼都看不清。

梁渙抹了一把臉上的雨水，大聲道：「燎帥，要不大軍暫停，我且帶幾千輕騎去追吧！」

庾燎聽著雨聲隆隆，便如瀑布一般，天地之間全都是牛筋般白晃晃的雨。雨水砸向人的頭上、臉上、身上，軍中諸人雖都穿著油衣，但頃刻之間，連裡裳都被這大雨澆透了。庾燎搖了搖頭，說道：「聽說這李嶷用兵有些章法，只怕他有些詭計，還是全力以赴，不要讓他逃脫。」

由此一氣又追出五六餘里，只見路邊皆是跑脫了力的馬兒，三三兩兩，被棄在雨中。庾燎帳下諸將都是宿將，知道如此大雨，李嶷一方也不得不棄馬了。而此時另一隊鎮西軍，卻忽地從山間殺出，仗著伏擊地勢和一股悍勇之氣，不管不顧，拚命試圖阻止庾燎大軍對李嶷等人的追擊。

庾燎毫不理會，只留下一小隊人馬應付這股滋擾的鎮西軍，親率大軍，仍舊追擊李嶷而去。又行得里許，雨勢漸緩，遙遙可見李嶷等人慌不擇路，竟然縱馬逃進了茫河河道之中。蓋因茫河兩岸皆是山石，嶙峋難攀，而茫河素來水淺，雨後雖然河水渾濁，卻仍只沒過馬蹄而已。李嶷等人順著河道，反倒可以縱馬，只是逃得狼狽無比。庾燎帳下諸將見此情形，不由精神大振，知道今日必勝，說不定可生擒這位皇孫。

又追得二三里開外，河道轉了一個大彎，水勢越發緩慢，此處地勢平坦開闊，地上積水過膝，四處草木都浸在茫茫一片渾濁的積水中，騎馬已經不利於行，遠遠便能看見李嶷等人棄馬，涉水逃進草木深處。縱然如此，庾燎仍舊是老成持重，點了兩名將領，分別率著兩萬人，一左一右，沿著山腳如鉗包抄，自己押了中軍，緩緩逼近，準備三面合圍。哪怕李嶷真有伏兵，這三萬人踏也能踏平了。

庾燎所率的萬人淌著沒過小腿肚的水，方行了里半，因著地勢開闊，遙遙已經望見左右兩軍的旌旗，漸漸合圍，眼看將李嶷等人藏身之處牢牢圍住，庾燎忽然隱隱覺得不對。沙場宿將對於危險，有一種近乎本能的直覺。他一個念頭還沒轉完，忽見遠處長草搖動，想必是李嶷等人眼見大軍合圍，無路可逃，只得又從草中鑽了出來。鎮西軍眾人盡皆泥水狼藉，卻仍舊簇擁著李嶷退到一個圓坡之上。那圓坡高不過數丈，方圓也不過幾十丈而已，堪堪可立百人。此時三萬大軍步步逼近，相隔不過三百餘步，而李嶷身邊一個鎮西兵卒服色獐頭鼠目的胖子，對著庾燎大軍指指點點，似在與李嶷分說什麼。

庾燎頗沉得住氣，不理不睬，親自押著大軍緩緩前行，就如同不曾看到立在坡上的李嶷諸人一般。

佇立於坡上的李嶷不由讚嘆：「陣法嚴謹，不愧是老將。」

庾燎眼裡的那個獐頭鼠目的胖子——老鮑便斜睨了他一眼，說道：「這麼近，他若是令輕騎衝鋒，一瞬便可至眼前。」

「他不會衝鋒的。」李嶷淡淡地，十分篤定，「他一定覺得有詐，所以推兵緩緩而行，能活捉我固然好，若是不能，待得再近些，用強弓將我射成刺蝟，那也不錯。」

老鮑瞇起眼，看了一眼漸漸逼近兩百餘步外的庾燎大軍，說道：「這麼近，別說強弓了，尋常弓箭都能射得中了吧。」

李嶷道：「下雨弓弦濕軟無力，他八成再近些才會用箭。」李嶷極目望去，只見遠處山梁上空空如也，便道：「咱們得再拖延一會兒。」

老鮑心中焦急，卻不好說什麼，只道：「要不我帶人上前去，射他幾箭？」

李嶷搖了搖頭，卻說：「把我的旗幟打出來。」

老鮑無奈，只得打了個呼哨，身後的趙六便從懷中取出旗幟，綁在旗杆之上。老鮑牽過馬來，趙六便站在馬背之上，高高揮起這兩面大旗。雨雖停了，風卻未息，兩面旗幟瞬間便在風中獵獵揚起。

庾燎瞇著眼睛，看了看那兩面大旗，一面玄底繡金，乃是「平叛大元帥」幾個燦然大字；另一面玄底赤邊，迎風獵獵，卻是「鎮西」兩個大字，乃是鎮西軍的軍旗。

李嶷遙遙大聲質問庾燎：「庾燎！你本是庾侯之後，你庾家世受國恩，孫靖謀逆，你竟然攀附逆賊，賣主求榮，今日逼迫我至此，就不怕為天下人唾棄嗎？」

此刻兩軍相距已近，李嶷這般大聲言語，對面庾燎及諸將卻是聽得清清楚楚。

庾燎眉毛微微一抖，卻是沉默不語。

李嶷見他不答，便又冷笑道：「孫靖弒殺先帝、先太子，並諸王、王孫，犯上作亂，罄竹難書！孫靖許你什麼榮華富貴？你本是庾侯之後，卻甘為亂臣賊子，這般作為，就不怕死後難有顏面去見地下的庾侯嗎？」

梁渙見此情狀，早按捺不住，打馬上前喝道：「不要在這裡蠱惑人心！先帝被奸臣蒙蔽，大都督差點爲奸佞所害，就是我們燎帥，也被奸臣陷害，被下在獄中數載，幾乎身家性命不保！」

梁渙咬牙道：「萬壽宴上，是楊銘爲首的奸臣發動宮變，挾持先帝，矯詔要殺大都督。大都督爲救先帝，誅殺奸臣，寡不敵眾，身受重傷，惜未救下先帝及太子、諸王……」

李嶷見他如此這般顚倒黑白，倒也並不生氣，沉聲道：「既然你家孫大都督是個絕頂的忠臣，救不了先帝及太子、諸王，那你們今日爲何率大軍逼迫我至此？」

梁渙笑道：「今日率人至此，正是想護送皇孫殿下回京面見大都督……」李嶷聽著他滿口胡扯，眼角餘光，早就瞥見遠處山梁上終於豎起一棵枯樹。李嶷便知時機已至，心中大定，卻不再理睬梁渙，嘴上又逼問一句：「庾燎，今日你就是要殺我嗎？」

庾燎終於抬起眼睛，沉沉地看了李嶷一眼，卻並未答話。

李嶷再不言語，卻拿起弓來，對著庾燎便是一箭射出。他臂力驚人，這一箭來勢極快，幸得庾燎身邊親衛早有預備，舉著盾牌齊齊遮在庾燎身前。這一箭便射在了盾上。梁渙早就轉頭去看庾燎，庾燎面沉如水，瞧不出任何喜怒，只是深深點一點頭。梁渙會意，便親自打馬引兵上前。

大軍步步逼近，直到百步之外，方才下令箭上弦。弓弦雖浸飽了水，這麼近開弓，卻是定然無礙的。李嶷不慌不忙看著四面八方黑壓壓圍上來的大軍，就手折了根葦管，含在口中。老鮑及鎮西軍千餘將士，亦是如此。他們含著葦管，深深吸了口氣，從草叢中摸索出早就預備好的繩索套在腰際，俯身紛紛涉水而行。

庾燎的心猛然一沉，只聽隱隱傳來沉悶之聲，彷彿遠處山間又是雷鳴。戰馬紛紛嘶鳴，不安地試圖掙脫轡繩，梁渙的坐騎更是打著圈，引得梁渙喝止不已。很快，所有人都明白了戰馬爲什麼不安，那隱約的轟鳴根本不是雷聲，是洪水，是山間的洪水奔流而下。

庾燎即刻大聲下令，中軍倉促地吹響號角，正在合圍的大軍聽見號角，令行禁止，沒有片刻猶豫即刻後撤。縱然如此，竟然也來不及了，起碼庾燎親率的中軍諸部是來不及了。此處地勢開闊，洪水從山間各處匯聚，一瀉而下，奔騰之勢何其驚人，瞬間即至，洪水挾裹著泥沙山石翻湧而來，中軍頓時被沖得人仰馬翻，許多兵卒壓根沒來得及做任何反應，即被洪水沖走。

這下子事發突然，諸親衛拚力護衛庾燎往山邊退去，但洪水之勢委實驚人，原本淺淺才沒過馬蹄的茫河，不過瞬息便成了洶湧翻騰的大河，難以涉渡。忽然山口泥沙激起，原來是渾濁的泥水裹著足有半間屋舍般巨大的山石翻滾著朝眾人撞過來。眾人驚呼不及，但盡皆被洪水沖得站立不穩，哪能閃避。電光火石之間，幸得一名親衛奮力促馬，硬生生連人帶馬擋了一擋，令庾燎堪堪避過山石，但那名親衛旋即被山石撞倒，身子一晃便落入水中，庾燎本想勒馬回身相救，卻見濁浪滔滔，那名親衛早就不知被水沖到了何處。庾燎這一停，又差點被洪水沖走，幸得梁渙拚命挽住轡繩，又帶著諸多親衛一起圍擋護衛，方才令庾燎連人帶馬在水中掙扎站穩。

庾燎舉目張望，只見下游原本計畫合圍的左右兩軍雖然聽聞號角倉促後撤，但原本合圍之勢已成，那兩軍絕大部分兵馬已經行至下游河道中，擺出重重鉗形的大陣。故而聞號角之聲後雖極力撤向岸邊，但洪水轉瞬即至，除了絕少數人因靠岸較近，狼狽逃至岸上之外，大部分人馬卻如同中軍諸部一般，悉數皆被洪水沖走。庾燎不由心中一嘆，部下兵卒雖勇猛，但皆出身北地，絕少能通水性者，這一次被水淹三軍，只怕凶多吉少。

那梁渙既死死挽住庾燎韁繩，此時急切勸道：「燎帥，還是先上岸再收攏諸部！」庾燎如何不知他所言乃是當下最佳之策，立時打迭精神，在親衛護送下，奮勇向岸邊涉渡。

山間下瀉的洪水之勢越來越大，河水暴漲，每過一息，水勢又洶湧幾分。那山岸本就遙遠，此刻更覺遙不可及，眾人雖苦苦護衛，但奈何水勢越來越猛烈，不及掙扎到岸，諸親衛便接連被沖走，最後庾燎亦被洪水沖走，所幸不曾落馬，只是連人帶馬在水中沉浮。梁渙見主帥被沖走，心中大急，但也無可奈何，兩人在水中掙扎浮沉，皆被沖出去里許，一直被水沖過了李嶷等人適才立足的圓坡。等浪頭過去，洪水之勢稍緩，庾燎終於能控住馬，馬兒掙扎站起，庾燎忽覺落蹄之處軟綿綿的，他不由心中一突。放眼望去，只見方圓數里之內，兵卒四散，到處仍是一片渾黃的濁水，不少兵卒深陷在深深的泥淖中，掙扎不能站起。不遠處只見梁渙捉著韁繩，藉著馬之力，勉強掙扎著站起，卻不過片刻淤泥就陷沒到膝上。

庾燎背脊上不由冒出一層冷汗，知道已經被洪水沖入了里泊，里泊浩浩湯湯百餘里，水草豐茂，卻是出了名的凶險之地。這種大澤，晴日裡看上去平滑如鏡，實則漩渦暗流，湍急莫測，無法行舟，更無法涉渡。最要命的是大澤方圓數里全是泥沼，不論飛禽走獸，人馬車輛，一旦誤陷其中，便是緩緩而沉，連神仙都救不得。今日大雨，四處皆是渾濁積水，目力所及，壓根就分辨不出原野水澤，沒想到大軍竟被李嶷誘入此等凶險之地。

庾燎雖心中焦慮，仍是十分鎮定，回頭瞧準了不遠處水面上豎著的根根蘆管，知道那是李嶷等人透氣所用，大聲下令對著蘆管放箭。梁渙率先反應過來，挽弓而射，陷入泥沼的士卒們雖略有慌亂，還是依令引弓，稀軟的爛泥漸漸湧到了大腿，箭枝仍舊如雨般落下，箭枝深深射入泥水中，終於有一簇簇鮮血透出泥面。

李嶷等人攀著腰間的繩索往後退，退得數十步，繩索繃直，乃是接應的人正在用力將他們拉回。泥沼吸力驚人，稍有不慎他們就會被吞入泥水，李嶷閉目屏息，配合繩索用力，不過一盞茶的工夫，李嶷伸手摸索到堅硬的棧橋，那是鎮西軍預先搭在泥沼中的，此刻早已經被淹在水下尺許。他抹了一把臉上的泥，爬上棧橋一看，隨自己投水含葦管而退的士卒已經被拉回來了大半。每個人全身上下都糊了一層泥，渾如泥人一般。有人爲箭枝所傷，鮮血便順著身上的泥水往下淌，還有人不幸傷重，被拉到棧橋上之時已沒了氣息。李嶷匆匆四處張望，並未瞧見老鮑。

庾燎早已經看得分明，大聲鼓舞陷在泥中的兵卒將士往棧橋去。只要爬到棧橋之處，必然就可脫險，但只得數步，每個人都陷得更深，越用力就陷得越快。不過一炷香工夫，泥濘混著雨水，已經到了所有士卒的腰際。此刻，僥倖逃生至山岸之上的左右兩軍，大約還有兩千餘殘兵，眼見主帥被陷，拚力各自從夾岸兩側，朝此處匯聚援救而來。

李嶷坐在棧橋上，回頭看了看正朝此處匯聚的敵軍，又將臉上泥濘抹了一把。舉目四望，幾乎每一道繩索皆已收回，唯獨不見老鮑，便咬牙接過弓箭，下令迎敵。

庾燎所屬部將皆是大破屹羅的百戰之卒，此時雖然絕大部同袍被水沖走，主帥又遇險，卻是並不十分驚惶，尤其靠近棧橋岸邊這一側的千餘兵卒很快趕到，在幾位郎將臨時指揮之下，很快就擺出陣列，朝著棧橋衝鋒而來。

卻說陷在泥沼中的庾燎雖焦急，但仍未失措，見殘部匯集相援衝鋒，知機不可失，且自己身邊還有不少士卒，只是皆陷在泥沼中難以動彈，當下大呼一聲：「梁渙！」

梁渙聞聲奮力相應，庾燎看著這個追隨自己多年，無數次跟著自己奮力拚殺沙場的部下，咬牙道：「搭人橋！」

梁渙聞言，卻是毫不猶豫，大呼一聲：「得令！」自己當先從陷在泥中的馬背上躍起，撲向不遠處一名士卒。落入泥中之時，便趁勢抓住那名士卒的手，又奮力呼喊傳遞適才庾燎所發的軍令，他本爲庾燎心腹，既以身作則，便有無數士卒，無畏生死，各種掙扎著設法，聚攏相攜相挽。

而棧橋之上，李嶷壓根不理會陷在泥中的庾燎諸人，親自領了善射的弓箭手，舉了盾，卻是穩穩守住了棧橋橋頭。一直等到那些兵卒衝到眼前百步，敵人稀稀拉拉的箭枝撞在盾上，李嶷這才一聲令下，帶著弓箭手齊射一輪，便迅速退後，卻有另一列弓箭手，早就搭好了箭，又一輪齊射。如是再三，雖是弓弦濕軟，卻也箭矢如雨，立時便射殺百餘人。

而另一側岸上殘存的千餘兵卒，此時雖也趕到，但明知水中皆為泥沼，無法泅渡，只得在岸邊喧嘩鼓噪。

數輪齊射之後，還是有不少兵卒在一名郎將帶領下衝到了棧橋橋頭，李嶷毫不遲疑，拔刀迎敵，雙方隨即肉搏廝殺起來。那名郎將看李嶷身形高大，又是指揮之人，當先一刀，就朝李嶷劈去。不想李嶷身形一閃，這一刀便劈了個空，自身卻是破綻大露，只覺肋下一涼，已經被李嶷一刀紮進甲下。那名郎將眼睜睜看著鮮血從自己甲片間噴出，拚力舉刀又朝李嶷砍去，李嶷已經一腳踹在他膝上，這名郎將便被踹得仰面跌下棧橋。兵卒親眼見得郎將轉瞬被殺，士氣不由一滯。另一側岸上庾燎殘部，見此情形如何還按捺得住，明知下游皆是泥沼，便在另一名郎將的帶領之下，遠遠朝著上游奔去，試圖找到水淺之處渡河而援。

卻說那泥沼之中，雖十分艱難，但兵卒甚多，梁渙等人終於組出一道人橋來，雖然這麼一動彈，搭橋之人皆在泥中陷得更深，稀泥已經沒齊到胸口，但人人奮勇，臉上並無多少畏色。

庾燎本騎在駿馬之上，此刻馬亦陷入泥中大半，只有脖頸還露在外面。他咬牙用短刀紮入馬股，那馬兒壯碩神駿，奮力一躍，掙扎著跳起來數尺，但落蹄之時，便沉得更快。庾燎毫不理會，借勢一撲，卻是穩穩站在那人橋之上，頓時回手，從淤泥中拉起梁渙。那些散落於人橋周圍的兵卒相互救援拉扯，有越來越多人搭成人橋，也有越來越多的人爬到了人橋之上。雖然搭作人橋的兵卒被這麼一壓，越陷越深，漸漸被泥濘湧上來，沒過脖頸，但咬牙不言，只仍奮力舉頂起同袍。庾燎、梁渙與士卒一起，奮力將更多人拉上人橋。

岸上那千餘攻橋士卒見狀，士氣大振，廝殺甚是慘烈，而泥沼中的人橋也漸漸朝著棧橋越延越近。待近到一箭之地，李嶷便分出弓箭手，朝人橋上攢射。庾燎等人憑藉一股絕地求生之念，冒著箭雨，雖死傷無數，仍舊前赴後續。又過得片刻，李嶷等人的箭枝用盡，庾燎率著泥人似的梁渙等人，竟趁機攀上了棧橋。

雙方在泥水之中混戰，因棧橋狹窄，又在濁水之中，廝殺間無數人跌下棧橋，有人掙扎著攀上棧橋，有人陷入泥濘中再難自拔，因雙方皆是滿身滿臉的泥，混戰片刻之後盡皆無法分辨敵我，庾燎早就盯住李嶷所在，更在梁渙諸人的掩護之下，憑著一股悍勇之氣，藉著這混亂奮力朝李嶷處行去。

待行至李嶷近前，梁渙早奪了一柄長刀，看準時機拚力朝李嶷砍去。李嶷本正與數名敵卒纏鬥，聽到腦後兵刃破空之聲，本能將頭一偏，梁渙臨陣經驗極佳，這一劈便改作削，只砍得李嶷身上鐵甲咣一聲，李嶷卻是回手一刀，劃破對方身上盔甲。梁渙悶哼一聲，不顧身上血水迸出，又是一刀狠狠砍下。李嶷揮刃格擋，梁渙長刀脫手，但他既有拚死之心，當下仍舊飛身撲上，另幾名親衛一擁而上，圍攻纏鬥。庾燎終於有機會張開隨身所攜的強弩，抽冷子突然一箭朝李嶷射去。李嶷卻是頭也不回，奪過一名敵卒的刀，回手一擲，庾燎箭已脫弦，卻被李嶷擲刀所傷，一個跟斗便栽下棧橋，這一箭便失了準頭。庾燎受傷栽入泥沼，梁渙狂聲大叫，拚命纏住李嶷，更多庾燎殘兵亦瘋了一般，渾不顧鎮西軍的砍殺，拚命朝李嶷攻去。棧橋本就十分窄小，混戰之中，李嶷便陷入敵人圍攻。數人一擁而上，梁渙從背後死死抱住了李嶷，李嶷回手抽刀插入梁渙背心，梁渙口鼻鮮血噴湧，卻拚死不肯撒手。泥沼中的庾燎卻早瞄準了李嶷，又狠狠射出一箭。

李嶷奮力一掙，終於甩開早已氣絕的梁渙，眼看避不及這一箭，忽然泥水中有一人翻上橋，就勢飛起一腳踹倒李嶷，那箭便擦著李嶷額頭飛過，射穿那人大腿，那人悶哼一聲，撲在李嶷身上，撞得他胸口發悶。撲倒李嶷的正是老鮑，他啐出一口泥水，庾燎第二箭又至，李嶷抱住老鮑就地一滾避過，正在混戰對敵的鎮西軍士卒發現險情相助，不知何人扔出一面盾牌，李嶷隨手接住，箭枝又至，深深紮透了盾牌，震得老鮑腿上箭傷流血不斷。老鮑又吐出一口泥水，罵道：「這個庾燎，怕不有六十歲了，還有這麼大的臂力！」話未說完，又是一箭射到，李嶷揮盾擋住，遠遠注視著泥沼中正在緩緩下沉，卻兀自全神貫注，搭箭瞄準自己的庾燎。

便在此時，岸上一陣喧嘩，原來正是裴源領兵趕到了。他們在上游正撞見想繞路渡河的那千餘名殘卒，一番激戰之後，全殲敵人，所以才到得晚了。這下子棧橋這千餘殘卒便被前後夾擊，陷於合圍。

李嶷和裴源所部相合之後，本就數倍於敵，不過片刻，便將那近千殘兵砍殺殆盡，便是有零星逃散，亦被裴源率人驅趕著陷入泥沼之中，再難動彈。

戰事既緩，老鮑便趁隙咬牙拔出腿上的箭。鮮血噴湧而出，他從衣襟上撕了布條，牢牢綁住傷處，血衝開他腿上的泥，他滿不在乎，索性又往傷處糊了一把泥，終於堵住了血。李嶷拿盾牌擋著仍不斷射來的箭枝，一邊問老鮑：「你戴著什麼護心鏡，適才撞得我胸口都發悶。」

老鮑扭捏片刻，終於從懷裡掏出一物，居然是一枚煮熟的野鴨蛋，只是適才他那一撲，蛋已經被撞碎癟了，皮破肉綻，碎殼之下擠出嬌嫩的蛋白與蛋黃。李嶷不由衝他一笑。「這會兒你是傷兵了，歸你了！」

老鮑嘿嘿一笑，將那野鴨蛋無比珍惜的重新塞入懷中，嘴上卻說：「別以爲我會分你一半。」

庾燎一箭接一箭地射出，眼看橋上情形逆轉，自己所部殘軍盡皆遭砍殺，李嶷身邊的護衛更是越來越多，庾燎毫不氣餒，只是泥濘漸漸陷到他腰際，他自知再難倖免，只不過盡最後一分心力而已。也不知過了多久，他反手摸箭袋，混著泥水的箭袋空空如也，原來已經射完了所有箭枝。他扔下強弓，泥水正緩緩沒過他的胸口。

李嶷看著泥水沒過所有人的脖頸，泥沼中終於有士卒忍不住放聲哀叫起來，很快，哀叫求救聲響成一片。

老鮑看著不遠處緩緩下沉的庾燎，遙遙點了點下巴，問：「扔個繩索把他拉過來？」

李嶷搖了搖頭。這樣的人，一定寧願和自己的大軍死在一塊兒吧。

裴源說：「若是活捉了庾燎，孫逆叛軍的士氣想必會受重擊。」

李嶷嘆息一聲，終於還是點了點頭，裴源忙命人射出早就準備好的繩索。射箭的人乃是裴源的親兵，準頭極好，將繫著繩索的箭枝不偏不倚射在庾燎面前半尺處，只要庾燎一伸手，就能拉住繩索。裴源遙遙看著庾燎伸手拉住繫著繩索的箭枝，唇邊不由浮起一縷微笑，卻見庾燎用力將箭枝遠遠擲回，裴源唇邊那絲笑意便不由僵住了。

庾燎這一擲因為用力，反令他在泥沼中陷得更快了，他卻一語不發，神色堅毅。方圓數里之內，數萬人深深地陷在泥沼中，哀號聲響成一片。鎮西軍諸人神色肅然，眼睜睜看著這些人在泥濘中掙扎。

半炷香之後，便是沒頂之災。只不到一個時辰，數萬人馬被泥沼吞噬得乾乾淨淨。一片渾濁的泥水中，浮著數百面庾燎大軍的旗幟，又過得片刻，這些旗幟亦緩緩陷入泥水中，再無半分痕跡。風吹過，水中葦葉微微搖曳。烏雲散去，天竟然晴了，偏西的太陽迸發出萬丈光芒，照在漸漸澄清的水面之上，反射萬點金光。

鎮西軍眾將士看著數萬人被這泥沼吞沒，此刻方才歡呼雷動。李嶷設下這般妙計，所有人依計而行，卻也十分凶險，不料眞的大功告成。裴源不由笑道：「此乃前所未有之戰，竟眞能陷殺庾燎三萬人，註定彪炳青史！」

老鮑臉上的泥都已經乾了，一搓就沙沙地往下掉。他腿上有傷，上馬不便，李嶷便托了他一把，這才自己也認鐙上馬。老鮑在馬背上坐定，從懷中掏出那隻野鴨蛋，細細剝了殼，咬了一口，到底還是遞給了李嶷。李嶷也不推辭，接過去也咬了一口，又將那還剩了大半的蛋還給他。

老鮑小心地又咬了一口野鴨蛋，慢慢嚼著，吃得愛惜無比。

李嶷注視著殘陽瑟瑟。里泊浩浩湯湯，水光反映餘暉，半天霞光，便如萬里明鏡鋪滿道道紅綢一般。想到陷在泥中仍朝自己一箭一箭射出的庾燎，想到那數萬身經百戰之卒，今日皆葬身此處。他忽然意興闌珊，不由嘆了口氣，掉轉馬頭，說道：「走吧。」

李嶷陷殺了庾燎數萬大軍，兩日後，涼州守軍即放火焚城，倉皇棄城而逃，勤王之師就此收復了涼州。但涼州城中也被一把大火燒得乾乾淨淨，百姓無片瓦遮身，亦無果腹之糧。幸得裴獻攻下焉州之後，派人送來些糧草；李嶷留下大半給焚城之後的百姓以解燃眉之急，餘下的糧草，亦仍只能勉強一日二食。

「還是得想法子。」裴源滿腹牢騷，「好好一座涼州城，偌多糧草，竟然一把火給燒了，渾不顧城中百姓的死活！這幫逆賊，不愧是孫靖的部下！」

李嶷伸出食指，蘸了蘸碗中涼水，在案几上塗畫。「再往南，就是望州城，那是西行商賈必經之地，素來繁華，咱們要想弄糧草，得奔望州去。」

裴源道：「大將軍不是遣人送信來，讓咱們與大軍會合之後，再往南。」

李嶷道：「孫靖得知涼州之事，必遣重兵至鵠兒關一帶，阻擊大將軍所率大軍，咱們繞到望州，想法子弄糧草，亦可殺得孫靖一個措手不及。」

裴源明知拗不過他，只得道：「那你可不能再拿自己作香餌！」

李嶷笑道：「行，答應你了，便是要做香餌，定然帶著你一起做餌！」

裴源哭笑不得。

❀

庾燎三萬大軍被陷殺、涼州焚城的消息，經飛馬傳報入京中，已經是十餘日後的事了。

西長京中初秋時，正是天高雲淡，風物皆宜。孫靖一早便攜了女眷出宮擊鞠。因有女眷，場邊設了數重錦幄，孫靖之妻魏國夫人袁氏推說心口疼，不曾相隨前來。場邊那頂最大的錦幄之中，坐著的女眷竟是先太子妃蕭氏——先帝與太子皆死於孫靖劍下，太子妃蕭氏卻因著與孫靖舊有私情，在先太子死後，儼然竟與孫靖出雙入對，這也是魏國夫人負氣多日的緣由。

孫靖甚是擅長擊鞠，他所帶的鞠隊更是奮勇爭先。場中最是爭搶激烈之時，場外一聲迭一聲，傳報有要緊軍報，孫靖便下馬，朝著錦幄中的蕭氏招招手，蕭氏含笑上前，接過孫靖手中的鞠杖，翻身上馬，接替孫靖擊鞠。孫靖接過貼著雉尾標記緊要軍情的急報，拆開匆匆一目十行，只聽場上歡呼雷動，正是蕭氏將球擊入球門，又贏一籌。場邊絲弦頓時洋洋灑灑奏起得勝樂，為蕭氏助陣。自從鎮西軍奉李嶷為平叛元帥，孫靖傲慢地覺得，不過是個笑話罷了，裴獻及鎮西諸府，只是看中李嶷皇孫的身分，扯著這面大旗作幌子。萬萬沒想到的是，李嶷以六千老弱殘兵對三萬，庾燎竟然全軍覆沒。

絲竹還悠揚地奏著，一聲聲羯鼓打著點子，孫靖面沉如水，不露悲喜，吩咐左右：「傳梁王。」左右侍候的人愣了一下，這才想起梁王是何許人也。先帝有三十多個兒子，除了先太子，出色的兒子也著實不少，卻被孫靖在宮變之中，以討逆之名統統殺了。只有梁王李桴，懦弱病孱，那日不曾入宮赴宴，便僥倖逃過一劫。不久後孫靖聽聞鎮西軍奉李嶷作元帥，便下令將李嶷的父親、梁王李桴打入牢中，這一關便是數月。

卻說那梁王李桴在獄中戰戰兢兢，又怕又急，他本來就有病，這被關著就只剩了半條命。忽聞大都督傳他，頓時嚇得恨不得尿褲子，站都站不起來，獄卒無奈，只得兩個人架著他，一直將他架到了孫靖面前。

梁王看著孫靖，只嚇得抖如篩糠一般，左右架著他的人稍一鬆手，他就撲通一聲，跪倒在孫靖面前。場中一曲得勝樂正好奏完，蕭氏大獲全勝，所贏最多籌。她香汗涔涔，催馬過來，姿態輕盈地躍下馬，拎著鞠杖笑吟吟地對孫靖道：「幸不辱命，替大都督勝了這一局。」

孫靖不由含笑，蕭氏雖然已是三十多歲的人了，但望之仍如二十許，有一種明媚少女般的嬌憨，姿容豔麗，令他微微覺得炫目。對上他的眼神，她不由愛嬌地嗔了他一眼。看見地上伏跪著瑟瑟發抖的梁王，她也並不在意，只將鞠杖遞與孫靖，接過小黃門奉上的布巾，擦著額頭的細汗。走回自己座上，早有侍女奉上茶水，她漫不經心地啜了一口茶，抬手撫弄自己因擊鞠而微鬆的鬢髮。

孫靖用鞠杖點了點梁王的額頭，語氣中滿是嘲弄。「你是王爵，怎麼一見了我，就行這麼大的禮。抬起頭來說話吧。」梁王渾身顫抖，不敢抬頭，亦不敢不抬頭，只得哆嗦著微微抬頭，口中囁嚅：「小王……小王不敢……不敢冒犯大都督……」

錦幄中有些女眷見他如此，不由哧地笑出聲來。梁王將頭埋得更低了，孫靖仔細端詳著鞠杖上的花紋，漫不經心。「說說你的兒子吧。」

梁王莫名其妙，吞了口口水，囁嚅道：「小王的長子李峻，獲封臨淄王……」他話猶未說完，就被孫靖不耐地打斷：「誰要聽這些！說說李嶷。」

梁王越發憂懼，卻也無可奈何，只得戰戰兢兢道：「李嶷乃是小王第三子，他……他自幼就是個不祥之人……」

當下絮絮叨叨，便將李嶷出生即害得生母劉氏難產而亡，李嶷生日又偏逢五月初五，最是不吉。這不祥之人稍稍長大，卻頑劣不堪，成日與家中兄長們爭執吵鬧。到了十餘歲的時候，竟變本加厲，無端毆打禮部侍郎的公子，也因此惡惱了先帝，就此被逐入鎮西軍中等等情狀不一而足，說了出來。

孫靖卻聽得極是仔細，臉上喜怒不顯，梁王數次偷覷他臉色，越發惴惴難安，只怕李嶷不知又闖下了什麼潑天大禍，越說卻越是帶了幾分驚惶失措，只怕自己今日性命難保。說到最後，卻連聲音都哽咽了，言語之間顛三倒四，含糊不清。

孫靖見他這般情形，終於不耐。「說了半晌，你這個做父親的，連他是個什麼樣的人，都不甚清楚。」梁王見他發怒，更是兩股戰戰，驚駭欲死，只得涕流滿面道：「小王……小王不知大都督何意……這個兒子，委實不肖！連小王自己都想不明白，如何能生出這樣不堪的兒子來！」

孫靖卻又問：「李嶷是承順十四年生？今年二十歲？」梁王無端端心下一驚，只連連點頭如搗蒜。「是，是，承順十四年五月初五，當眞是惡月生惡子……」

孫靖冷笑道：「那李嶷今年不過弱冠之年，便能出詭計陷殺我三萬大軍。果然不肖，十分不肖！像你這樣的人，怎麼生得出李嶷這般天縱英才的兒子！」

梁王聽到這裡，卻是如五雷轟頂一般，驚恐至極，一口氣上不來，竟然兩眼一翻，便癱軟在地，就此嚇昏過去了。孫靖眉頭微微一皺，早就有左右內侍上前，靜聽他吩咐。

「叉下去。」孫靖嫌棄地看了看癱軟如肉泥似的梁王，「嚴加看守，莫讓他死了。」內侍們半拖半扶，弄走了嚇昏的梁王。孫靖自返座中，蕭氏卻笑盈盈地捧著一杯水酒，遞上前來。孫靖接過那杯酒，卻停杯不飲，含笑問道：「妳可曾識得李嶷？」

他問得隨意，蕭氏卻認眞思索片刻，方才道：「這個人，當初在皇家宗室裡頭，委實不顯。李家出色的子弟，我一定會略有耳聞，但這個人我只聽說他頑劣，曾惹得先帝大發雷霆，把他貶到軍中去了。」

孫靖微微點一點頭，說道：「之前我叫人查過兵部的檔案，李嶷被貶去鎮西軍中不久，裴獻將自己的小兒子裴源，從龍武衛調到鎮西軍中，此後裴源一直與李嶷形影不離，總在一隊。裴獻那個老狐狸，眼高於頂，他讓自己兒子追隨的人，必然不可小覷。」

蕭氏卻笑道：「大都督亦知曉，裴獻有十來個兒子，有在軍中的，亦有棄武從文的，還有去做了道士的。大都督行事何等周密，裴獻萬猜不到大都督會舉起義旗，既然猜不到，又如何會早早布局，重視貶到軍中的一個不得寵皇孫呢？」

孫靖卻是一笑，頷首道：「有理。」

蕭氏又道：「李嶷雖然一時悍勇，但以大都督之能，遲早能將其殄滅，何足爲患。」頓了頓，說道，「唯有崔氏定勝軍南下，大都督宜早作計較。崔倚其人，極擅用兵，其子率師連下數鎮，不可小覷。如今崔子領兵徘徊相州，若是崔氏與李嶷連成一片，同枝連氣，那才是棘手之態。」

孫靖不徐不疾，道：「崔倚那老兒，性情孤傲乖張，此番雖以勤王之名出師南下，但他卻輕易不會與李嶷勾連，畢竟他也是一肚子怨氣，對李家的人，他沒那般信服。」

蓋因先皇晚年疑心病極重，委實對不住這些武臣。孫靖原與裴獻、崔倚並稱「國朝三傑」。早年孫靖領大軍滅屹羅，爵可封王，但旋即遭先帝猜忌，不僅將孫靖麾下的大軍拆解得七零八落，一度還將其貶斥發往西南，孫靖幾乎死在瘴煙之地。而裴獻自不必說，數十年在西北艱苦之地，吃盡風刀霜劍。至於崔倚，在北地抗擊揭碩，先帝卻疑他養寇自重，幾度斷絕其糧草供給，屢派專使申飭，就在萬壽節前，還下旨逼迫崔倚將唯一的兒子送進京來作質子。如此這般，崔倚雖然名義上起兵勤王，卻態度飄忽，並不眞以李嶷馬首是瞻。

孫靖想了一想，卻道：「我親筆寫一封信，遣人送去給崔倚。」又道，「再遣使節，去督促韓立。」

韓立領軍踞并州、建州，那兩州皆地處要衝。孫靖起兵後，韓立態度曖昧，但他亦對先帝沒什麼忠心可言，趁著這天下大亂，他大概有一番自己的小算盤。

蕭氏笑道：「大都督妙策，甚是周全。」

孫靖嘆道：「涼州既失，得遣重兵援鵠兒關了，連望州那裡都得提防。望州守將郭直，雖算得可靠之人，但性情魯直，對上李嶷這般狡黠之徒，難免吃虧。好在從來攻城難，守城易，他兵力又遠勝李嶷，望州應當無礙。」

蕭氏道：「亦得釜底抽薪方好。」

孫靖深以爲然地點了點頭，他的釜底抽薪之策就是堅壁清野，斷絕鎮西軍的糧草，所以鎮西軍縱然連下數城，仍舊無糧草補給。西北艱苦，諸州府更是貧瘠，素來仰仗朝中糧道供給，這也是先帝當初挾制裴獻等鎮西諸府的放心之處。

此時孫靖便輕描淡寫道：「再沒有糧草，莫說打仗，餓也要把鎮西軍餓死在關西道上。」

第二章 白露

蒹葭蒼蒼，白露爲霜，這天恰好乃是白露節氣，距離望州城百多里外，有個行商來往必經的滑泉鎮，素有塞上江南之稱。雖說是鎮，因爲地處關西要道，人煙稠集，卻比一州一府都並不遜色。值此時節，西北諸鎮正是清秋寂寂，井桐墜葉，偏偏滑泉鎮因爲多溫泉，地氣蘊厚之故，所以草木繁盛，仍如夏時風致。

這滑泉鎮上更有關西道上一等一的溫柔鄉銷金窟，便是南來北往的行商皆知曉的響噹噹名號：知露堂。若是尋常勾欄伎舍，倒也罷了，偏偏這知露堂，用著乃是色藝雙絕的小倌。十四五歲的清秀少年，若論雅，可與客人吟詩唱和，聯句猜謎；或論俗，便是搖盅吃酒，走馬彈丸，無一不精，無一不妥。

今日這知露堂中，著實也熱鬧得緊。廳中待客用的敞廳中設滿了宴席，此刻滿堂賓客卻都屏息靜氣，連手中扇子都不搖了，因這敞廳正中，用黑檀木圍出高不過尺許，方圓不過丈許的一方圓台，台上鋪著紅氍毹；台上端坐一人，正是這知露堂的頭牌小倌阿越。他姿容雋秀，懷抱琵琶，五指輪飛如旋，一曲清商，正奏到要緊處。

「行道苦……」阿越一開腔，聲音清越高昂，如銀瓶水迸，「黃土嗆喉塵滿面，行得百里不見井，朝向日行露中宿。行道苦，前不聞鈴後不見，誤歧途，多少道中白骨枯。行道苦，君莫行，且飲此酒歇金烏，人間有情是別離，銀漢無聲花間住……」

他越唱曲子越慢，聲音卻越是清雅麗正，便如潺潺山溪一般，唱到最後一個「住」字，聲音漸淡漸無，和著琵琶的弦音，嫋嫋繞梁。廳中長窗皆開，而庭中晚香玉、茉莉諸花正盛，香氣盈人，便似眞欲挽人花間住一般。歌喉漸息，弦音餘韻，在這滑泉鎭餘暑未消的傍晚，眾人便如飲了雪泡水一般，如癡如醉，好久才鼓噪起來，紛紛叫好。更有人開了裝滿金錢的匣子，豪闊萬分地抓了滿滿一把碎金粒子，朝著臺上扔去。滿台金雨之中，阿越卻淡然地站起來，拂身行了個禮，就轉身在侍奉的引護下，從廳中退走，連眼角餘光，都不曾瞥一下那滿地金子。

唯有台邊四個家僮，眼明手快，頓時將臺上的紅氈毹圍攏，連金子帶紅氈毹，一併收攏捲起，退至一邊清點稱量，再齊聲報出金子的分量，問清這位客人姓名，便齊齊躬身行禮，朗聲道：「奴等替阿越謝皮四郎賞！」

頓時滿堂皆是喝采聲，另有一個清秀家僮上前送了那位皮四郎一枝含苞待放的晚香玉，並延請客人後堂待茶。

那皮四郎得意洋洋，隨手將晚香玉簪在自己頭上，在滿廳豔羨的目光中徑直往後堂去了。

幾個行商模樣的人，宴座設在廳中西南角，斜對著那檯子，正好目送那皮四郎大出風頭得意而去。一個行商便道：「這皮四素來懼內，被他娘子約束得厲害，手頭並無多少銀錢，如何這般豪綽起來？」另一個行商便撇了撇嘴，說道：「你哪裡知曉，這皮四郎因爲是望州郭將軍的姻親，討了文書告身，專司往望州押解軍糧，可不是發達起來？」先前說話那行商便壓低聲音道：「什麼文書告身，還不是亂命，聽說十七皇孫領著鎮西軍，活生生把孫都督的三萬大軍陷殺在里泊……」

「噓！」另個行商便作噤聲之態，並環顧左右，將聲音壓到極低，「這皇孫不皇孫的，那是我等可以議論的事嗎？飲酒，飲勝便是。」數名行商當下會意，頓時喧嘩划拳，熱鬧起來。

他們如此這般，卻萬萬不曾想到，他們口中那十七皇孫李嶷，此時此刻竟然正身處知露堂的後院中。

李嶷倒掛金鉤懸在簷角，藉著漸濃的暮色掩映，悄無聲息翻身伏在瓦上。謝長耳貼瓦細聽，旋即朝李嶷點了點頭。兩人在軍中久已搭檔熟稔，無須一言。幾個起落之後，李嶷輕巧如葉般落在後院深處的一處屋頂，謝長耳則伏在高高的屋脊上，眼觀四面，耳聽八方。

李嶷伏在瓦松之間，探頭一望，底下屋中已經掌燈。暈黃的燭光透過窗紗映在院中洗潔如鏡的青磚地上，便如一層澄澄金粉一般，又似青糕上汪著一層桂花糖。他正待探身溜下去，忽見高脊之上，謝長耳以手握拳示意，李嶷便知屋中有人進出，只得耐心伏低。

鎮西軍中缺糧已久，李嶷便與裴源商量，下望州取糧。但望州城池堅固，卻不是他們這點兵力就可以奪城，半道硬劫糧隊，又恐驚動望州守軍，因此李嶷便盯住了承應運糧差事的皮四郎，看他如何行事。只是李嶷也沒料到，那皮四郎居然一入滑泉鎮，就進了知露堂這等銷金窟。

這幾楹房舍正是那頭牌小倌阿越的住處。他本性疏淡，素來不愛應酬，此時藉口更衣，久久不肯出去見客。知露堂的邱掌事便進來苦勸：「那皮四郎若是位尋常行商，我也絕不難爲你，只是適才聽皮四郎說，他此番是替孫大都督的討逆軍運送軍糧，乃是一位正經的運糧官，不論如何，你且去陪他吃盞茶。」

阿越正自憑幾調著琵琶弦，垂目道：「若個俗人，阿郎怕他，我是不怕的。」

邱掌事心中早有計較，笑嘻嘻地道：「好孩子，我哪有你這般膽氣，你既不願見，我回了他便是。」轉身便出去了。

阿越低眉信手調著琵琶，「得弄得弄」有聲。

琵琶聲斷續傳來，眼見皮四郎從後門進入屋內，李嶷便輕巧地從窗中翻進屋內。只見簾幕低垂，他揭起簾幕，發現簾幕之後乃是一方湯池。李嶷知曉這是引得城外溫泉活水，由暗渠匯到城中，再引入各家湯池。城中豪闊之家，多設湯池，這銷金窟似的知露堂自不例外。想必這名叫阿越的小倌被知露堂視作搖錢樹，這間有湯池的院子，便分給他住。

池水熱氣氤氳，因已天色漸晚，服侍阿越的家僮，早就在池中灑滿香花，朵朵香花被熱氣蒸騰，馥鬱芬芳，中人欲醉。這知露堂行事作派素來豪奢，那池面挨挨擠擠浮著一層香花，遮掩得連池水都看不見了。

李嶷藏身簾幕之後，四下一望，並不見人，兀自沉吟，忽聽得腳步聲微動，卻是一名家僮，正引著那皮四郎躡手躡腳地進來。

只聽那家僮低聲道：「邱掌事請郎君且在此稍待。」言畢便掀開簾幕，徑直向前屋去了。

那皮四郎滿心歡喜，就在池畔一張軟榻上坐了，只覺滿池香花，便如同自己心花怒放一般，觸目所及，風軟簾輕。想到待會兒便可與阿越好生親近一番，再也按捺不住，躺倒榻上，搖著腿兒，哼起小曲來。

李嶷從簾幕之後悄無聲息走近軟榻，一步近似一步，耳中聽得皮四郎那荒腔走板的小曲兒，正待要乾淨利索地一掌將他擊昏，不料窗外遙遙傳來短促數聲鳥鳴，正是謝長耳示警。旋即聽得一陣喧嘩，卻是數人腳步匆忙，直奔浴室而來；屋後腳步切切，卻另有一群人，也奔浴室而來。

這般前後包抄，事起倉促，李嶷頗有急智，不假思索順著池沿悄無聲息沉入湯池中，榻上的皮四郎只聽到輕微一響，轉頭看時，只見池面香花，微微晃動，風吹簾櫳，似也吹得池中香花微動。

李嶷閉氣入水，耳邊忽聽得極輕一聲，彷彿風吹簾櫳，心下卻知絕計不是。他水性極佳，水中睜眼一看，果然湯池另一側，卻有人同他一樣，悄沒聲息，正緩慢沒入水中。

湯池並不大，兩人於水底相距不過丈許，那人水中同樣耳目聰慧，兩人四目相對，各自閉氣。李嶷卻慢慢伸出一根手指，豎在唇邊，示意噤聲。那人微微點頭，似表同意。兩人潛伏水底，隔著水面漂浮的香花，卻聽上面吵嚷起來。

原來那邱掌事收了皮四郎的重金，私作主張將那皮四郎放進這後房，不想被那阿越發現，頓時發怒，喚進家僮來要將皮四郎逐出。皮四郎既得見阿越，喜得便如天上掉下個活寶貝，哪裡肯走，苦苦糾纏不說，那邱掌事亦帶人進來苦勸，忽然又一陣喧嚷，竟是一名隊正率兵丁闖入，呵責那皮四郎，身負要緊公事卻擅自離了護衛來此。

這偌多人在池畔糾纏吵嚷不休，池底二人雖然水性頗佳，但也難耐。李嶷只覺得心跳如鼓，知道閉氣已近極限，那人亦是如此，嘴邊冒出一串細密的氣泡。那人見李嶷望來，便用手向上指了指，示意李嶷先上去，李嶷哪裡肯應允，只在水裡緩緩做了一個相請的手勢。那人見狀，卻毫不猶豫手一翻，竟持短小利刃朝李嶷直刺過來。二人瞬間在池底無聲無息地過了數招，李嶷只覺得此人心思敏銳，用招狠辣，十分難纏。片刻之後，李嶷終於尋機抓住此人手臂，便用力往上一送，逼其上浮。那人機變極快，反倒借他這一抓用力向下墜，反擰他向上送，兩人僵持瞬息，皆已屏氣到了極限，胸腔便似要炸開一般。李嶷當機立斷就勢往下一沉，卻勾住那人的腰，用力往上一送，那人掙扎抓緊李嶷，兩人被迫一起浮出水面。

兩人破水而起，水面無數香花隨著漣漪不斷蕩漾。隔著池面氤氳的水氣，李嶷只見那人雙眼如寒星灼灼照人，目光似在自己臉上一繞，卻有數瓣香花，隨著散落而下的水滴，正巧沾在其人鬢角臉側，襯得那人下頷眞如白玉琢出一般。此人心思十分敏慧狠辣，朝李嶷只此一望，立時於水下又是手腕一翻，不知指尖夾著什麼利物，想要刺向李嶷。池畔一眾人看到兩人忽然從池底冒出，早就瞠目結舌，震驚不已。李嶷手一探，於水下牢牢捏住那人手腕，卻就勢將其往自己懷中一拉，狀若親暱，實則挾制，用匕首於水下抵住了那人柔軟的腰腹之間。

這一捏一拉之間，水下種種凶狠之態皆被水面挨挨擠擠的香花遮掩。只說池畔那皮四郎眼睜睜看著兩人如此親暱，卻不由得氣惱悲傷。「阿越！你……你竟然在房內藏著男人，還藏了兩個男人……」他一語未完，竟已帶哽咽之聲。

李嶷見機何等之快，一轉念便用力將那人拽入自己懷中，水下匕首仍抵著那人腰間，口中卻解釋道：「不不！你誤會了！我們倆只是一時情急……所以才……所以才……」他故作羞澀難言之態，池畔眾人只見他二人渾身濕透從池底而出，情狀纏綿相互依偎，兩人臉上更皆暈紅之色，哪知道那是適才閉氣所致，又兼此處乃是風月之地，只道二人真的在此行不軌之事，卻被自己等人撞破。

阿越素性愛潔，此刻早已嫌棄至極，厲聲道：「真真不知廉恥！都從我的屋子裡滾出去！」又指了指皮四郎，吩咐左右：「把這人轟出去！叫人來換了這池子裡的水。」

那皮四郎聞言大驚，哪裡肯走，直扯著阿越的衣袖連聲哀求；又那隊正率著兵士，非要立時就架走皮四郎，任由邱掌事苦苦相勸，卻是勸了這邊又拉那邊。趁著池畔眾人亂作一團，池中的李嶷拽著那人從池中起身，只將手縮在袖中，隔著袖子將匕首抵在那人腰眼之上，狀若親暱攬著那人的腰，徑直從後門出屋而去。

待李嶷挾制那人出屋穿過跨院，又穿過兩重僻靜院落，天色早已經黑透。李嶷正待要發訊號招呼謝長耳，那人卻是猛然一揮手掙脫，指尖一探，李嶷閃避，微不可察的數枚寒芒擦著他的脖子飛過去。李嶷拔出匕首揮刃格開，只聽細密的叮叮數聲，原來那人指尖一直藏著細針。

李嶷不由冷笑。「出手就想傷人，你是什麼人？」那人見一擊不中，默不作聲，立時從袖底翻出一把金錯刀繼續刺向李嶷。李嶷喝道：「這裡是清雅小館，妳一個女人跑到知露堂來做什麼？」

那人這才冷冷道：「誰說我是女人？」

李嶷攻向她腳踝，喝道：「纖足！」那人揮刀擋開，李嶷不待招數變老，已經借勢又攻向其腰際，口中喝道：「蜂腰！」那人機變極快，避開李嶷這一擊，旋刀相對，差點割傷李嶷的手。李嶷手腕一翻，刺向其肩，喝道「削肩！」那人手中金錯刀上挑去擋李嶷的匕首，李嶷惱她招式狠辣，匕首一沉，刃尖便已刺破那人衣物，只聞「叮」一聲細微聲響，似刺中什麼金飾佩物之屬，眼見就要傷及皮肉，那人已堪堪閃身避開，伸手捂住了肩頭衣物被刃尖刺破之處。

李嶷這才冷笑道：「還說妳不是女人？」

那人眉尖輕挑，回手卻又是一把細針，李嶷知她針尖必煨了毒藥，急閃躲避。恰在此時，一青衣壯漢闖進院中，抬臂卻向李嶷射出一枝冷箭。那冷箭來勢極快，明顯為勁弩所發，李嶷揮刃格擋，擊斷那枝弩箭，卻也被震得手腕隱隱發麻。那青衣壯漢一言不發，又抬臂連射，原來他臂上綁著一架小巧弩機。李嶷心知厲害，只得連連閃避，那喬裝的女子卻趁隙攻上來，手中金錯刀急刺李嶷胸口，待李嶷回身，她這一刺爲虛，輕巧擰身，左手已就勢抽走李嶷掖在腰帶內的一條絲絛，李嶷心中一驚，探手抓向喬裝女子肩頭，口中喝道：「還給我！」

只見那喬裝女子嫣然一笑，眞眞灼如朝陽，燦如明霞，卻是連退數步。只聞「啪、啪」數聲，青衣壯漢又是數枝弩箭接連破空而來，李嶷閃避格擋之時，謝長耳持刀匆忙越牆而入，又有數名青衣壯漢緊追著謝長耳，皆湧入院中，以弩箭相對二人，顯是那喬裝女子的同夥。李嶷見此情狀，冷笑一聲，從謝長耳手裡接過長刀，預備再戰，只見那喬裝女子微微示意，那些青衣壯漢便不再戀戰，簇擁那女子緩緩而退，李嶷見對方人多，更兼弩箭厲害，一時並不追擊。

謝長耳卻是凝神細聽了一番，才對李嶷言道：「這群人外頭另有接應，是坐馬車走的。」

李嶷點一點頭，回頭望一望阿越院中，遙遙只見燈火通明，人聲喧嘩，似仍在吵嚷不休。顯然此番打鬥雖然激烈，但動靜極小，並未驚動彼處。李嶷便道：「先回去再說。」

他們在滑泉鎭所選的落腳之處，原是一所行商的宅子，門前大路敞闊，後邊卻又有東西角門，出入便利。又因這周近皆是行商的宅院，所以極爲幽靜。裴源等人皆喬裝在知露堂外接應，而老鮑身上有傷，留在宅子裡，早就做好了湯餅，一見眾人回來，便端上飯食。

眾人悶聲不響吃完湯餅，這才商議適才知露堂中的情形。李嶷素來膽大心細，早捏了那青衣壯漢所射一枝箭在袖底，此時便將箭枝遞給裴源細細察看。

裴源端詳著箭枝，說道：「這種精鋼小弩，我曾經見過，是奉父親回京都面聖的時候，定勝軍中崔倚的親衛所佩。當時父親見著了，誇說精巧無比，我在旁邊看著，也覺得這弩弓做得小巧精緻。」

李嶷想起那位喬裝女子，不由點了點頭。「今日必然是崔家的人。」

細想之前知露堂中種種情形，此女子隱然為崔家今日諸人之首，此番第一次與崔家交鋒，便可見其行事作派，隱密周詳又詭黠狠辣。李嶷又道：「既然是崔家的人，八成也是衝著這皮四郎和糧草來的。」

裴源默然。崔倚雖然名義上只是盧龍節度使，實際上扼守幽州，連同更北的營州等大片州郡，皆是崔家定勝軍世鎮之地，千里沃野，自不乏糧草。自孫靖謀逆後，崔家態度游移不定，崔琳在相州恃兵自重便可見一斑。崔氏又多方探尋脫出京都下落不明的太孫，明顯並不想就此膺服於李嶷為首的勤王之師。此番既派人潛入滑泉鎮，更顯來意不善。

李嶷卻伸了個懶腰，道：「既然崔家人都搶先下了一手，咱們總要應局。我有個法子，明兒一早，就正大光明去把那皮四郎給綁了！」

裴源不由精神一振，當下李嶷三言兩語，說出明日綁人之策，眾人皆拊掌稱妙。

裴源笑道：「十七郎此計大好，既不露行藏，又能不動聲色拿住那皮四。」當下商議既定，安排下值夜之事，眾人自回房安寢。

李嶷雖貴為皇孫，但在軍中，素來與諸人一般無二。這宅子不過七八間屋子，三四人合住一間，今日李嶷與老鮑、謝長耳同住一屋，謝長耳排了上夜值宿，李嶷便對老鮑說道：「我出去洗腳。」

老鮑聞言嘿嘿一笑，說道：「只有你跟個娘們兒似的，睡前總要洗腳。」便告訴李嶷，水井所在，是在出了宅子的後巷之中。

李嶷從角門出了宅院，只見清輝漫天，一輪秋月，照得遍地光潔。遠處隱隱秋山一脈，近處人家屋瓦嶙嶙，皆好似水墨畫軸，浴在這輕紗一般的月色中，唯聞秋蟲唧唧。他踏著月色一直走到後巷，後巷本有一株極大的柳樹，那水井便在柳樹之側。月色從疏疏的垂柳枝條間灑下，井欄旁鋪著青石板，被月色映襯得瑩然如洗。

因著溫泉地氣蘊熱的緣故，雖是白露時節，井水亦是觸手生溫。李嶷搖著轆轤汲上水來，先嘗了一口，只覺十分甘甜，並無溫泉的酸澀之味，便又多飲了幾口，這才解了上裳，隨手將衣裳搭在井欄之上，拎起木桶，往身上澆潑沖洗。

他在知露堂中，被迫在那香花池中浸了多時，那池中不知又放了何種香物香料，他一直覺得身上香氣熏人，直如被脂粉遍塗一般，十分彆扭難受，此刻往身上沖澆了幾桶水，渾身上下不再有那種甜膩膩的香氣，終於鬆了口氣。

他正待再打一桶水，一扭頭，忽然看到不知從何處飛來一隻螢火蟲，正巧停棲在井欄之上，當下屏息靜氣，小心地探手去捉，不想那螢火蟲忽然覺察似地輕盈飛起。他不過一笑了之，忽聽不遠處傳來極其輕微的一聲，彷佛有野貓踏過落葉，但李嶷爲人何其機警，立時一手抓起搭在井欄上的衣服，回手旋開衣裳往身上一披，另一隻手已然拔出腰間短刀，足下在井欄上輕輕一蹬，騰空躍起，直直朝有聲響之處刺去。

那人本隱身在牆角陰暗之處，李嶷這一刺疾若閃電，那人亦是機敏，幾乎是同時脫手數枚寒芒直朝李嶷射來，李嶷旋身在半空中避過寒芒，仍舊直刺那人眉心。那人寒芒脫手之際便輕巧向後仰倒，李嶷手腕一沉刀尖上挑，這一刺雖被那人避過，卻堪堪挑中那人髮間玉簪，玉簪瞬間被刀尖撞得飛出翻落，李嶷左手一探接住玉簪，右手手腕仍舊前送，刀尖從那人如瀑般的烏黑髮絲間擦過。無數螢火蟲四散飛起，那人雙眸在夜色之中，倒映著螢火點點，眞比天上星河更加璀璨萬分。

李嶷左手持玉簪，本來已經刺向那人咽喉要害之處，此時忽然力道一頓，藉著月色，他早已認出此人，不由脫口說了聲：「是妳？」

原來正是知露堂中那喬裝女子，她此刻散髮披袍，雖被玉簪抵住咽喉要害，臉頰眞與那白玉簪一般皎然，但她眼中似含著薄冰一般，並不出聲，袖子一翻就勢去奪玉簪。

瞬間二人已經過了七八招，皆是以快打快。那女子忽然抬手，李嶷早知道厲害，急忙閃避，只聞「啪啪」兩聲疾響，兩枝弩箭已經深深釘入井欄，箭芒在月色下泛著幽微藍光，顯然煨毒。

李嶷惱她出手狠辣，當下再不留情，數招之後，佯作攻其肩，待她回身招架時，尋見破綻，當下便一腳將那女子踹落井中。那女子心思如電，落入井口的瞬間，忽揚聲道：「我知道太孫在何處！」

李嶷聞言大驚，不假思索伸手去抓那女子的肩膀，想將她從井口拉出，剛剛抓到她的肩，只覺手背一麻，心中暗道不好，手腕已反被那女子握住，那女子借這一抓之力，便如燕子般輕巧翻起，以迅雷不及掩耳之勢脫出井口。

李嶷手背那點麻痹之意已經沿著血脈散開，瞬間半邊身子皆麻痹不能動彈，那女子足尖在井欄上一點，就勢一踹，將李嶷「撲通」一聲踹落井中。

幸得那井水不過丈許深，他落井之後，並未嗆水便奮力站起。但井口又高又深，四壁濕滑，絕難攀爬。李嶷舉起手背，藉著井口透進來的月色一看，果然手背上紮著一枚細如牛毫的細針，顯然針上浸了麻藥。便在此時，那女子於井口俯身，向下張望，兩人四目相對。

李嶷脫口問：「妳是不是崔家定勝軍的人？」

那女子慧黠一笑。「我爲什麼要告訴你？」

李嶷此時已然明白，此女只怕早也已經猜度過自己的來歷，知道自己必然是鎮西軍的人，所以適才危急之時，才脫口謊稱知道太孫下落，誑得自己伸手拉她。他與她不過於知露堂中匆匆一面，兩次交手，她雖是女子，但心思機敏，絲毫不落下風，實在生平罕見的勁敵。

他心思一轉，正想著如何能脫此困境，忽聽腳步答答，遠處似有人來了。

那女子顯然也已聽見，身形一閃就從井口消失不見。李嶷聽得這腳步極熟，果不然，只聽似是老鮑的聲音，在井外喊了一聲十七郎。想是老鮑見他遲遲不歸，尋了出來。

李嶷道：「我在井裡。」

老鮑聞言大驚，撲到井邊向下一望，連忙將井繩扔了下來，李嶷暗自捏住衣角，用衣服隔著，小心拔去手背上的細針，這才緣著井繩攀了上來，老鮑將他拽出井口，見他全身濕透，模樣狼狽，不由奇道：「你來洗腳，如何洗到井裡去了？」

李嶷不動聲色，笑道：「本來想救隻野貓，結果卻被撓了一爪，倒害得我收勢不及，撲到井裡去了。」

老鮑嘲弄道：「你這般身手，倒被一隻貓捉弄進井裡，若是傳回牢蘭關去，怕不成了天大的笑話。」

李嶷卻甚是灑脫。「笑話便笑話，也不知是誰，那年獵狼，狼沒打著，倒把自己的腳讓捕獸夾給夾了。」

老鮑不過嘿嘿一笑。

李嶷舉目四望，只見井欄之畔，螢火蟲星星點點，於秋夜中四散飛去。風吹得柳枝輕柔拂動，哪裡有那女子半分痕跡，若不是袖中那枝玉簪，適才種種，真恍若一夢罷了。

卻說第二日一早，阿越起身盥洗，方在梳頭，隔窗忽見那皮四郎獻寶似地捧著一只紙匣，笑嘻嘻從院子外頭進來。阿越一見了他，眉頭不由一蹙，那皮四郎卻在門外整了整衣冠，這才走進屋子來。見了阿越，便做小伏低，捧著那紙匣，溫聲道：「阿越，上次是我不該，倒拿那些金啊玉啊的俗物來，沒得辱沒了你。這是德華樓的包子，都是你愛吃的餡兒，有蟹黃的，火腿松蘑的，還有素三鮮的，你看，這還熱氣騰騰的，快趁熱吃吧。」

阿越聽他這般說，臉色才緩了一緩，看了看那包子，道：「倒勞煩你費心了。」皮四郎聽了這一句，便如聖旨綸音一般，樂不可支，連聲道：「不費心不費心。」站在一旁侍奉的家僮見他如此這般情狀，忍俊不禁掩口而笑，阿越卻瞥了這家僮一眼，淡聲道：「既有客至，還不奉了朝食來。」

阿越性情素來不苟言笑，家僮失笑時便已後悔不該，見他覺察，心下惶恐，連忙斂笑而去。那皮四郎早樂得如心花怒放。「阿越，你這是替我要的朝食？阿越……你這是關心我？」

阿越神色仍是淡淡的，卻道：「你既是客，又這麼早來，便一起用朝食吧。」

皮四郎受寵若驚，連聲答應不迭。

阿越自顧自束了髮，又從錦囊中取出琵琶來，拿了撥子調音。皮四郎坐在他身側，見他十指如玉，握著撥子調弄琵琶，便如飲了醇酒一般，只當身在仙境，如夢如幻，如癡如醉。

正在皮四郎樂得飄飄然不知身在何處之時，忽聞外面一陣喧嘩，那去傳朝食的家僮闖進來，慌慌張張地道：「小郎，外面有一幫人，凶神惡煞，四處翻揀，說是皮家娘子派來的，要尋拿皮郎君呢！」

皮四郎聞得此言，又羞又急，他素來懼內，更兼在阿越面前失了顏面，不由咬牙道：「這千刀殺的母大蟲，竟然派人尋到此間來！我……我得趕緊避一避，免得連累了阿越！」一時急得團團轉，推開窗子，便要越窗而出。阿越卻道：「且慢！」又說道，「你這般出去，萬一教他們當面撞見，豈不萬事俱休。諒他們一時半分也搜不到我這裡來，你不如換一身衣服，喬裝改扮一番，再從後門出去。」

皮四郎拍著大腿讚嘆：「阿越，你果然聰明過人，又這般替我著想。」當下心中直如吃了蜜糖一般，誇了又誇，直到阿越出言催促，這才由那家僮帶著，匆匆去另換了衣服，喬裝成知露堂中的僕役，從後面的小門偷偷溜出屋子。

他躡手躡腳穿過院子，忽聞耳後風聲疾來，旋即腦後一痛，竟然被人一悶棍打翻在地，他被這一棍打得頭暈目眩，正待要張口呼痛，忽見四五個人手執繩索諸物，從花障後一擁而出。為首那個胖子滿臉橫肉，一腳就踏在他膝蓋上，令他不得起身，惡狠狠地道：「四郎真教人好尋！娘子有令，將這廝好生綁起來家去！」

原來這幾人，正是李嶷等人假扮的皮家家奴，那皮四郎何嘗知道，他對自己髮妻畏之如虎，只當眞以爲是妻子派來捉拿自己的。當下李嶷等人將皮四郎五花大綁，綁得結結實實，然後用木棍從繩結中穿過一挑，四個人輕輕巧巧便將皮四郎四腳朝天，脊背朝下抬了起來。

他們這般綁人抬人，動作利索得一氣呵成。皮四郎既被麻繩勒得嗷嗷叫，又被人如抬豬羊一般抬出知露堂，顏面全無，禁不住破口大罵：「這個天殺的母大蟲，凶蠻不講理的婆娘，竟敢派人來捉我！我回家就給她寫休書！」又直著喉嚨賭咒發誓：「天雷爺爺在上，再不休了這凶悍善妒之人，我也不姓皮了！」

這一番動靜，早就驚動了知露堂中諸人，紛紛或開窗，或走到簷下來，指指點點看熱鬧。

知露堂既做此等生意，早見慣爭風吃醋，或有家中妻室尋上堂中來哭鬧，但這般上門綁人卻是頭一遭兒。眾人見皮四郎這般狼狽模樣，自是禁不住好笑。

那老鮑故作凶蠻之相，瞪著眾人斥道：「看什麼看！再看我們家娘子就報官，說你們這堂子詐騙金銀！抄了你們知露堂，把你們這些人統統抓起來！」

他們這般作態，更兼皮四郎那一通叫罵，自然無人有半分起疑。當下順順當當將皮四郎自那知露堂中抬出，上了門口馬車，揚長而去。

待將那皮四郎綁到城外僻靜處，李嶷等人仍假作皮家僕役，恫喝威嚇，言稱皮四郎此番出門，就是故意撒謊哄騙家中娘子，所爲只是來知露堂尋花問柳，說道家中娘子如何生氣，命要敲掉皮四郎的牙齒以作懲戒。那皮四郎早沒了知露堂中那般膽氣，連聲辯解自己此番是替望州郡守郭直將軍去押解糧食，之所以身在知露堂，只是路過而已。

他這番言辭，老鮑故作不信，拿著斧子便在他門牙上比畫。「胡說八道！少拿郭將軍出來扯大旗！你拿官府家出來嚇唬娘子，罪加一等！」

皮四郎渾身篩糠一般，急得賭咒發誓：「天爺在上，眞不敢哄騙娘子，我此番出門，眞的是替郭將軍押解糧草去了！至於那知露堂，實實是郭將軍遣使出城接應，叫我去那堂中吃了杯水酒！所爲也是談糧草之事，並無其他心思！」

李嶷朝老鮑使了個眼色，李嶷接過斧子，用手指試了試鋒芒，說道：「你少在這裡扯謊了，無憑無據，就聽你張口瞎編，我們自是不信，你更別想誆騙娘子！我看，還是按照娘子的囑咐，敲下你一顆牙來，你才會說實話。」

那皮四郎聽他如此言語，忽地靈光一閃，大聲道：「有憑據！有憑據！我有郭將軍的解糧對牌，是軍中的對牌，可以作憑據，我眞的是販糧去了！」

李嶷不緊不慢，問道：「那對牌在哪兒？」

皮四郎道：「就在我腰間革囊裡。」

老鮑當下探手去他腰間細細摸索，片刻後朝李嶷搖了搖頭，示意並未有對牌，李嶷凝眉沉聲道：「哪有對牌！你到此時此刻，竟然還東扯西拉，想要誆騙我們！」

皮四郎幾欲哭出來。「有對牌，我眞的有對牌啊！」李嶷用斧子挑開他手上的繩索，皮四郎慌忙伸手在自己腰間革囊裡摸索，到最後索性將革囊整個都翻了過來，只有一些散碎銀錢，哪裡還有對牌。

李嶷舉著斧子作勢要敲下，皮四郎嚇得哭叫道：「我真的有對牌啊！我真的有對牌，這對牌我須臾不敢離身的！」

李嶷喝問：「那對牌去哪兒了？」

皮四郎哭著道：「我也不知道，真的不知道對牌去哪兒了！」眼見李嶷手中雪亮的斧子不由分說狠狠劈向自己，頓時嚇得雙眼翻白，就此暈了過去。

老鮑摸了摸他頸中的脈搏，衝李嶷點點頭。李嶷便與裴源走開了說話。

裴源道：「如此看來，他確實不知道對牌已失。」

李嶷卻微微嘆了口氣。「只怕崔家的人已經捷足先登了。」

裴源微微一怔，李嶷卻朝樹下的皮四郎努了努嘴，說道：「綁他出來的時候，他穿的不是自己的衣裳。」

裴源恍然大悟。「只怕還在知露堂中時，對牌已經被人趁機偷走了。」

李嶷點了點頭。「不知崔家的人怎麼辦到的，八成還是崔家那小女娘的計謀，狡黠狠辣，此乃勁敵。」想到昨夜在那井畔，崔家那小女娘機敏善變，自己明明已經占了上風，卻被她一句「太孫」誆騙，竟被踢入井中。生平以來，從未遇見過這般人物，更從未吃過這般悶虧，不由牙根一陣發酸。

裴源見他如此評價，不由皺眉道：「崔倚的兒子，竟然十分擅用兵，這倒也罷了，麾下又這般人才濟濟，只怕所志不小。」

李嶷嘆道：「崔家所志不小又能如何，如今這天下大亂，誰沒有各自的一腔心思。崔家打著自己的算盤，只怕不僅想鷸蚌相爭，漁翁得利，更想借勢而爲，借刀殺人，如今趁著咱們缺糧，就和那孫靖心照不宣，想把咱們堵死在這關西道上。」

裴源道：「既被崔家的人捷足先登，拿走了對牌，那咱們問出糧隊所在，帶著皮四迎上去，八成還能接住糧食。」

李嶷搖了搖頭。「恐怕來不及了。」頓了頓，說道，「若是我是崔家的人，既有對牌在手，此時此刻就帶著人喬裝改扮成望州守軍，大搖大擺去糧隊接糧。」

裴源皺眉想了一想。「沒想到咱們這一番苦心謀劃，竟然給崔家作了嫁衣。」

李嶷忽然一笑，道：「塞翁失馬，焉知非福。自孫靖作亂以來，崔家趁著焉山南麓空虛，派兵占據了不少城池。這一次，他們百密一疏，咱們也來撿個現成的便宜。」

裴源微微一怔。

李嶷笑道：「如果望州郡守郭直得知皮四失蹤，糧草可能出了紕漏，會如何行事？」

裴源脫口道：「他定會立時率軍出城接應糧隊！」

「對！」李嶷笑咪咪，「既然望州城中空虛，咱們且暫不顧糧草，先賺一座望州城。」

從來是守城易，攻城難，如若有望州在手，近可挾制并州、建州，遠可逼近洛水，直指關中。連東都洛陽都變得可望可及，正因爲望州如此要緊，所以孫靖才源源不斷送出糧草，以支援望州。裴源想到此處，不由得精神一振。

李嶷一猜即中，那皮四郎原本乃是偷偷溜出滑泉驛，偏在知露堂中又被綁走，護衛他的兵丁城裡城外遍尋不著，只得硬著頭皮趕往望州報訊。望州郡守郭直聞訊大怒，親自帶了城中守軍，傾巢而出，去接應糧隊。

李嶷與裴源率了幾千兵馬，先遣人喬裝混入城中，裡應外合，寥寥無幾的守軍不戰而降。並未多費周折，就順順當當拿下了望州城。

話說既占據了望州城，老鮑與謝長耳便興興頭頭，帶著人好好查點了一番城中存糧，所餘不多——這倒也是意料之中的事，不然爲何孫靖從朝中送來偌多糧草。不過，城中存糧亦夠數千人這好幾日的嚼裹，尤其還有米麵鹹肉，可慰傷兵。裴源喜出望外，先安排下伙伕廚子，好好做一頓飽飯，以饗同袍。

李嶷卻不慌不忙，親自帶著人在城樓上巡望。裴源登了城樓，見他不住眺望，便問：「是擔憂郭直返身回來攻城惡戰？」

李嶷瞇著眼睛，望了望西斜的太陽，說道：「崔家那個小女郎，狡黠過人。我覺得她不僅會派人拿著對牌去接糧，只怕她的如意算盤不僅如此，既然猜到郭直會率軍出城，那她接了糧草，就直奔望州而來，賺開城門，一箭雙雕。這樣她既劫了糧草，又劫了這望州城。」

裴源不由瞠目結舌。「天下竟有這等狡猾無恥之徒！」

言談之間，城外的遊騎哨探已奔回來傳訊，正是有大隊糧草押運著往望州城中來。李嶷精神一振，當下傳令闔軍上下，於城牆後埋伏守衛，切切在糧草未進城之前，不要露了行藏。上上之策當然是等著那崔家押運的糧草進入城中，來個甕中捉鱉；再不濟萬一被崔家的人發現，也得大戰一場，留下糧草。

至於李嶷，他私下裡盤算，若是能就此擒住崔家那個小女郎，自己定要一腳把她踹進井裡，好報那晚的落井之仇。

裴源見李嶷神色淡然，不遠處已經依稀可見糧隊連綿的車馬，踏著夕陽正朝望州城門緩緩而來，忍不住追問：「你是如何猜到她會有此番作爲？」

李嶷不經意道：「如若我是她，我也這麼幹。先劫了糧草，再劫了望州城。」

裴源摸了摸肥幫子，一時竟不知說什麼才好。城牆上下的諸人，早就屏息靜氣，等待糧隊進入城中，就關閉城門圍而殲之。誰知糧隊行至城下，忽然有一騎越隊而出。藉著初秋最後的殘陽餘暉，李嶷從城堞縫隙裡，只見那人雖然一身素色圓領袍子，束髮戴著樸頭，乍一看宛如少年郎，但身形纖麗，明眸燦然，只怕化成灰了李嶷都認得出，正是崔家那個小女郎。

但見她朝城樓上一望，扭頭吩咐了一句什麼，糧隊立時調轉方向，後隊變前隊，驅趕著拉車的騾馬，竟然匆匆而去。

此時暮色漸濃，裴源再也忍耐不住，探身而望，只見糧隊急急離去，只留下道路上一股股激起的煙塵。裴源急問：「怎麼辦？追不追？」

李嶷搖了搖頭，聲音中倒並沒有多少惋惜。「不用追啦，她若是進城來，咱們自然可以一戰，要是追出去，八成徒勞往返，還會再失了這望州城。」

裴源恨聲道：「不知她怎地瞧出了破綻，這世上竟然真有這般狡黠無恥之徒！」

李嶷卻是嘿嘿一笑，說道：「她若是真撞進城來自投羅網，那還頗令人有幾分失望。被她瞧出破綻，這才是她應有的本事啊。」說完，也不管裴源，收了手中弓箭，自顧自拾階下了城樓。

裴源茫然看著他的背影，似未聽懂他適才說的話，只得揚聲問：「你做什麼去啊！」

李嶷頭也沒回地答：「吃飯！」

第二日一早，李嶷方含著柳枝在官舍廂房前淨齒——郭直這郡守的官舍建得敞大闊亮，就被李嶷當作兵營用了，傷兵皆住在此處，他就住了一間朝北的下房。雖然是下人的屋子，但比之在荒野裡風餐露宿，自然好了許多。他正含著柳枝淨齒，卻見裴源匆匆走進來。

「十七郎，郭直在城外三十里紮營，雖派了哨探來往，似乎也不打算攻城。」

李嶷拿青鹽水漱了口，方才道：「他大意輕敵，中計出城，丟了望州。孫靖那脾氣，素來暴躁酷烈，若是得知只怕立時就要砍他的腦袋。所以他徘徊城外，以他的兵力，既不足攻城，卻又無法求援。」

裴源笑道：「這郭直確實處境尷尬。」

李嶷道：「郭直不足慮，但現在崔家的人，只怕又要生事。」

裴源不由微微一怔。

李嶷道：「崔家那個小女郎，心思敏捷，她雖劫走了糧食，但眼見望州城落入我們手中，必不甘心。如今郭直率軍孤懸城外，無城可據，無糧可食，又不敢求援，處境尷尬，若我是她，必然去郭直軍中和談，好與他合圍攻城，拿下望州，踢我們出局。」

裴源聽他如此言說，不由問：「那該如何？」

李嶷笑道：「我們自然是明修棧道，暗渡陳倉。我出城去與郭直假作和談，等我到了郭直軍中，崔家的人自然會考量一下，是與我們為敵划算，還是與我們結盟先收拾了郭直那點兵馬划算。」

裴源不由皺眉。「十七郎，你說得有理，但你去太冒險了，還是你據守城中，我出城去郭直軍中，與崔家的人面談吧。」

李嶷看了裴源一眼，慢悠悠地道：「當然是小裴將軍去，我呢，好生給郭直寫上一封手書，蓋上平叛元帥的大印，以顯示咱們的誠意。」

裴源一怔，不由道：「你不是說帥印那勞什子太累贅，放在父帥營中壓根沒帶出來過？」

李嶷渾不在意。「拿蘿蔔刻一個不就得了，咱們之前不都這樣幹嗎？」

裴源又是一怔，忽地醒悟過來，急道：「那可不成，萬一被識破……」

李嶷拍了拍裴源的肩，一語雙關，說：「你就放心吧，沒什麼萬一，郭直和崔家的人都沒見過小裴將軍，更沒見過我的帥印，絕辨不出什麼眞假。」

當下李嶷換了身衣服，輕騎簡從，只帶了數名隨從，開了城門，直奔郭直營中。那郭直聽聞鎭西軍小裴將軍親來拜營，親自領了帳下幾名郎將，出轅門相迎，見了面，卻是既不失恭敬，也不失親熱。蓋因裴源的父親裴獻，幾十載鎭守西陲，關西道上的武將，無論如何，都承他幾分情面。所以縱然是敵非友，郭直還是客客氣氣，將小裴將軍好生迎入了軍中，也坦率相告，崔家也遣人來了。

李嶷呈上蓋著帥印的手書，見郭直將「平叛元帥、鎭西節度使、皇孫李嶷」的親筆手書看完，便隨口問道：「適才郭世兄說崔家也遣人來了，不知所來何人？」

郭直被他叫一聲「世兄」，卻是皺眉道了一聲不敢，方才道：「崔家派來的，是崔公子身邊的親信何校尉。卻也巧，那何校尉剛入營一盞茶的工夫，小裴將軍也來了。」

李嶷不動聲色。「可是那『錦囊女』何氏？」

原來崔倚只有一子，名喚崔琳，自幼體弱多病，京中數次索要此子爲質，都被崔倚搪塞推脫了。崔倚寵愛獨子，給他精心挑選了無數親隨侍從。這些侍從中有一名女子何氏，最爲出色，是自幼侍奉崔公子的侍女，機敏慧黠。及至崔琳參與軍事，這何氏又於旁輔佐，須臾不離那崔公子左右，因此被定勝軍上下稱爲「錦囊女」。

郭直點了點頭。

李嶷笑道：「既然崔公子也遣來了身邊要緊的人，那何妨一見。」

郭直本來正有此意，笑道：「小裴將軍如此氣度，郭某就放心了。」當下在中軍帳中設宴，好生招待小裴將軍與崔家來使。

果然這何校尉就是知露堂中那喬裝的女郎，李嶷與她雖只見過短短數面，但連番交手，已知此乃勁敵。今日只見她打扮又有不同，乃是穿了一身定勝軍中校尉的服色，更襯得蜂腰猿背，鶴勢螂形。乍一看，當眞雌雄難辨，細看才覺得眉眼精緻，皓腕如玉，並非少年郎，乃是一名英氣勃勃的少女。

待郭直居中介紹，李嶷便客氣道：「原來是定勝軍的何校尉，幸會幸會。」

那何校尉也嫣然一笑，道：「原來是鎭西軍的小裴將軍，久仰久仰。」

當下郭直也毫不客氣，說道：「兩位都是少年才俊，今日來此，郭某眞大開眼界，也受寵若驚，既怕辜負小裴將軍的美意，又怕令崔公子不悅，心裡也爲難得緊。」

聽他說到此處，李嶷不由望了那何校尉一眼，不想她正笑吟吟地望過來，兩人目光一觸，那何校尉微微一笑，這才掉轉眼神去看郭直。只聽那郭直道：「思來想去，既然是左右爲難之事，不如按照軍中舊例，以搏代決。」

當下提出，三方各遣一人比試，若是郭直軍中人贏了，小裴將軍代表的鎭西軍，和何校尉代表的崔家定勝軍，就要各自答應他一個條件。若是何氏或小裴將軍遣出的人贏了，他就和誰談結盟之事。但此方比試必得另遣人，三人皆不得親自下場比試，以免傷了和氣。

這法子倒也公平，當下李嶷與那何校尉都痛快答應了。郭直挑了軍中一名健卒，李嶷派了隨自己而來的謝長耳，何校尉則指了她身邊的一名親衛陳醒。

當下在營中尋了平坦處，畫出一大片沙地來，又在沙地上用石灰畫出三個白圈，遠處望樓上插了一面小旗，以馳馬至望樓奪旗，最先返回將那面小旗插進自己的白圈者爲勝。

那傳令的郎將大聲吆喝：「不限兵刃，點到即止，勿傷性命。」言畢將手一揮，三人三騎，便已如離弦之箭，飛馳而出。

三騎追逐相搏，十分精采，周圍圍觀的將士，時不時發出讚嘆聲，喝采聲。

李嶷此番前來，本來就是醉翁之意不在酒，所以分外灑脫。但見那何校尉，也是意態從容，彷彿閒庭信步一般。心中思忖，這何校尉一介女流，竟已然如此氣度，不知那崔公子又是何等人物。崔家立場甚是微妙，尤其自己率鎮西軍已入關西，若能逼近洛水，那崔家的態度就更爲要緊，總要想個法子，不能再讓其掣肘於側。崔琳既爲崔倚獨子，定勝軍中又對其頗爲擁戴，若是能與那崔公子交結一二，或可隨機應變，偵知其心意。

他正思量間，忽聽郭直問道：「小裴將軍，令尊當年在虎牙關受過重傷，每逢陰雨便會發作，痠痛難忍，不知近年可好些了？」

李嶷心中一凜，卻笑道：「多謝將軍問候，家父所有舊傷，數肋下那道箭傷最爲凶險，這幾年雖在軍中，但悉心調養，已經好得多了。」

郭直點了點頭，笑道：「說來我還曾見過尊兄一面，那時候他奉令返京，路過望城驛正逢大雨，摔壞了坐騎，只得求助於我，我派人給他送了兩匹馬。」

李嶷微一凝神，便笑道：「那是承順二十四年吧，當時我還小，阿兄回京後，說起途中大雨，險摔壞了腿。」

郭直笑著點了點頭。「如今三郎已經在奉州任上了吧。」

李嶷笑道：「年歲太久，郭將軍想是記錯了，當年受您贈馬的是我二阿兄，不是我三阿兄。」

郭直點了點頭，忽聽場中歡呼雷動，原來是郭直軍中那名健卒，已經於望樓上搶到了旗幟，策馬直奔那白圈，後面兩騎緊緊相隨。李嶷不由瞥了一眼那何校尉，見她仍笑吟吟，似對場中輸贏並不介意。

不過片刻之後，果然何校尉派的那名親衛陳醒，又從健卒手中奪回了旗幟，三人於馬背上拚力相搏，甚是驚險好看。三人皆離白圈近在咫尺，但旗幟於三人手中輾轉，又被另兩人所制，誰也沒辦法將旗幟插進白圈得勝。

一時爭搶更為激烈，又因不限兵刃，所以刀光劍影，格外驚險。李嶷心中一動，正待要出聲，忽見陳醒為了搶旗，抬臂射出一枝弩箭，那健卒卻心一橫，並不避讓，一躍而起，只聽「噗」一聲，那枝弩箭深深射入健卒腰腹。這一箭原可避開，陳醒不由一怔，那健卒也藉機握到了旗幟，拚盡全力，將旗幟狠狠插進了白圈，終因傷重，力竭撲倒。

郭直見狀早就離座，急忙撲過來扶起那名健卒，那健卒奄奄一息。「將軍……幸……幸不辱命……」言畢頭一垂，竟死在郭直懷中。

陳醒與謝長耳早就翻身下馬，陳醒拋了兵刃，見此情狀，不禁黯然，單膝跪地，拱手道：「是我失手了。」

郭直心中悲憤，當下抱著那名健卒不發一言，李嶷與何校尉亦早已離座。李嶷勸道：「郭將軍，以這位健卒的身手，其實剛剛那一箭，他是能避開的。」

郭直點了點頭，說：「是，他一意求勝，所以才沒有閃避。」

何校尉道：「此人忠勇，令我等欽佩，如今是將軍所遣的人得勝，依照前言，我定勝軍和鎮西軍，可各自答應將軍一個條件。」

李嶷點了點頭。「是，我鎮西軍可依照前言，答應郭將軍一個條件。」

郭直神色悲慟，說道：「天色已晚，我軍中要爲這位同袍歸葬。我此刻哀痛心亂，還請兩位今晚就宿在營中，明日再談。」

李嶷心中早就轉過千百個念頭，還未及說話，忽聽那何校尉道：「這是自然，我也要代定勝軍祭奠這位勇士。」

李嶷便也點點頭。「郭將軍節哀，也允我去祭一杯薄酒。」

這場比試，猝然而止。郭直親自牽祭，軍中葬禮，甚是簡樸，唯有三軍感念其忠勇，各自唏噓不已。待得辦完喪儀，天色已經擦黑，郭直便命人與李嶷和何校尉及兩人的隨從護衛幾頂軍帳，各自歇息。

一進帳中，李嶷便對謝長耳道：「這健卒用一條命換得我和那何校尉必得留宿營中一晚，今晚必出古怪。」

謝長耳卻是個實誠的人，不由吃驚道：「不是說贏了咱們就得答應他們一個條件，怎麼今晚就會出古怪？」

李嶷搖了搖頭。郭直數次出言試探，顯然是擔心自己這個「小裴將軍」乃是冒牌貨，只怕他萬萬想不到的是，自己眞實的身分其實比裴源更爲要緊。郭直之所以試探，或是想扣押了裴源，奇貨可居，或是另有別的計謀，既然如此，那必然會今晚趁夜動手。

聽他如此言說，謝長耳不由急道：「那我趕緊讓老鮑回望州知會求援？」

李嶷道：「不用，他們要動手，也得夜深人靜，你叫老鮑警醒些就是了。趁著現在，我去探一探那位何校尉。」

謝長耳知道老鮑一直在暗中接應，便點了點頭。李嶷脫下小裴將軍那身冑甲，換了身輕便的衣服，用匕首無聲無息地將帳篷下方割了一道口子，偷偷溜出了帳篷。

軍中入夜，金柝聲聲，警戒森嚴。但李嶷素來是鎮西軍中最好的斥候，當下輕輕巧巧，不露半點行藏，便已穿過大半個軍營，來到何校尉帳後。

他用匕首劃開後帳的油布，閃身進入帳中。只見帳中點著明晃晃兒臂粗的蠟燭，几案上放著一本攤開的書卷，旁邊是半硯剛磨的新墨，但帳中空蕩蕩並無一人。李嶷心中警鈴大作，頓覺不妙，正待要轉身，忽感腰後細微一痛，似被蚊蟲叮咬了一口，但心中明知絕計不是，果然一股麻意迅速從腰際上下延開，便如數道冰線一般，迅速已至指尖和腳趾，當下腿腳一軟，神志仍十分清醒，但已倒地動彈不得。

此刻方見那何校尉笑吟吟從屏風後走出來，她已經換了一身輕巧的素衣，雖仍作男兒打扮，但束了髮，反倒像是稚氣未脫的少女，燭火照著她明眸眼波流轉，如星如月，燦然生輝，卻蘊著三分笑意。她負手走到李嶷近前，十分嫌棄地用足尖撥弄了一下他，然後才從身後拿出牛筋來，將李嶷雙手雙腳都捆了個結結實實。

待捆好了，她似是不放心，又拿出一道精鐵細鏈，將李嶷雙手重新繞了好幾圈捆住，這才從地上撿起李嶷的匕首，在他頸中比畫了一下，方才道：「三更半夜，小裴將軍這是上次在井裡洗澡洗得太適意，所以特意又來尋我？」

兩人相距極近，李嶷從她烏黑的眼眸中，幾可看清自己的倒影。他處境狼狽，卻仍是灑脫。「一井之恩，沒齒難忘，在下時時刻刻都惦記著姑娘的恩德。」

少女噗哧一笑，說道：「得啦，我知道你時時刻刻都在惦記著，想要把我也踹進井裡，報那一井之仇。你就是這麼睚眥必報的人，是也不是？」

李嶷雖與她只見過短短數面，卻知道此人實乃生平罕見之勁敵，見她明眸皓齒，晏晏談笑，惱恨得牙根又隱隱發酸，但還是笑道：「姑娘又沒見過我幾次，怎麼知道我是個睚眥必報的人？既然姑娘是崔家定勝軍中人，與我鎮西軍乃是友軍，我自然寬宏大量，不再計較。」

那少女聞言，笑咪咪地道：「你對旁人，或許寬宏大量，不再計較。但是你對我，是一定銜恨不已，睚眥必報。」

說到此處，兩人心裡都不由升騰起一種怪異之感，他們二人皆只見過對方短短數面，但不知為何，皆能猜到對方心中所思所想。那少女與李嶷數次交鋒，都略占上風，但也知道眼前之人乃是生平勁敵，絕不敢有絲毫半刻懈怠，雖與他說著話，但手中七首卻一直牢牢對著李嶷頸項，只要輕輕一送，便可取他性命。

李嶷卻眼睛瞬也不瞬地盯著她，說道：「我問妳一件事，那天在知露堂中妳搶走了我的珠子，妳能不能還給我。」

那少女一怔，忽然有一層淡淡的紅暈，從她潔白如玉的頸間洇暈而起，一直如潮水般洇過雙頰，她彷彿立時被觸怒，將七首的刀尖，又往前遞了一分，幾乎要刺破他頸間的肌膚。「那我的簪子呢！你搶走我的簪子，我還沒跟你算呢！」

李嶷見她突然羞惱，百思不得其解，但卻趁機想要越發激怒她，笑道：「妳把我的珠子還給我，我當然就把簪子還給妳。」

少女冷笑一聲，說道：「現在你都已經淪為階下囚，還敢與我討價還價。」

李嶷笑道：「我都已經淪為階下囚，妳為何還要用利刃指著我？」

七首鋒刃的寒光倒映著燭火，微微搖動，他明知道這把七首吹毛斷髮，鋒利無比，卻毫無懼色。少女不由瞇起了眸子，問道：「那你呢，你手持利刃潛入我帳中，是想做什麼？」

李嶷忽問：「妳只帶了這幾名隨從進郭直軍中，崔公子答允嗎？」

「公子他……」少女只說了三個字，忽地醒悟，見李嶷嘴角上揚，微帶笑意，知道已經不留神被他套了話，本還可矯作掩飾，但明知眼前人奸猾無比，哪怕自己再出言掩飾，他既已猜到，那便是無用。當下眼神微冷，如蘊薄冰，聲音也冷了幾分：「你如何猜到的？」

「你們公子如果還在相州，妳絕不會行此險策。妳就帶了這麼幾個人來郭直軍中，又不怕他把妳扣下來，那你們公子一定早早就帶著大軍，來到了望州左近，所以妳才肆無忌憚。」

少女雖然被他猜中，但也滿不在乎，說道：「那小裴將軍呢？小裴將軍定然是因爲皇孫殿下極擅掌兵，他在望州城中爲援，所以小裴將軍才肆無忌憚，敢來郭直營中。」

李嶷點了點頭。「皇孫殿下對崔大將軍素來敬仰，既然崔公子就在左近，還請何校尉帶我去見一見崔公子，皇孫殿下有幾句要緊話，也想面見崔公子詳談。」

「我們家公子，可不是想見就見的。」少女不緊不慢地說，渾沒將名義上的勤王之師、鎮西軍主帥，十七皇孫李嶷放在眼裡。「再說了，若是論到大義正統，那也應該奉太孫是未來的君主，不是他十七皇孫殿下。」

先帝晚年暴戾昏聵，尤其對待有功的武將們，總暗疑他們有不臣之心，因此刻薄寡恩。崔家定勝軍上下心中怨憤，對天家李氏，連同舉著勤王大旗的李嶷，也並無多少尊仰之意。只不過礙於名分，不得不承認這天下還是李家的，大義上太孫還是天家的正統罷了。

李嶷聽她這樣說，渾沒半點生氣，就笑道：「那是自然，若是尋回太孫，他才是大義正統。」

若不是如此，怎麼會當時只聽她一句「太孫」，他就不假思索要去拉她，結果反倒上當，被她一腳踹進井裡。兩人瞬間想到此處，李嶷的牙根又隱隱發酸，而那少女，顯然也並不覺得偶占上風，值得驕傲，只是神色警惕，盯著李嶷。

李嶷笑道：「喂，妳都把我捆成這樣了，還擔心什麼？」

少女微笑道：「數次交手，我知道你本事可大了，就算把你捆成這樣，我也覺得不怎麼放心……」

她「心」字剛剛從舌尖吐出，李嶷忽然身形一動，不知怎麼地竟已掙脫了牛筋的束縛，往後一仰避開匕首的鋒芒，少女手中的匕首疾刺而出，他雙手一舉，綁束著手腕的細細精鐵鏈子正迎著匕首鋒芒一劃而下，只聞叮叮數聲，手上纏捆數圈的精鐵細鏈悉數被匕首割斷。李嶷雙手既得自由，馬上一探捏住了少女的手腕，奪回匕首，少女急退兩步，抬手便朝他射出數枝弩箭。

李嶷手一揮不知擲出什麼撞飛弩箭，其中幾枝「唰」一下射滅了蠟燭。少女只覺眼前一黑，旋即耳邊似響起一聲輕嘆，然後腰際一涼，已經被人挾住了要害。

李嶷從地上拾起牛筋繩，將她好生捆了個結結實實，這才晃亮火摺子，點燃了蠟燭。情勢瞬間反轉，少女也不惱怒，只用水盈盈的眸子，注視著李嶷的一舉一動。

李嶷笑道：「來而不往，非禮也。」拿著匕首，在她頸側比畫了一下。「何校尉，妳說我到底是把妳扛出去扔在井裡呢，還是妳自己老老實實，告訴我崔公子在哪兒，帶著我去見他老人家一面。」

「我就說過，」少女似乎幽幽嘆了口氣，「你對旁人，或許寬宏大量，不再計較。但是你對我，是一定銜恨不已，睚眥必報。」李嶷忽然身形一晃，似避開什麼無形的東西，他一伸手就捏住了少女的臉頰，逼迫她吐出舌底細小的竹管。他用衣服隔著手指，捏著那竹管細看，裡面機括精巧，扣著數枚細針，針尖幽幽發著藍光，不知是煨了麻藥，還是煨了毒藥。

李嶷不由得搖頭讚嘆。「這東西做得真精巧，送我了。」

少女見偷襲不成，倒也不惱。李嶷說道：「妳身上還有什麼機括，一併拿出來吧，省得我動手搜。」

恰在此時，忽聽帳外腳步聲漸近，緊接著帳外有人高聲道：「何校尉，郭將軍命我送點心來。」

李嶷一怔，少女已經一躍而起，鞋尖彈出利刃，幸得李嶷早有防備，閃避極快，饒是如此，那刃尖也貼著他的咽喉堪堪劃過，驚險萬分。

李嶷重新將她制住，用匕首抵住她要害，在她耳邊低語：「打發帳外的人。」

少女微蹙著眉頭，似是無可奈何，揚聲道：「謝過郭將軍，我此刻更衣不便，還請將點心放在帳外，我即出來自取。」

帳外的兵卒聞言，似放下點心盤子，腳步聲漸漸離去。李嶷側耳細聽，忽然用力將少女按倒於地，一甩手，擲出匕首斬斷燭火，帳中頓時一片漆黑，只聽破空之聲嗖嗖連響，原來是帳外射入無數羽箭。李嶷抱著她就地一滾，兩人避到箱籠之後。

少女已經迅速鎮定下來，問李嶷道：「你預備的人呢？」李嶷反問：「那妳預備的人呢？」

話音未落，一群人早就衝進了軍帳，李嶷正待脫身離去，忽然衣角一滯，黑暗中也不見身形，但聽見少女冷冷的聲音：「你闖進我的帳中來，現在又想一走了之，沒那麼便宜。」

李嶷心知若帶著她，極難毫髮無損地脫身，但笑一聲，說道：「若是妳能帶我去見你們崔公子，我就帶妳走。」

少女的聲音在黑暗中如溪水般冷冷清冽：「你必須帶我走，你帶我走或許考慮讓你見公子，你不帶我走，你就是公子的敵人，從此後絕難見他。」

李嶷見她一語道破，無奈之餘，只得在帳上劃破一道長長的口子，先將那少女輕輕巧巧，騰挪出去，自己又鑽出帳外。其時今夜無月，倒是一天燦然的星斗，隱約可以視物。李嶷帶著那少女在營中七拐八彎，時停時行，試圖繞過埋伏包圍。

郭直既下定決心取其性命，派出這些人都極爲凶悍，更兼人數眾多，重重疊疊，不知埋伏幾層。幸得李嶷機警過人，但仍驚險萬分，差點就被發現。正當兩人焦頭爛額之際，忽聽營中北角上喧嘩起來，緊接著隱隱看到火光四起，還有人在大聲呼喝。

李嶷不由回頭看了少女一眼，只見她神色警惕，雙眸在星光下眼波流轉，無端端倒教他想起貓兒，只怕她若眞是一隻狸奴，那連尾巴尖的毛都寫滿了陰謀詭計。其實從他看見她第一眼，他就覺得她像貓兒，所以當時被她一腳踹落井裡，他脫口撒謊對老鮑說，是被野貓撓了一把。此時看她緊緊跟在自己身後，腳步輕巧無聲，越發覺得她像一隻貓。

若眞是一隻貓倒好了，可以藏在袖子裡，這麼個大活人要無聲無息帶出營去，可眞令人發愁。幸好營中起火了，但過得片刻，李嶷聽清楚了營中在呼喊什麼，不由氣得笑了。

營中四處喊聲大起，叫得都是「快救火啊！」「鎮西軍襲營了！」「鎮西軍殺過來了！」諸如此類……

李嶷不由對身後那隻乖巧的小貓冷笑。「妳就是這麼部署的，栽贓給我？」

小貓一臉無辜，瞪著兩隻圓圓的大眼睛看著他。「我的人只是胡亂嚷嚷，叫喊幾句，擾亂一下軍心，既沒有襲營，更沒有放火，你既然部署了人放火，這不也算是襲營嗎？」

李嶷被她這麼一噎，倒也無語。

小貓不屈不撓，反問他：「你到底打算如何脫身？」

李嶷道：「現在營裡已經亂了，我沒什麼計策，妳怎麼走，我跟著妳走。」

小貓終於瞪著他。「你不會連馬匹都沒預備吧？」

李嶷笑道：「妳定然會預備馬匹的，我還預備了做甚？」

小貓終於也被噎了一噎，再不言語，轉身就迎著火光，徑直往西北角上去。李嶷緊緊跟在她身後，時不時替她擋一擋亂箭，小貓也不言謝，只是腳步輕快，不一會兒，就走到營地邊緣僻靜之處。果然陳醒牽著兩匹馬，候在那裡。

那何校尉並不搭理身後的李嶷，對陳醒道：「你趕緊去回稟公子，就說我已脫身，且按計畫行事。」

陳醒看了一眼她身後的李嶷，抱拳行禮，翻身上馬離去。李嶷眉頭一挑，忽聽耳畔疾風而至，正是那何校尉射出的弩箭，待李嶷閃避之時，她早已經也認鐙上馬，朝著陳醒相反的方向策馬而去。此時營中早就有人發現這邊的動靜，一隊兵卒衝過來，不由分說，朝著那何校尉就射出一通亂箭。李嶷嘆了口氣，知道不能不救，只好奪了一柄刀，將那些亂箭叮叮噹噹全都斬落半空，又與那隊兵卒纏殺了幾個回合，待那何校尉早已脫身，這才返身閃入暗中。

❀

卻說那何校尉馳馬穿過樹林，奔出里許，忽覺馬背一沉，竟然有人落在她身後鞍上，她反手捏住袖中短劍就是一刺，卻被人按住了胳膊，李嶷清涼的聲音在暗夜中響起：「是我！」

追兵喧嘩著追出了大營，緊緊朝著他們追過來。少女不怒反笑。「小裴將軍一身好本事，怎麼還讓追兵緊追上來？」

李嶷嗤笑了一聲。「若他們不追上來，妳肯帶著我一起走嗎？」

少女不疾不徐，說道：「你要是沒這麼招人厭，或許吧。」

李嶷幽幽地嘆了聲，黑暗中追兵已經越來越近，一騎雙乘，自然無法快馳。少女數次想要用毒針射殺李嶷，或將他拋下馬去，但知道此人極其難纏，自己若是動手，難保不反被他所制，還是甩開追兵，再另尋脫身之策才好。

她數次隱忍，都被李嶷看在眼裡，他笑道：「我是不是妳生平最討厭的人？」

少女心中惱恨，卻從容言道：「那倒也不是。」

李嶷點了點頭。「看來我還得努力。」此時追兵已經極近，但聽破空之聲不斷，數枝冷箭擦著兩人飛過。李嶷道：「都怪妳，為什麼非要騎這麼一匹白馬，在晚上也太顯眼了。」

少女心下生怒，冷喝一聲：「小白！」那白馬極為神駿，瞬間前蹄高揚，人立而起，就要將李嶷甩下馬背，李嶷卻不慌不忙，趁機回身，雙手一抄，正好抄住射過來的幾枝箭羽。小白前蹄還未落下，他已經將手中箭枝擲出，如趕月流星般，只聽「噗噗」數聲箭入皮肉的悶響，夾著數聲慘叫哀號，明顯他這一擲箭無虛發，追得最近的那些追兵，或死或傷，後頭的追兵為之一滯。

白馬載著兩人穿過山林，又翻了幾個山頭，等到天色矇矇亮的時候，追兵早就無影無蹤，竟是被甩脫了。

晨霧嫋嫋，那何校尉見不遠處的山腳有一條河，河水清澈，便催促李嶷下馬，她自牽了白馬，到河邊飲水。

那白馬辛勞一夜，仍舊神采奕奕，飲完水，又垂頭在河邊大口捲著嫩草吃。何校尉似也累到了，任由馬兒吃草，自己走到上游幾步，掬水喝了，又掬水洗了洗臉。

李嶷也捧水喝了幾口，說道：「這匹馬如此神駿，雖是白馬，但妳備下牠是對的，若沒有牠，我們甩不開追兵。」

她神色冷淡，似不欲多言。李嶷又道：「但妳有一件事做得不對，妳明明預備了這麼一匹好馬，卻竟然沒有預備乾糧。」她聽他這樣說，只是扭頭不理睬。李嶷笑道：「我替妳說了吧，若不是我非要跟著妳，妳早就甩掉追兵回你們崔家定勝軍的大營了，哪用得著什麼乾糧。」

她道：「兩人一騎，當然行得慢，我勸你莫要在這裡多耽擱，免得郭直的人又追上來了。」

李嶷笑道：「妳都不怕，我怕什麼。」斜睨了她一眼，說，「拿出來吧。」

小貓圓圓的眼睛又無辜地瞪著他。「什麼？」

李嶷道：「我不信妳孤身逃到此處，隨身不帶什麼發放訊號之物，好讓人接應。」

小貓圓圓的眼睛更無辜了。「沒有什麼訊號，我是公子的侍女，自會回營，如何還要勞動人接應。」

「得啦。」李嶷說，「狐狸尾巴都有九條呢，妳不帶什麼訊號在身上，我才不信！

妳別逼我拷問妳，我可不想拷問一個女郎。」

小貓氣鼓鼓半晌，終於從懷中掏出一只竹筒，扔在地上。

李嶷卻不去撿，努了努嘴。「既然是訊號，那妳就放吧，讓你們公子的人，快來接妳。」

小貓恨恨地瞪了他一眼，彎腰撿起竹筒，拔開竹筒上的塞子，只聞「砰」一聲，一股濃煙炸起。李嶷暗道不好，忙掩住口鼻，好容易濃煙散去，小貓早就蹤跡全無。

李嶷心道狡黠至此，這哪裡是貓，簡直比狐狸還要狡猾。但聞一聲馬嘶，回頭一看，身後不遠處，小白那粉色的唇邊還捲著幾根嫩草，瞪著濕漉漉的眼睛，正看著他。

他走過去，輕輕拍了拍馬鬃，小白顯然不願被他碰觸，抖了抖馬鬃，嗚嗚又是一聲長嘶。

他自嘲地笑笑。「她把你也拋下啦。」

卻說何校尉既然脫身，雖失了馬兒，但一路疾行，穿過數重密林，見李嶷並未追上來，不由鬆了口氣，歇息了片刻。她一夜未眠，本來極是疲倦，但此時馬兒既失，還得速速返回營中去才好。至於自己心愛的那匹白馬——喚作小白，牠素來機靈，定然也能想法子從那個惡人手中脫身，溜回營中。

想到那個難纏的小裴將軍，她隱隱只覺得牙根發酸。裴獻有十個兒子，聽說這個名叫裴源的一直被他安排在鎮西軍中，跟在那位十七皇孫殿下的身邊，看來最得裴獻看重。也怪不得他看重，這幾次交道打下來，這個小裴將軍真是才智勇武俱全，實實乃是人中龍鳳。雖然李嶷以少勝多，一戰陷殺庾燎數萬大軍，轟動天下，但天家李氏素來昏懦無能，並無聽聞有如何出色的子弟。裴獻雖奉了李嶷作平叛元帥，但天下皆知這皇孫不過就是個名義上的幌子。尤其如今看來，陷殺庾燎數萬大軍，鎮西軍勢如破竹殺入關西道，八成另有隱情，說不定並不是那位皇孫與天家諸人迥乎有異，而是他身邊這位小裴將軍的本事。

裴源！她惱恨地又將這個名字想了一遍，著實氣惱，但又無可奈何。

遠在望州城的裴源莫名其妙打了個寒戰，不知為何，他覺得脊背有點發涼。老鮑昨晚帶著人，在郭直大營中放火大鬧了一場，雖然被崔家栽贓說他們襲營，但其實也並不算得栽贓。李嶷趁亂脫身，倒也留下訊號，證實他平安無恙。

但這後背發涼到底是怎麼回事？裴源想了一想，命人加緊巡查，斷不能令望州城防有失。

卻說何校尉歇息了片刻，又穿過幾片山林，看了看日頭，辨了辨方向，又穿過一片山林，但聞流水潺潺，原來她已經繞到了河水下游。

她走了這半日，早就又累又渴，尋到河水開闊清澈處，掬水飲了數口，看看日頭已過晌午，這才從懷中掏出一只竹筒，又取出一枝火摺子晃燃，正準備點燃竹筒上的引信，以發出焰火為訊，突然身後一陣疾風掠過，她腰間一痛，整個人已經被踹入河中。

她被冰冷的河水一浸，嗆入口鼻，不知有多難受，掙扎著鳧水浮起，只見李嶷站在河邊，正朝她慢吞吞牽起嘴角微笑。

李嶷道：「何校尉，又見面了，真巧啊！」

李嶷打了個呼哨，白馬從林中奔出，見到水中沉浮的她，卻又是一聲長嘶。她不禁氣惱無比。「叛徒！」

小白渾不知是在罵牠，甩著馬鬃，快活地奔到李嶷身邊，在他身邊挨挨蹭蹭，甚是親熱。

傻！她忍不住又怨恨地瞪了一眼小白。

小白以爲她在嬉水，不斷用鼻子拱著李嶷的手，示意他也帶牠下水去玩，李嶷伸手拍了拍牠的脖子，問水中那怒氣沖沖的小貓：「喂，妳手裡那焰火筒也濕得能倒出水了，妳要不要另外想法子，知會妳家公子的人來接應？」

小貓連睫毛都已經全濕透了，濕漉漉圍著忽閃忽閃的大眼睛，倒有幾分楚楚可憐，卻咬牙切齒，罵出了一句：「混蛋！」

李嶷笑道：「我這個人恩怨分明，有仇必報，但上次妳把我踹井裡的時候，我可沒罵妳。」

小貓狠狠地瞪了他一眼，終於扔掉手中那只焰火筒，奮力朝岸邊游過來，但距離岸邊還有兩丈開外的時候，她忽似嗆了口水，直直地沉了下去，過不多時又掙扎著浮起，但旋即又嗆水。但她生性倔強，亦不呼救，奮力掙扎間，卻被水沖得離岸更遠了一些。

李嶷看著她在水中沉浮掙扎，不由好笑。「別裝了，趕緊上來，妳忘了咱們第一次見面就是在水裡？妳水性好得很，我知道。」

她一言不發，又嗆了幾口水，似是腿腳抽筋了，被水沖得遠了數丈。李嶷站在河岸之上，遠遠看著她被沖入河心，起初還能掙扎浮起透口氣，但片刻之後，終於被滔滔白浪吞沒，再無蹤跡。

李嶷半信半疑，朝河邊走了兩步，細細察看，只見河水急急往東流去，河面碧水如綢，時不時露出一兩個旋渦，哪裡再有半分她的蹤影。

李嶷轉身，故作牽馬，口中道：「喂，小騙子，妳可騙不到我，我走了，我真的走了啊。」牽著那白馬行了數步，小白不斷嘶鳴，扯著韁繩不肯再行，掉轉頭奔到河邊，試圖涉水，但河水湍急，小白前蹄方探入河中，已經被李嶷硬扯著韁繩拉了回來。

李嶷嘆了口氣，把韁繩套在河邊的樹枝上，看了看河面，記得她最後掙扎沉下去的地方，便跳入河中，奮力朝著那處游去。河水本就十分湍急，又冰冷刺骨，這樣的水中視物不便，李嶷於水下搜尋了片刻，仍沒找到那何校尉，他不得不浮出水面換了口氣，心想溺水不過是片刻之間的事，若真是溺水，如再尋不見，只怕施救不及。他深吸了一大口氣，又重新潛入河底，細細尋找，這次終於在不遠處隱隱約約看到那何校尉沉在水中，四肢似水草一般，在水中無力漂著，這正是溺水之人的模樣。他奮力游過去，果然她早就失去了知覺，他急忙一手摟著她的肩，迅速帶她浮上河面，然後帶著她游上岸。

李嶷將她抱上岸，將她面朝下放在一大塊山石之上，按著她的背控水。他按摩了半晌，見沒有控出多少水來，心下不由有些發急，於是將她翻過來，去摸她頸中脈搏，心道她別眞就此死了。他剛一伸手，忽見她睫毛微微一動，心中暗道不好，果見她突然睁眼一笑，唇中早射出數枚細針。他閃避不及，身子晃了晃，頓時倒地。

那何校尉早已起身，抬手又往他身上補了幾針痲藥，這才恨恨地道：「叫我小騙子，還把我踹到河裡。」想到李嶷適才的種種行爲，著實可惱，不由伸腳，用腳尖狠狠踢了他的膝彎三四下，冷聲道：「今天不叫你也到河裡泡一泡這冷水，就枉你叫我小騙子！」

她見小白的韁繩繫在樹枝上，心道此人雖然可惱，但還有一二分良心，當下解了韁繩，翻身上馬。小白見主人歸來，精神大振，當下長嘶一聲，便甩開四蹄，發足疾奔。方奔了兩步，她忽然回頭，只見李嶷被自己刺倒迷昏在草叢中，一動不動。她不知爲何卻拉住了韁繩，返身回來，從李嶷身上抽出刀來，砍了些樹枝草葉等物，堆在李嶷身上，將他身形盡皆掩蓋。這樣遠遠望去，只以爲這裡是一叢灌木罷了。

她心道，看在你適才下河救我的份上，也替你遮掩一二，免得那些追兵追上來，一刀砍了你。

她這才上馬，飄飄灑灑地離去。

她這麼一折騰，全身上下早就濕透。她將衣物脫下，擰得乾些，卻不便生火烘烤。更兼雖然擺脫了李嶷，但接應的焰火訊號諸物皆失，幸好還能藉著日頭和山林間種種，辨別方向，一路標記樹木。如此行得大半日，天光漸暗，黃昏之時，山林間更刮起了風，夜幕漸垂，時不時聞得遠處隱隱有猛獸怒嘯之聲，更有梟鳥不時桀桀鳴叫，甚是瘆人。

她正待要尋一個平緩之處，下馬生火，暫過此夜，忽聞喀嚓一聲，原來是小白的馬蹄踏到地上藤條，瞬間樹上藤條拉緊，樹枝彈起，藤條上竟然繫著石頭，呼嘯如鐘擺，重重砸破另一側樹上的馬蜂窩，頓時無數馬蜂蜂擁而出。

她心知不妙，急忙解下外衣，右手舉起外衣揮舞驅趕馬蜂，左手在馬屁股上拍了一記。「小白，快走！」

馬兒奮力躍出兩步，突然馬失前蹄，原來這裡竟然有巨深的一個陷阱，幸得小白神駿，應變極快，饒是如此，兩隻前蹄也落入陷阱。她右手急抛手中外衣，捲住一棵樹的粗大樹杈，身子懸空，半掛在陷阱壁上，左手用力拉住韁繩，但見馬兒長嘶一聲，從陷阱中掙扎躍起。

她不由欣喜。「小白！好樣的！」

恰在此時，一隻馬蜂忽地落在她右手腕上，重重一螫。她吃痛不已，極力隱忍，但那蜂毒何等厲害，她五指麻木，無力再抓住衣物，一鬆手便整個人落入陷阱。她落下之時極力避讓，但陷阱底豎著密密麻麻削得尖利的木刺，還是將她腿擦傷。

她舉頭向上望去，但見這陷阱極深，一時斷無法出去。小白在陷阱旁徘徊，不時地探頭，看著坑底的她。

她道：「小白快走！快走！別留在這裡，回去找人來救我！」

小白嘶鳴一聲，似是聽懂了，終於掉頭穿過山林離去。

她此時方才捋起褲管，看了一眼傷口，幸好只傷及皮肉，但傷口極長又極深，鮮血淋漓，甚是駭人。當下她咬咬牙，撕下一條衣襟，綁好傷口，避免失血。她拔出短劍，削砍掉一些木刺，這樣才有稍大的容身之地，但這麼一折騰，天色早已經徹底黑下來，她身上火種俱濕，只得蜷縮在陷阱深處稍為平坦的一角，心想熬到天亮再說罷。

偏這山林之中，越到晚上，山風陣陣，引得松濤如湧，更有那些不知什麼鳥，不時桀桀怪叫。她雖膽氣過人，但此刻被凍得寒冷不已，更兼腹中饑餓，更是難熬。

正迷迷糊糊似睡非睡，忽然不遠處似有猛獸呼嘯一聲，她極力睜大眼睛，但見陷阱上方，透著滿天星斗燦然，但四周漆黑一片，什麼也看不見。她裹緊了衣裳，心想這般又冷又餓，熬到天亮只怕要生病，方自思忖，忽地頭頂一亮。她身處黑暗久矣，忽見火光，只刺得雙目流淚，連忙以袖掩目，過得片刻，方才能漸漸看清楚，原來竟是李嶷手持火炬，正在陷阱上方，見她抬頭相望，他便將那火把探得更低些，彷彿也想看清楚陷阱中是何情形。

她不由冷笑。「小裴將軍這是要落井下石嗎？」

李嶷笑道：「妳既不在井裡，又談何下石。」

她早就疑心這密林深處，如何有這般精密的埋伏，頓時又冷笑一聲。「小裴將軍苦心謀劃，這雖不是井裡，可比井厲害多了。」

李嶷道：「那妳可冤枉我了，這真不是我設的陷阱。」頓了頓，忽然從身後取出一隻烤熟的兔腿，朝她晃了晃，問：「兔肉吃不吃？」

那兔腿顯然是剛烤熟不久，還往下滴落著油脂，香噴噴的甚是誘人，她心中氣惱，扭過頭去，不再看他。

只見他咬了一口兔腿，吃得滿嘴噴香，含糊道：「妳那針上的麻藥好厲害，我睡到天晚時分才醒，醒來一看，馬也沒了，妳也跑了。妳說，我辛辛苦苦，花了兩個時辰，好不容易才一路找到這裡來，一看，喲，老天有眼，就讓妳掉進了陷阱裡。」

她憤然道：「我就知道，只有你這樣歹毒的人才設得出這種陷阱。」

他又咬了一口兔腿，吃得甚是香甜，笑道：「校尉，這您可就眞是太高估我了。這種陷阱是獵人用來獵熊的，所以挖得極深，阱壁光滑，以免熊會爬出來，妳看看這陷阱，也知道挖掘設置非一日之功。對了，妳剛才是不是還遇見了馬蜂？」

她本就不解，此時聽他這般說，不由反問：「是又怎樣？」

他便點了點頭，說道：「這就對了！山間多熊，熊膽熊掌還有熊皮，皆是奇珍，能賣出高價來。但獵熊極難，熊極嗜吃山蜜，所以獵人一般會尋了有蜂窩的地方設這樣的陷阱。」他瞥了她一眼，笑嘻嘻道：「只是估計那獵人也沒想到，熊沒獵到，小騙子倒落網一頭。」

她不由怒目而視，但見他又晃了晃手中的烤兔腿，說道：「何校尉，我請妳吃兔腿，妳就帶我去見你們家公子面談，起碼，得把你們這次賺得的軍糧分我一半吧。」見她並不搭理，他又道，「何校尉，妳可一天一夜沒吃東西了？」說著又咬了口兔腿，嘖嘖道：「這兔子真肥，我烤的時候牠就滋滋直滴油。我烤肉的手藝還算不錯，妳要不要試一試？」

她定了定神，忽然抬頭嫣然一笑。「行啊，既然要談，那麼總得有點誠意。你先把我救上去，我就答應帶你去見公子，至於能不能分你一半軍糧，那也得公子答應才能作數。」

李嶷笑道：「妳這個小騙子，又想誑我？說吧，妳身上到底有多少那種竹筒，藏著多少毒針？」

她只是微微一笑，反問道：「怎麼，怕了？那你別救我上去好了，你走吧，讓我一個人死在這兒，我們公子得知我的死訊，一定也會震怒，替我報仇。只是那時候，你可半粒軍糧也落不著。」

他似是微一思量，爽快地道：「既然如此，行！我下來陪妳。」言畢，竟然拎著烤兔腿一躍而下。他看得極準，徑直就落在她身邊稍平坦之處，那陷阱裡雖有木刺，卻未傷及到他半分。她見他飛身而下，便如一隻大鵬一般，穩穩當當落在自己身側，不由怒目而視。「你在上面還能救我，現在我們兩個人都在陷阱裡，如何出去？」

但見他輕輕巧巧，將手中的火炬插在木刺之間，口中言道：「託妳的福，井裡我待過了，連河裡我都待過了。妳說咱們倆這麼有緣分……」說到此處，他忽然彎腰前傾，陷阱裡本來就地不過方圓丈許，被她削平木刺之處，更是狹小逼仄，他這麼一彎腰，幾乎已經貼近在她臉側，呼吸相聞。她鼻尖聞到烤兔腿那香噴噴的味道，耳中卻聽他輕笑道：「妳既然落入陷阱，我怎麼可以不下來陪妳，同生共死！」

她雖不害怕，但眼神之中極是鄙夷，兩丸黑水晶般的眸子定定地看著他，罵道：「輕薄浪蕩子！」

他渾不以爲意，笑道：「哎，今兒一天，妳都罵我兩回了啊？我這人可記仇，妳罵我一句，我就少給妳吃一條兔腿。我本來打算分妳兩條兔腿，妳罵了我兩次，兩條兔腿就沒了，嗯，我還是自己吃吧。」說著，又舉起手中的兔腿咬了一口，在忽明忽暗的火光中，吃得嘴角流油。她雖因著出身種種，自幼也並沒吃過什麼苦，更兼跟著崔公子身邊，甚是被嬌養照拂，今日這般又累又冷又餓，又被他這百般欺辱，若是尋常女子，只怕早就要落下淚來，她偏只咬牙忍耐，心中想，若要我開口示弱，那是萬萬不能。所以李嶷自顧自在那裡吃著兔肉，她卻再也不曾向他望上一望。

李嶷吃了片刻，見她抿著嘴，明明早就凍餒至極，卻絕計不肯向自己示弱告饒，心中又氣又好笑，心道如此倔強，活該再讓她吃些苦頭。雖這樣想，但將那兔腿含在口中，騰出手來又從烤兔上撕下一隻腿，遞給她。她卻別過臉去，並不肯接。

他將那條兔腿硬塞進她手裡，然後拿下口中兔腿，一邊咬著吃肉，一邊說：「放心，沒毒。這條兔腿，是我看在妳雖然把我毒暈了，但臨走前還好心往我身上蓋了堆草的份上，請妳吃的。一碼歸一碼，恩怨分明。」

她本想接過兔腿扔在他臉上，但略一思量，就慢慢低頭咬了一口。他見她終於吃了，便喜孜孜問道：「怎麼樣，我的手藝還不錯吧？」

她點了點頭，忽道：「你能不能老老實實告訴我，到底咱們倆怎麼上去？」

他又撕了塊兔肉，塞進嘴裡，含糊問：「妳怎麼知道我其實有辦法上去？」

她嘆了口氣，說道：「雖然與你相識不久，但你爲人如此奸險狡詐，豈會行毫無辦法之事？你既然肯下來，當然就有辦法上去。」

他聽她這般言語，不由笑道：「呵，妳對我評價還眞挺高的。實話告訴妳吧，今天晚上我就不打算上去了。」

見她面露詫異之色，他便道：「天都黑了，這深山密林，不知道除了熊，還有什麼猛獸，遇上什麼老虎豹子，那可眞沒絲毫辦法了。我知道妳身上肯定帶了藥粉，蛇蟻不侵，但那些猛獸可不會怕妳的藥粉。」

她聽他這般言語，心想他如何知道自己身上帶了能避蛇蟻的藥粉，但一想他爲人精細，或早看出甚至猜出什麼來也不一定。只聽他道：「不如在這裡踏踏實實睡一晚，躲避野獸。明日一早，我自當挾持校尉，前往崔公子帳中，以換取軍糧。」

她氣得都笑了，將他上下打量了一番，說道：「這般無恥伎倆，還說得理直氣壯！」話音未落，忽見他豎指唇邊，輕聲噓道：「有人來了！」說完迅速揚起沙土，將那插在木刺間的火把熄滅，見他如此作爲，她不由冷笑。「你自己說的，深山密林，野獸橫行，哪來的人？」

他忽然伸手去捂她的嘴，她早有防備，指尖一針刺出，他閃身避開，針刺入陷阱土壁之中，他一手緊緊捂住了她的嘴，一手將她按在阱壁上。她正待要掙扎，忽聽得不遠處窸窸窣窣，竟似眞的有動靜，二人屏息靜氣，但身在陷阱中，避無可避，只得靜待。過得片刻，忽然無數枝火把，驟然照亮陷阱上方；另有無數弓箭，箭頭幽幽反射著火把的光芒，密密攢攢，皆對著陷阱中的兩人。

她心想：難道這是郭直的追兵？但看這箭頭形制亂七八糟，似又不像。方在思忖，忽聽頭頂陷阱外有個破鑼嗓子，扯著喉嚨直嚷嚷：「喲嘿！怪不得說山林子裡有動靜，原來是一對兒兔崽子！快撈上來，給爺爺綁回寨子裡去！」

原來竟然是一夥山賊，看那火把弓箭，何止數百人，對方既人多勢眾，又是一夥草莽，眞眞下手無輕重，刀箭俱無眼。況且這夜深林密，人地生疏，兩人縱然能闖出去，只怕遇上野獸更不值當，倒不如隨機應變，說不定還更有生路。當下那些山賊垂下鉤索，兩人乖乖束手就擒，被這夥山賊將手腳都捆綁結實，又用牛皮索將兩人背對背捆在一起，當下如扛糧袋一般，將兩人扛起扔在馬背上。眾人不脫匪氣，一路呼嘯叫囂，押送著兩人奔回山寨。

原來此間名叫明岱山，這夥山賊既結寨，便叫明岱寨。半夜綁了二人，爲首的那破鑼嗓子更是精神大振，一進那明岱寨松木搭成的草廳，便嚷嚷：「大哥！大哥！快來看，今兒晚上不是說林子裡有動靜，我逮住這一對兒活寶！」

被他喚作大哥的那人，生得身形魁梧，臉上卻有一撮黑毛，名喚黃有義，本來正袒著衣服坐在火盆邊吃烤芋頭，聽他這麼一路嚷嚷進來，忙拿袖子擦了擦嘴角的黑灰。見自己的結義兄弟張有仁得意地將兩個人綁成一團扛進來扔在地上，於是從旁邊侍立的匪徒手中接了柄刀，藉著草廳裡忽明忽暗的火盆，走近了仔細看張有仁綁回來的這兩個人。

張有仁這麼一路嚷嚷，早驚動了無數匪徒，另有結義的錢有道等人被吵醒，亦從後面草房湧出來瞧熱鬧。

張有仁得意無比，說：「老大！這兩個人都穿著皮靴，定然是兩隻肥羊！」

錢有道拿起火把，藉著火光，彎腰仔細瞧了一瞧被捆綁結實扔在地上的兩個人。只見李嶷雖然年少，但神色鎮定，絲毫不慌；至於那何校尉，雖作男人妝束，臉上又皆是污漬黑泥，但頸後肌膚雪白，一雙眼睛微垂，掩去明眸波光，但仍看得出眼神極是靈活，明明是一位容貌極佳的美嬌娘，當下指著那何校尉，笑嘻嘻朝黃有義道：「這個扮成男人的女娘長得好看！老大，你還沒有押寨夫人，不如娶了當夫人！」

卻聽那張有仁的破鑼嗓子嚷道：「錢有道你眞是蠢到家！既然是穿皮靴的肥羊，當然是派人給他們家裡送信，贖金一百貫！不！一千貫！等咱有了錢，到時候老大要娶什麼樣的娘子娶不到？連我們都可以拿錢娶娘子了！」

錢有道眉頭一挑，大聲道：「娶了！」

張有仁也不甘示弱。「換錢！」

錢有道提高聲音：「娶了！」

張有仁也提高聲音：「換錢！」

兩人爭執起來，你一言我一語，一個說娶了，一個說換錢，忽地那黃有義站起來，生氣地喝道：「都別吵了！誰是老大?!」

卻聽那張有仁、錢有道皆齊聲道：「大哥！」

那黃有義一語止住二人吵鬧，又重新蹲下，拿著刀看看何校尉，又看看李羲。他略一思索，覺得女子軟弱，更好審問，便用刀指著那何校尉，逼問：「妳，老實告訴我，妳是什麼人！」

那何校尉一路上早就猜出這夥山賊的身分，也早就想到了脫身之策，此時聽他執刀而問，卻不慌不忙，微微一笑，細語嬌聲道：「我是皇孫李羲的愛妾。」

被捆在她背後的李羲聞她忽出此言，當真如同晴天霹靂一般，心中震驚萬分，本能地想要回頭，但他極力扭頭卻也看不到那何校尉是何神情，著實不明她爲何竟說出這樣一句話來。

草廳中諸匪皆是一愣，畢竟乃是當世天子帝王家，皇孫兩個字便如平地驚雷，把眾人皆震得兩耳嗡嗡作響。

且不說李羲瞠目結舌，兩耳如同眾人一般嗡嗡作響，卻聽那何校尉的聲音如黃鶯出谷，嚦嚦婉轉，彷彿如珠玉落盤一般，甚是好聽，說得乃是：「我的夫婿李羲不僅是皇孫，還是赫赫有名的平叛元帥、鎮西節度使、領鎮西諸府，統大軍數十萬。現在我的夫婿正在望州城裡，只要你們放了我，我的夫婿必奉上錢財萬貫！」

李羲聽到此處，早就從震驚轉恍然大悟，從恍然大悟轉好笑，從好笑轉好氣，又從好氣到百味雜陳，說不出心中是何錯綜複雜的滋味。心道她倒是對自己那一長串頭銜記得甚是清楚，但之所以記得這麼清楚，卻是爲了不知什麼時候，比如現在，要好生利用自己這個皇孫作幌子來騙人。憑她這三寸不爛之舌，八成眞能誑得這群山匪拿了她去望州城中換取財帛，自己如果眞在望州城中不明所以，乍遇此事，只怕也會被她巧言令色打動，乖乖掏錢把她贖了；說不定，還要好生派人護送她返回定勝軍中，她自可安然回到崔公子身邊，而自己蒙在鼓中，妥妥地被利用得淋漓盡致，心中定還承她的情，以爲若不是她遇險正好居中牽線，哪有機會拉攏那崔公子。

想到此處，他心情更爲複雜，也說不上是沉重，還是輕鬆，只覺得此女狡黠，不可爲敵。這八個字得牢牢記在心中，即使不爲敵人，哪怕結爲盟友，也得時時提防，不然一不留神，準得上她的當。

那黃有義早就遲疑不定，不敢相信，又不敢不信，吃力地嚥了口唾沫，又用刀指著李嶷，呵斥道：「你！你說，她是什麼人！」

李嶷心中無數念頭早就轉完，聽他逼問，脫口道：「她是……」明知那何校尉也看不到自己臉上的神情，卻故意頓了頓，方才慢吞吞地道：「她是皇孫的愛妾！我是她的護衛，皇孫命我護送她去望州。」

錢有道喜出望外，一拍大腿。「大哥！皇孫的小老婆，你娶了不虧！」

張有仁趕緊勸說：「大哥！皇孫有錢！拿她換錢！」

錢有道：「娶了！」

張有仁：「換錢！」

黃有義：「閉嘴！誰是老大？」

錢有道、張有仁齊聲喊道：「大哥！」

黃有義滿意地點了點頭，用手中的刀背敲著手心，說道：「我聽鎮上教書的單先生說，有個叫孫靖的人造反，衝進皇宮把皇帝老兒殺了，把皇帝的兒子孫子都殺了，把皇帝老兒一家都殺得雞犬不留！不僅如此，還縱容亂軍燒殺搶掠，連屠了好幾座城！我們寨子裡也收留了一些逃難過來的窮人，家裡都有好些人屠城時被殺了，那個姓孫的殘暴得很，把皇帝全家殺光光，定然也是眞的。」說著，他又蹲下來，拿刀比畫著唬李嶷。「皇帝老兒一家不都被姓孫的殺光光了嗎？你在這裡張嘴胡說八道，說什麼皇孫，以爲我們是好騙的嗎？」

李嶷一臉眞誠，說道：「大王，我眞沒扯謊，皇孫眞的就在望州城中，不信，您派人去一打聽就知道。」

黃有義猶豫不決，忽然那張有仁把他拉到一邊，壓低了嗓門，說道：「大哥！這女娘口口聲聲說她夫婿是皇孫、平叛元帥、領鎮西諸府，我們趙二哥不是曾經在鎮西軍中，不如請趙二哥出來瞧瞧眞假？」

他一個破鑼嗓子，雖然極力壓低聲音，但還是被錢有道聽得清清楚楚，他素來與張有仁抬杠抬慣了，當下便道：「這麼點事，也要驚動趙二哥？他身子不好！」

張有仁不服氣，說：「請二哥！」

錢有道瞪著眼睛道：「不驚動！」

二人嚷嚷來去，瞬間又吵了十數個回合，黃有義早聽得不耐煩，喝道：「都別吵了！去請趙二哥來！」

李嶷心中思忖，不知這趙二哥到底是何方神聖，但當下的情形，只能兵來將擋，水來土掩，見機行事了。至於那何校尉，心中更是不慌不忙，心想被綁在自己身後的這人雖然可惡，但到底是裴獻的兒子，鎮西軍中上下，自然沒有他不瞭若指掌的，別說來一個什麼趙二，眼下哪怕整個鎮西軍來了，哪個敢不給他小裴將軍三分薄面。她便是扯出彌天大謊，也吃定了他定能替自己圓謊。至於鎮西軍中那位皇孫，反正他遠在望州，即使將來知情，也不過教他白白占了幾分便宜，況他被皇孫的身分拘住了，總不好跟自己這個女娘計較，這是她一早就算計好的。

過了不多時，只見兩個匪徒，扶著一位少了一條胳膊的人走出來，那人神色憔悴蒼老，兩鬢已經斑白，但看年紀也不過三十來歲，想來這便是那趙二哥。那人雖然少了條胳膊，步子卻極快，走到草廳之中，大聲質問：「是哪裡來的小賊，敢冒充我鎮西軍中人！」

聽到這個聲音，李嶷卻驚訝無比，不由地轉頭看向那趙二哥。那人見他轉頭，忽地也停步，臉上露出難以置信的神色，突然甩開扶著自己的那兩名年輕土匪，衝上來撲到李嶷面前，藉著那飄忽的火光，仔細瞧著李嶷的臉，喃喃道：「十七郎！是你！真的是你！」他用單臂抱住李嶷，眼中忍不住泛出淚花。「是你！十七郎，真的是你！自從我傷重解甲歸田，五年……五年了……那時候你還沒有長這麼高……小兔崽子！真的是你！我是趙有德啊！你還記得我嗎？小兔崽子！」

那何校尉自從「十七郎」三個字一入耳，便如同晴天霹靂一般，兩耳竟然嗡嗡作響。她素來跟在崔公子身邊，定勝軍中軍情往來，她盡皆知曉。自從孫靖謀逆，關於那位皇孫李嶷在鎮西軍中始末，定勝軍自有極多的密報，因此她知曉李嶷在鎮西軍中素來被喚作「十七郎」。起初或是爲了掩飾身分，後來軍功累積，「十七郎」三個字便成了一種尊稱，連裴獻裴源，還有軍中同袍，素日盡皆喚他作「十七郎」。

此人竟然不是裴源！此人原來就是李嶷。

她心中痛悔交加，百味陳雜，軍中密報種種，皆言道這位皇孫少年奇才，尤擅軍事，更擅謀略，她以爲不過是鎮西軍的障眼法，是以裴家眾人之功，聚眾譽於其一身，捧得這位皇孫少主將來好正位天下，沒想到卻是另一種障眼法，竟然深深誤導了她。

這個趙有德五年前就已從鎮西軍解甲歸田，五年前此人還在鎮西軍中隱姓埋名，所以他並不知此人皇孫身分，才會罵他作小兔崽子吧。

她思及與此人數次交手，每次皆堪堪險勝，甚至連險勝都算不得，不過是各有輸贏罷了。原來是他！不愧是陷殺庾燎數萬大軍的人啊。她心中懊悔無比，心道原來他竟然就是李嶷，怪不得如此出眾，以他的身分，卻假借裴源之名前往郭直軍中，此人膽魄氣度，皆可謂絕頂人物。此子狡黠，不可爲敵。她心中便如閃電般，閃過這八個字。

思及適才自己信口開河，稱自己乃是李嶷的愛妾，更加覺得懊惱，心想不該出這等孟浪之言，不知此人心中該如何思忖自己。但話已出口，懊悔也無用，只是此人與自己數次交手，從郭直軍中又糾纏至此，竟然一絲破綻也不露，聽著自己一口一個小裴將軍喚他，心中不知該當如何得意，眞眞可惡。她心中惱恨，當下一言不發。只聽那趙有德在嚷嚷：「解開！快解開！這是我鎭西軍中的兄弟！」

早有匪徒上前替李嶷解開繩子，那趙有德用僅剩的那隻手攬住李嶷，傲然笑向眾人道：「這是當年跟我一個斥候小隊的兄弟，當初我們一起深入漠西，去刺探黠民的軍情，一共十二個人摸到王帳之前，只有我和他僥倖活著回來。我丟了一條胳膊，是十七郎背著我，穿過整個大漠，回到營中，他是我的救命恩人！」

眾山賊聽得心中激蕩，望向李嶷的眼神，又是敬畏，又是欽佩。

李嶷早扶著那趙有德，說道：「趙二哥，一軍同袍，如何說這等見外的話。」

趙有德仍是又驚又喜，攬著他問道：「兄弟，你怎麼會在這兒？為什麼他們又說你是皇孫的護衛？你什麼時候給皇孫做的護衛？」

李嶷明知他離開鎭西軍的時候還不知道自己的身分，不然今天也不能親暱痛快地罵了自己好幾句小兔崽子，當下笑著掩飾道：「趙二哥，你走後皇孫就去了鎭西軍，現在皇孫是鎭西軍的元帥。」

趙有德不由得憤然。「什麼皇孫，也配做我們鎭西軍的元帥！」

李嶷不由得一噎，方正想亂以他語，忽聽地上那何校尉清泠泠的聲音說道：「你聽到沒有，他們在罵你……」故意拉長聲音，咬字極重，方才說出後面的話，「……的主上呢。」

李嶷見她一雙妙目，澄然如秋水般，正盯著自己。火盆的火光倒映在她眸底，似嗔非嗔，似喜非喜，似怨非怨，但眸光流轉，說不出有一種楚楚動人，心中不知為何，竟然有一絲愧意。知道她定然已經知道自己眞實的身分，當下還未答話，忽聽那黃有義道：「閉嘴！」喝道，「把這女娘綁到一邊兒去！別讓她礙眼！快拿好酒好肉來，招待十七郎！招待咱們最好的兄弟！」

眾匪徒轟然答應，七手八腳，布置起來，不一會兒，草廳中便擺了十來張缺腿裂面的桌子，升起幾個火堆，烤著山中獵得的各色野味，又有燻製的山豬、野雞，還有山溪中撈得的魚蝦之屬，更有人抱出幾大壇濁酒，尋得一摞粗陶大碗，斟滿了酒水。眾人吆喝起來，濟濟歡宴一堂。

那黃有義帶著張有仁等人，請李嶷居於上位，李嶷卻道：「趙二哥居長，還是趙二哥坐在上面吧。」趙有德素來不懂這些，何況在山寨之中，壓根也不拘泥於這等俗禮，他便笑道：「你是新來的兄弟，今日算得客人，你就坐在這裡吧。」說著便用那獨臂將李嶷按在座位上，當下也在李嶷身側坐下，黃有義等人便也坐下，當下舉起酒碗，先痛飲了一碗。

那酒雖是濁酒，滋味不佳，但此時歡聚，眾人心中喜悅，又都是大碗喝酒的山匪，哪裡計較酒好酒壞。趙有德仰面喝完，放下酒碗，笑道：「痛快！痛快！」見李嶷身形樣貌，比之五年前分別時，自然長開了許多，眉宇之間，也平添了幾分堅毅之色，想必他這幾年來，在軍中也頗經歷練，忽想起他剛到牢蘭關時，還是個稚氣未消的半大小子，便笑道：「你小子，當年我傷得太重，眼見不成了，你爲了騙我活下來能跟你走出戈壁，一路上不停地跟我吹牛，說你爹是江北的地主，家裡足足有十六畝良田，還養著四頭上等黃牛，只要我活著，將來我老了就接我去你家享福，每天吃飽了白米飯，就坐在田埂上看你家的黃牛吃草……」

李嶷想起在軍中隱瞞身分的往事，唏噓萬千，神色複雜地一笑，還未來得及說話，忽聽地上那何校尉冷笑相譏：「他說他爹是江北的地主，你們眞的信嗎？」

趙有德哈哈一笑，說道：「當然不信！他要是地主家的兒子，我就是皇帝他二大爺。」

聽他如此言語，李嶷頓時被一口酒嗆到，咳嗽不止。

只聽那何校尉冷冷地譏諷：「這麼算起來，你輩分眞高。」

趙有德不耐道：「你這個女娘不要在這裡嘰嘰歪歪的，再說我就讓人把妳舌頭割了！」

但見黃有義舉著酒碗站起來，高聲道：「我黃有義最敬重有勇有謀的英雄，今日聽了二弟一番話，才知道十七郎是守邊關，打黥民的英雄！更救過我二弟的性命，今日是我等失禮！」說罷離席，捧著酒碗就要向李嶷屈膝賠禮。

李嶷連忙起身扶住黃有義。「都說了是誤會，不要再提！喝酒！喝酒！」

眾匪見他這般豪氣，正對了眾人脾氣，當下轟然相應，眾人紛紛舉起酒碗，喝乾酒碗裡的酒。

趙有德這才想起來問李嶷：「對了，十七郎，你這是從哪兒來，到哪裡去？」錢有道殷勤地抱著酒罈，一邊替李嶷斟酒，一邊說道：「十七郎是要護送皇孫的小妾去望州。」

趙有德不由狠狠將酒碗放在桌上，怒斥道：「我就說那個皇孫不是東西！大敵當前，竟然還只惦記著女人！」

李嶷聞得這話，只得苦笑一聲。趙有德怒氣未消，又重重一掌拍在桌子上，怒道：「這幫什麼皇子皇孫，沒一個好東西！我受傷後，本來朝廷給了二十畝屯田，我合計回家種糧也是一條生路，沒想到朝廷竟然還誆人，隨便捏造了個由頭，把我的田奪了，獻給皇帝的兒子作什麼皇莊。我在外奔波勞苦，也掙不得幾粒糧食嚼裹，最後害得我的老母親活活餓死，我無可存身，只得投奔這明岱寨來了。」

李嶷本見了他，就疑惑他當年明明是解甲歸鄉，爲何如今又身在明岱山中，聽他這般說，才知道竟然有這等事，頓時也怒不可遏，道：「屯田乃是朝廷給退伍老卒的活命田，他們竟敢奪去，眞是無法無天！」

趙有德冷笑道：「咱們在牢蘭關拚命，他們在橫徵暴斂，皇帝老兒姓李的就沒一個好東西！」

聽他這般言語，那何校尉忽地問：「那孫靖謀反，也是有理了？」

趙有德大怒，又是一掌擊在桌上，怒道：「那孫靖更不是東西，皇帝老兒雖然貪錢糧收租，老百姓過得苦些，也能掙扎活著，那孫靖殘暴絕無人性。孫靖造反，我們整個村子都被他的大軍踐踏，男女老幼被殺無數，如今都不知道我們村還有沒有活著的人！」說到此處，他的聲音不禁帶了哽咽之音。他少小離家，後來解甲返鄉，雖然老母餓死，但村中還有不少沾親帶故之人，孫靖大軍屠虐，鄰村有幾個人冒死逃出，尋到投奔明岱山中來，他才知道，自己村子已經被孫靖的大軍殺得人煙斷絕，成了一片廢墟。

黃有義道：「這裡的兄弟，人人都有一腔苦水，不論是姓李的坐天下，還是姓孫的那個老賊，都不給我們活路，我們只好上山當強盜。」

趙有德單掌抓住李嶷的手，神色激動，說道：「十七郎，你不如留下來，在山寨裡跟我們一起逍遙自在。」

黃有義道：「對！我們奉你爲大哥！」

眾匪頓時轟然，紛紛起身，七嘴八舌朝李嶷作揖行禮：「大哥！」

李嶷忙道：「不，不……」

黃有義道：「大哥莫要推讓！我就服你做我們大哥！今天就是良辰吉日，正好我們燒香結義。你也別回鎮西軍，服侍什麼皇孫了。」又指了一指地上被綁著的何校尉，說道：「咱們今日結義，就把這女娘殺了祭天。」

錢有道聞言連忙遞上刀子，黃有義接過長刀。那何校尉聽說要殺自己祭天，神色卻並不如何慌張，只看了李嶷一眼。黃有義上前一步，舉刀便要向那何校尉頸間刺去。

李嶷連忙出聲阻止：「不能殺！」

黃有義大感意外，扭頭看著李嶷，問：「爲何不能殺？」

李嶷心中早就轉過一萬個念頭，明明有數個理由可以說服眼前眾匪不要殺了此人，只是不知爲何，卻說出了最荒唐的那個理由。他呑呑吐吐，似乎頗有難言之隱：「因爲……因爲……她雖然是皇孫的侍妾，但我們兩情相悅，她是我的心上人，這次其實是我們好不容易找到機會，相約私奔出來的。」

那何校尉早知他定會相救自己，只是萬萬也沒想到，他竟然說出這樣一番話來，心中大怒，但旋即鎮定下來，心道數次交鋒，早明白此人最爲小心眼兒，睚眥必報，自己適才扯了他的名頭做大旗嚇唬眾匪，聲稱自己是他的愛妾，他不定心中如何生氣，所以才故意這般請君入甕，定要讓自己有苦難言。當下她便一言不發，也並不朝李嶷瞧上一眼，以免他看出自己的羞惱，令他得意。

卻說黃有義和眾匪聞他此言，頓時面面相覷，過得片刻，黃有義這才一拍大腿，忙將手裡的刀子遞給錢有道，埋怨道：「哎呀十七郎，你怎麼不早說？阿嫂還被綁著呢！這地上多涼啊！」

那錢有道頗有眼力見兒，連忙衝上前去，扶起那何校尉，用刀子三下五除二就替她割斷了繩索。

李嶷卻似是害羞。「嘿嘿，我那不是不好意思嘛！」

當下眾匪將那何校尉請到李嶷身邊坐下，黃有義又斟滿了一碗酒，恭敬地向何校尉賠罪：「阿嫂，今日是我們冒犯了！」

何校尉笑咪咪道：「哪裡哪裡，你們又不知道，俗話說不知者無罪，是我們冒失闖到山裡來。」說到「我們」兩個字，她眼波流轉，似喜似嗔，瞟了李嶷一眼，彷彿兩人真有那般說不清、道不明的情愫一般。她接過酒碗，卻是一飲而盡。眾匪見她雖是個女娘，卻如此豪爽，當下哄然大笑，紛紛舉碗前來敬酒，何校尉卻來者不拒，一連喝了七八碗酒，後來又與眾人划拳行酒令。她一腳踏在長凳上，豁出拳頭，聲音清脆，詭計多變，行起酒令來，卻是連番獲勝。眾人哪裡是她的對手，本來想藉行令灌她的酒，反倒被她灌得七葷八素，到了最後，連趙有德都拍著李嶷的背，笑道：「你小子眼光不錯，這小娘子討喜，配得上你。」

李嶷腹誹不已，但面上什麼也不能說，當下也只得隨眾人高興，喝酒吃肉，直鬧到天都快亮了，每個人都有了七八分酒意，這才說散去。

那黃有義、趙有德等人早就飲得醉了，幾人勾肩搭背，擁著李嶷和何校尉，跌跌撞撞，朝山中後堂中去。趙有德興致高昂，唱起了牢蘭關的小曲兒。他一起頭，幾個人都興味盎然，跟著他一起唱；說是唱，其實跟吼也差不多，連李嶷也跟著一起唱起來。何校尉凝神細聽，只聽他們唱的乃是：「牢蘭河水十八灣，第一灣就是那銀松灘，銀松灘裡魚兒肥，比不上姑娘的眸兒美。牢蘭河水十八灣，第二灣就是那積玉灘，積玉灘裡黃羊壯，比不上姑娘她推開了窗……」

眾人一邊笑一邊唱，雖然荒腔走板的，那歌聲直驚得林中宿鳥撲楞楞飛起。待得到山中一間草舍之前，眾人忽地停下，黃有義帶著幾分酒意，指著那草舍對李嶷道：「兄弟，山中簡陋，不能讓你和阿嫂拜堂成親，但洞房花燭是一定要有的。」

李嶷萬萬沒料到他竟出此言，忙擺手道：「不，不……」

那黃有義早使了個眼色，張有仁等人一擁而上，將李嶷和何校尉推進房內，錢有道眼疾手快關上房門，喀嚓一聲，竟然落鎖了。

趙有德高聲道：「良辰苦短，兄弟，我們先走了。」眾人不由哄然大笑，跌跌撞撞，又相扶著離去。

李嶷和何校尉被反鎖在一片漆黑的草舍之中，面面相覷，只聽外面眾匪高唱著：「牢蘭河水十八灣，第一灣就是那銀松灘，銀松灘裡魚兒肥，比不上姑娘的眸兒美。牢蘭河水十八灣，第二灣就是那積玉灘，積玉灘裡黃羊壯，比不上姑娘她推開了窗。第三灣就是那金沙灘，金沙灘裡淘金沙，換給姑娘她打金釵，姑娘她將金釵戴……」歌聲漸去漸遠，過得片刻，終於再聽不見，想是眾人早就走遠，只聞山風呼嘯。窗櫺之上，漸漸已泛起魚肚白，草舍之內隱約可視物，但見房舍之內，只有一張木床，床上鋪著粗布的鋪蓋，還繫著一頂粗布的帳子，看著倒算潔淨。

前一晚他們從郭直營中逃離，這一晚又是一個通宵，李嶷飲了半夜的酒，早就困乏不已，便徑直朝那木床走去。何校尉忍到此時，早就已經忍無可忍，斷喝質問：「鎮西軍的小裴將軍？」李嶷頭也不回，反唇相譏：「皇孫李嶷的愛妾？」

她惱恨不已，垂下的手指間針尖微閃，李嶷袖中短刀滑下，兩人身體緊繃，眼看一觸即發，忽然外頭傳來一陣腳步聲，似是趙有德的聲音，直著喉嚨叫嚷：「十七郎，兄弟！」

兩人身形不由一滯，果然是錢有道拿著鑰匙開了鎖，只見那趙有德單手抱著一對紅蠟燭，笑咪咪地站在門口，見李嶷聞聲出來，便徑直將那對紅蠟燭塞進李嶷懷裡，說道：「剛才他們好不容易才找到的，急急忙忙讓我送來，洞房花燭，怎麼可以沒有一對紅燭呢？」

李嶷不想他竟然是送這麼一對蠟燭來，略微尷尬，只得道：「這……謝謝啊！」趙有德單掌推著李嶷，催促道：「快去快去！別讓阿嫂等你！」外頭天光漸亮，草舍屋子黑暗，他不見何校尉，只以為是女娘害羞，哪裡會多想，將李嶷推進屋內，仍舊興興頭頭，叫錢有道反鎖了房門，想到自己兄弟這樁喜事辦得如此痛快，連紅蠟燭都替他尋了來，這洞房花燭既有了花燭，堪稱完美，與錢有道高高興興昂著頭就走了。

李嶷進屋，轉身放下紅燭。只聽那何校尉冷語相嘲：「這群山匪不知道鎮西軍中赫赫有名的十七郎就是皇孫李嶷，我可知道！」

李嶷卻渾不在意。「那又如何？妳剛才沒有揭破我，難道此時還想揭破我？」何校尉氣得狠狠瞪了李嶷一眼，她也困乏極了，更兼腿上傷處，火辣辣灼燒似地疼，便走到床邊和衣躺下，準備睡覺。

不想李嶷卻一把拽住她。「起來，妳去睡地上，我要睡床。折騰了兩晚上都沒睡，我要好好歇一歇，才能應付妳這種心計百出、滿口謊言的小騙子。」

她淡然甩開李嶷的手，說道：「君子謙謙，你是君子，當然你睡地上！」

李嶷見她毫不理睬，便也躺到床上。果然她只得翻身坐起，怒目而視。

「你想做什麼？」

李嶷既倒在枕上，便睏意四起，漫聲胡說八道：「既然妳是我的愛妾，我們睡在一張床上，也沒什麼不對吧？」

她恨聲道：「登徒子！」這床雖然簡陋，但她兩日兩夜未嘗歇息，適才又飲了許多酒，早就困頓得無以復加，此時覺得這床鋪舒服極了，更不想讓給眼前這個小人，令他得意忘形。

李嶷其實也睏得很，但聽她如此言語，卻翻身將胳膊一伸，笑道：「既然妳都這樣罵我了，我總不能枉擔了這虛名……」胳膊一圈，竟然將她逼在床角。她手指微動，正要將浸了麻藥的針尖刺入他頸間，忽見他打了個呵欠，旋即眼皮微闔，往枕上一靠，過得片刻，手也鬆開，呼吸漸漸均勻，竟然就此睡著了。

她本來心想，即使睡著了，也要用針將他刺昏，好解這心頭之恨，但又疑心他裝睡，心想再等片刻等他睡沉了就刺。她困乏至極，靠回枕上，只說等上片刻，卻不知不覺，也沉沉睡去。

這一覺睡得甚是香甜，她睡得正香的時候，忽然被人搖醒，那人甚是粗魯，不僅搖著她的肩頭，還在她虎口上狠狠掐了一把，痛得她一驚睜開眼，映入眼簾卻是李嶷那張臉。天光早已大亮，日頭照著窗櫺，自己竟然躺在床上，而他半俯身正扶著她的肩，姿勢曖昧親密。她又氣又急，正待要一把推開他，他卻也已經放手閃身避開，說道：「快起來，外面來敵人了。」

她這才回過神來，原來自己竟不知不覺睡著了。就在李嶷身側，竟然睡得如此沉酣，毫無警覺，不由心中有幾分羞愧。李嶷卻道：「是郭直帶著人殺過來了。」

她不由一驚，問：「是追著我們而來？」

李嶷搖了搖頭，說道：「八成是郭直率軍於城外徘徊，進退兩難，前天夜裡又被火燒連營，處境更危，想必是想到明岱山中有這個寨子，易守難攻，可以落腳，所以才帶著人奔此間來。」

她凝神細想，點了點頭，說道：「不錯，應是如此。」

兩人匆匆走到山前草廳，只見黃有義皺眉站在大廳裡，趙有德、張有仁、錢有道等人簇擁在他身邊，七嘴八舌，出著主意。

錢有道說：「這個郭將軍竟然敢帶人來攻寨子，我們山寨居高臨下，易守難攻，兄弟們憑著地勢，也可以殺他們一個片甲不留！」

趙有德卻搖頭道：「莫說大話。這個郭將軍，是咱們的老熟人，就是原先駐守望州的郭將軍。」

黃有義叫道：「原來是他！沒想到他竟然投靠了孫靖，此番是他帶著人來攻寨，那還眞有點棘手。」

趙有德卻傲然冷笑。「哼哼，這個姓郭的出身朔西，論天下府兵，我鎮西軍何嘗將其他諸府放在眼裡！」

趙有德見李嶷攙著何校尉進來，便說道：「十七郎，你帶著這⋯⋯這位娘子一起，趕緊去望州城見皇孫，避一避吧！」

李嶷道：「郭直所率雖是殘兵，但他們人馬眾多，這寨子雖然易守難攻，但他們失了望州，難以立足，必然會背水一戰，不奪下寨子誓不甘休。咱們不如暫作抵抗，若是情形不對，也別跟他們硬扛，咱們撤走去望州，回到鎮西軍中去，趙二哥，你願意不願意？」

趙有德聽說能重返鎮西軍中，全身熱血沸騰，哪有不情願的，大聲道：「自然是願意！」

黃有義接過話來，也大聲道：「對！去鎮西軍中！我們都願意！」眾匪轟然相應，趙有德素來爲他們敬服，常聽他說起在鎮西軍中英勇抗敵的種種往事，對鎮西軍甚是嚮往。李嶷見此情形，說道：「那咱們就先利用這地勢之便，先阻郭直一阻。」

眾匪雖沒打過仗，但聽趙有德說起這位十七郎乃是鎮西軍中的出色人物，當下人人踴躍請戰，李嶷便排兵布陣，又叮囑道：「切切不可戀戰，若是山中搖起白旗，你們便沿著林間小道撤下山去。」

眾人盡皆點頭。

卻說那郭直，確實如李嶷所料，因失了望州城，又被鎮西軍放火燒了營地，元氣大傷，帶著殘兵，追擊李嶷不得，又深入密林。幸得他駐守望州多年，對附近地勢極爲熟悉，知道這明岱山中有一群山匪結寨，平時官兵山賊，井水不犯河水。這次他落魄至此，少不得要殺了這群山匪，再占據這明岱山寨，休養生息，至於將來如何，卻得等休養生息之後，走一步看一步了。

郭直心中沮喪，他本是朔西軍中的宿將，跟著孫靖征戰多年。孫靖謀逆，他自然而然也就投靠了孫靖，守著望州城，原本想將東進勤王的鎮西軍堵死在關西道上，不想一著不慎，滿盤皆輸，被李嶷算計得一敗塗地，竟然得與一群草寇爭奪山寨。但他素來是用兵的行家，幾番連攻，眼看那群山匪亂作一團，就要抵擋不住，忽然之間，那群山匪似有了章法，藉著地勢，東一群，西一團，看似雜亂無章，但其實頗得兵法要義，又戰了半個時辰，不僅沒能攻下寨子，反倒折損了不少兵將。

郭直心中暗暗詫異，心想難道山賊之中，竟有懂得兵法的厲害人物？但山匪到底是一盤散沙，素日又缺乏操練，雖有人排兵布陣，但斷乎比不得精心操訓的官兵；更兼郭直雖率的是殘兵，卻也有萬餘之眾，他親自督促，帶著精兵作前鋒。果然那些山匪便抵擋不住，有些被官兵砍殺，有些掉頭就跑，他精神大振，帶著人一氣攻上山寨。

黃有義、趙有德等人，早按著李嶷的安排，從山間小道撤到後山。黃有義親自帶著李嶷與何校尉到山崖邊，拉起山崖邊一根古藤，說道：「沿著這藤條爬下去，就是河邊了。」

趙有德道：「從這條絕壁下山的法子，除了山寨裡的兄弟，沒人知道。」便催促李嶷先行，李嶷問：「那你們呢？」

趙有德抬了抬獨臂，說道：「我是不能從這裡下山啦，我們從另一條小路下去，雖然繞得遠些，但也很隱密，放心吧。」

李嶷想了一想，卻從懷中取出一條繩索，不由分說，就將趙有德縛在了自己身上。趙有德還在嚷嚷掙扎，李嶷已經朝何校尉丟了個眼色，她心領神會，手一揮，一根細針刺入趙有德頸間，他頭一垂，便昏睡過去。

黃有義只看得張口結舌。「這……這……」

李嶷笑道：「趙二哥怕連累了我，時間緊迫，便刺昏了他，我背著他下山便是。」

當下黃有義先沿著長藤而下，李嶷負著趙有德緊隨其後，眾人紛紛攀著長藤，有驚無險，皆從絕壁之上安然降到了山下。等到落地之時，趙有德藥性未解，還是昏睡未醒，李嶷便解開繩索，將他輕輕放下，然後對黃有義道：「黃大哥，還得勞煩你，帶著趙二哥和這些兄弟，一起去望州，與鎮西軍會合。」

黃有義點點頭，忍不住問：「那你呢？」

李嶷道：「我與……」他看了看何校尉，卻覺得此時不當再說那等輕薄言語，便道：「我與這位娘子……做了錯事，此時不便回鎮西軍中去，只能盡力將功補過，我們要去定勝軍中，若能替鎮西軍籌得軍糧，方有顏面回去見鎮西軍中同袍。」

黃有義一想，此人拐帶皇孫的愛妾私奔，確實不便跟著眾人一起就此往望州去投鎮西軍。見到他提到軍糧之事可以將功補過，頓時一拍大腿，說道：「兄弟，你這主意不錯，想那皇孫身邊，什麼樣的女娘沒有，你若是能替鎮西軍掙下一份大大的功勞，想必皇孫自然也不吝嗇一個女娘。」

李嶷聽他如此言語，不過微微一笑，而何校尉雖在心中大大翻了他一個白眼，但面上自然不動聲色。當下與眾人作別，眾匪徒去望州城投奔鎮西軍，而李嶷與何校尉則另選小路出山。

待得眾匪徒都走遠不見，何校尉這才冷笑一聲：「皇孫打得好如意算盤，從山寨中脫身，還不肯回望州，定要挾持我去向定勝軍索要軍糧。」

李嶷渾不在意。「妳把我們鎮西軍的軍糧劫走了，我問你們索要，那不是天經地義嗎？」

她心中不願再與此人費唇舌，當下便扭頭就走，李嶷似也並未追上來。她腿上傷口隱隱作痛，更兼山林密集難行，過了許久，只走得她精疲力竭，便選了一塊山石，坐下來稍作歇息。李嶷忽不知從何處冒出來，手中還拿著幾串山果，一邊吃一邊看了她一眼，把一串山果遞到她面前。

她搖了搖頭，說道：「我實在是走不動了。皇孫殿下，你還是早點回你的望州城去吧。」

李嶷仍舊是那般笑嘻嘻的模樣，說道：「妳是我的愛妾，我怎麼能拋下妳不管呢？」

她怒道：「你要是再如此口齒輕薄，我就殺了你。」

李嶷便笑道：「妳看妳，有力氣殺人，卻沒力氣走路。」

她搖了搖頭，說道：「我實在是走不動了，你想法子吧。反正我不走了。」李嶷想了一想，說道：「法子倒是有，但妳得配合我。」

她一雙妙目終於定定地看了他一眼，問道：「配合？怎麼配合？」

當下李嶷舉目四望，辨別了一下方向，帶著她穿過山林，又沿著一條潺潺的小溪順流而下。走了大半個時辰，忽見一條小路，轉過山頭，山間出現一道籬笆，圍著小小的泥坯土房，蓋著茅草，正是一座農舍。

走近了看時，忽地一隻黃狗衝了出來，衝著兩人汪汪大叫，李嶷迎上去，那狗本撲過來朝他齜牙，他伸手摸了摸狗頭，那狗兒竟不知為何，嗚咽著便退走了。農舍院中橫架著竹竿，竹竿上晾著幾件半舊粗布衣裳，衣裳上還綴著補丁。

李嶷翻過低矮的籬笆，將院中幾隻雞驚得四散跑開。他伸手悄悄從竹竿上把衣服收走，選了一身女子的衣裳，塞給何校尉，說道：「屋裡沒人，妳進去換上，我在外邊等妳。」

她接過衣裳，進屋去看，只見那農舍極是簡陋，屋中不過幾塊泥磚，搭著竹板，做成床榻的模樣。當下她坐在榻上，悄悄捲起褲腳，只見縛住傷口的布條雖然纏繞數重，但已經透出血水來。她解開布條，傷口已經化膿腫脹，輕觸便痛得她不由吸了口氣。但她身上所攜傷藥早就在河水中被沖走，身在此間，也想不出旁的法子，只得去灶間尋了草木灰，敷在傷口之上，又重新撕了一條衣襟，將傷口綁上。

話說李嶷去後山尋得兩隻野雞，擰斷了野雞脖子，拎回來放在農舍前的石碾之上，當作取衣的酬謝。見那何校尉進屋換衣，久久不出，便雙手抱臂，靠在院子裡的樹上，嘴裡叼著一根草。抬頭望著天上，只見白雲悠悠，秋日朗朗，曬得身上暖洋洋好生舒服。他又等了一會兒，見屋中仍無動靜，便忍不住催促：「好了沒有啊？」

只聽她在屋中答道：「就好了。」

他不耐地嘖了一聲，說道：「妳不就換個衣服嗎？怎麼磨磨蹭蹭跟繡花似的？」

話音剛落，只聽她道：「我換好了，我們走吧。」

他轉頭一看，但見她翠裳黃裙，正從屋中走出來，雖是粗布衣服，但穿在她身上，當眞是布衣荊釵不掩國色天香，更襯得她肌膚如玉，明眸如水，又在鬢邊簪了一朵野花，楚楚動人，明豔大方。

他一時不覺，嘴裡叼著的草莖都無聲滑落，掉在地上。

她許久不做女兒家打扮，因在軍中日久，忽然換了這般妝束，自己也覺得恍惚一般，舉手投足，微覺陌生。用水缸對著影子照了一照，方才走出屋門，但見他一望見自己，眼神中滿滿皆是驚訝之色。說是驚訝，似乎也不對，這目光除了驚訝，竟好似有時公子望向她一般，竟微微帶著一種沉醉之意。她方還在思忖，忽聽他道：「妳這也太好看了！」她心中一動，還沒想好要如何答話，誰知他竟上前拉住她的手，她一時也沒想好，到底要不要掙開他的手，就已經被他拉著手進了屋子。

他將她拉到灶間，她不由疑惑地看著他，只見他將灶間的鍋拎起來，翻過來扣在灶臺上，手指在鍋底摸了一把，伸手就抹在她臉上。

她閃避不及，被抹上鍋灰，怒道：「你這是做什麼？」

李嶷道：「妳是要扮農婦，妳這像是個農婦的樣子嗎？」他說得理直氣壯，心裡卻閃過一絲心虛，明明知道她如此裝扮非常好看，內心深處竟隱隱覺得不願意讓別人也瞧見她這般好看的模樣，但說出口來，卻成了另一番話：「時逢亂世，走在路上，妳模樣俊俏，萬一教人瞧見起了歹念，惹出麻煩來更不好脫身。」

她恍然大悟，埋怨道：「那你不早說，害我剛才洗了半天的臉。」

當下他又往她臉上抹了幾道，她自己對著水缸，將鍋灰揉開，只塗得肌膚微黑透紅，眞的像一名山野村婦。忽見李嶷從灶間抽了幾把稻草編成箕狀，又找來一塊粗布，將稻草箕塞進布裡，做成一個圓鼓鼓的布包袱，遞給她。

她不解地問：「幹什麼？」只聽他說道：「妳塞到衣服裡面繫上。」她仍舊不解，一雙妙目怔怔地看著他。他本來並無捉弄之意，見她又如同小貓一般瞪大了圓圓的眼睛，便忍不住逗弄：「妳繫在衣服裡，好扮成孕婦啊！妳挺著個大肚子，爲夫才好去借車。妳不是不想走了嗎？爲夫讓妳坐車啊。」

他一口一個爲夫，她大大地朝他翻了一個白眼，這才依言將稻草做成的假肚子繫在衣服底下。當下兩人稍做整理，李嶷帶著她又往山下走了大半個時辰，果然瞧見幾戶人家，李嶷便囑她站在田埂上，自去田間尋那耕作的農夫。她遠遠瞧見他與那農夫說了幾句什麼，又指了指站在遠處田埂上的她，她只得若無其事扶著假肚子，垂頭微作害羞狀。過得片刻，只見李嶷果然趕了一輛牛車過來，那黃牛極老，車也破舊不堪，但好歹是借到車了。

當下李嶷扶著她上車，他抱著鞭子，嘴裡又叼著一根草莖。坐在車轅處，那黃牛也不用驅趕，只是順著山路，載著兩人慢慢行進，一步三搖，行得極慢。

她雖有車坐，腿上傷口痛楚頓時爲之一緩，但那山路崎嶇難行，牛車又極破舊，軲轆上都有陳年裂縫，並不渾圓了，過不多時，便被顛得十分難受，只能扶著那假肚子免得掉下來。但見日頭漸漸西斜，而這牛車若眞要走到山外人煙稠密處，還不知要走多少天，便忍不住問：「就不能快一點嗎？」

李嶷抱著鞭子，頭也不回地道：「有車坐就不錯了，還嫌慢，也不怕人發現妳一肚子稻草。」她聽他這般一語雙關，忍不住扶著假肚子，欠身而起，伸長了胳膊打了李嶷的後腦杓一巴掌。他揉揉後腦杓，仍舊頭也沒回，只說：「君子動口不動手。」她哼了一聲，說道：「我又不是君子，我是淑女。」

他卻忍不住笑道：「看看妳那模樣，哪裡跟賢良淑德沾得上邊。」

她低頭看看自己肚子，終於忍不住噗哧一笑。

他見她笑了並不回嘴，便問道：「妳從小就在崔家嗎？」

她見他如此問，頓時生了警惕，反問：「你問這個做什麼？」

李嶷卻回頭看了她一眼，悠悠地道：「妳姓何，那想必還是有父母家人的，不知他們怎麼捨得把妳送到崔家。」

她想起密報中說，他從十三歲時便從京城到了牢蘭關，便問道：「那你呢？你十三歲就到了牢蘭關，你的父母家人，如何捨得。」

李嶷忽然頓了頓，說道：「我的母親生我的時候，就難產死了。我生的日子不好，正是端午那天。京中舊俗，以爲惡月惡日，所生必爲惡子，父親因此也並不喜歡我。當時我闖了禍，先帝一怒，就把我貶斥到鎮西軍中去了。」他語氣淡淡地，她卻聽出了其間的悵然之意。天家本就親情疏淡，密報中說，他的生母出身卑微，素來不被梁王所喜，舊俗婦人難產而死又算不祥，因此並不能歸葬王陵，就抬出去隨意葬了。梁王對這個兒子，素來涼薄，他便如同一根野草般在王府中長大。先帝皇子多，皇孫更多，這般不起眼的一個人，到了鎮西軍中，眞如萬千無名小卒一般，雖然出生入死，但默默無聞。驟逢大變，才忽地一飛沖天，成了名動天下的鎮西軍主帥，勤王之師的統領。

她瞧見夕陽照在他的鬢髮上，將他的耳廓都照得隱隱透出紅暈來。之前忙著與他鬥智鬥勇，倒沒留意少年郎其實生得端莊好容貌，李家人特有的深邃眉眼，高高的鼻樑，唇角總帶著跳脫的笑意，被邊塞的風吹得肌膚微黑，更添了幾分英氣與灑脫。這是行伍出身的男人特有的氣勢，身上彷彿有著鐵器的微涼，如寶劍，雖在匣中卻隱隱透著鋒芒寒意。

他並沒有回頭，但突然問：「妳看著我做什麼？」彷彿後腦杓長了眼睛。她忽地覺得耳根一熱，無端端被人窺破心事似的，但嘴上卻道：「我看怎麼才能下手打昏了你，好脫身回定勝軍。」

他嗤笑一聲，彷彿在笑她癡心妄想，並沒有這樣的本事。回頭斜睨了她一眼，說道：「這道上極是難行，妳要把我打昏了，只怕妳一個人反倒回不去了。」

她心中不服，道：「這道上哪裡難行了？」

他道：「妳沒發現，咱們行了這大半日，都沒遇上過人嗎？」

她仔細一想，果然如此，但仍道：「想是山間人煙稀少，所以才沒遇上過什麼人。」

只聽他悠悠道：「這條路行得車馬，可算得是大路，既然大路上都沒遇見人，其中必然是有緣由的。」

彷彿是應驗他的話似的，目力所及，極遠處走來了兩個人，待走得近了，才看清楚原來是一對莊戶人打扮的老夫妻。兩人神色狼狽，老婦人拎著一隻半舊的空籠子，那老丈背著弓箭竹簍，似是獵戶。那老丈滿是皺紋的臉上還有幾道新鮮的鞭痕，李嶷忙跳下車，向那對老夫妻作揖問路：「老丈，想問您打聽，我怕走岔了路，這條路能往集上去嗎？」

那老丈見他有禮，看了他一眼，嘆了口氣：「這路倒是能往集上去，但我勸你，再別往前走了。」

李嶷見他吞吞吐吐，神色難堪，便問道：「老丈，瞧您臉上有傷，這是怎麼了？」

那老丈又嘆了口氣，說道：「這幾日不知怎麼回事，山裡忽然來了好些官兵，又在前邊官道上設了關卡，我跟老婆子去趕集，沒想到這些人比土匪還凶，唉……」

那老婦人似是膽小怕事，連忙扯了老獵人衣角，低聲道：「老頭子，別說啦。」

李嶷故作為難之色，回頭看了牛車上的何校尉一眼，才說道：「我送我家娘子回娘家，本來想從官道走更穩妥些，怎麼這官道上突然添了關卡。」

那老丈也看到了牛車上的年輕女子，見她是婦人打扮，微垂著頭，似是害羞，手扶著明顯凸起的肚子，顯然身懷有孕，心下同情，勸道：「千萬別從官道走，那群設關卡的官兵壞得很，大姑娘小媳婦更是不放過，動手動腳地調戲。你家娘子年紀輕輕，唉，遇上那幫禽獸只怕要吃虧，再說嚇著她肚裡的娃娃可怎麼得了。」

李嶷問道：「不從官道走，還有小路可以繞開嗎？」

那老丈便伸手指路給他看。「從這裡上山，往西有條小路，但那可繞得遠了，而且都是山路，不好走，天一挨黑，更不能走了，只怕山裡猛獸害人，你又帶著婦人，還是早早尋了地方投宿，歇一晚明早再走吧。」李嶷猶豫不言，那老婦人早瞧見牛車上身懷有孕的年輕婦人，不知觸動了哪處情腸，忽開口道：「小郎，天都已經快黑了，我家就在前邊不遠，看你娘子這模樣也累了，要不就去我家將歇一晚，明天再上山走小路吧。」

李嶷本有幾分猶豫，但山間確實不便行夜路，不如明日再作計較，當下便再三謝過那對老夫妻，又請了兩位老人坐在牛車上，按照老夫妻的指點，趕著牛車，朝他們家中去。

牛車本就行得慢，天色漸晚，山路更是崎嶇難行，挨挨蹭蹭，終於到了那對夫妻家中。原是極破極舊的一座房舍，頂上蓋了茅草，夾了蘆葦做牆壁，那蘆牆上雖塗了黃泥，但因年久，黃泥早就掉了不少，更顯敝舊，但好歹也能遮風擋雨，比露宿山間要好得多。

當下幾人從車上下來，李嶷把牛從車套上解下來，預備拴到屋後去吃草。方走出數步，忽聽得身後「撲通」一聲，緊接著那老婦人嚷起來：「小郎快來，你家娘子摔了一跤。」

李嶷忙將手中的韁繩往籬間一繞，急急地走回來，那老丈早進屋點了一支松香火把出來。本以爲只是天黑，她無意絆了一跤，卻不想火把照著，她倒在地上，臉色煞白，掙扎著數次竟未能起來。李嶷彎腰將她扶起，觸到她的手腕，只覺得肌膚滾燙，不由問：「妳這是怎麼了？」

她咬了牙只道沒事，卻聽齒間格格作響，竟似在打寒戰。當下那老丈舉著火把，李嶷便將她抱起，四人一起進到屋中，老婦人忙著張羅著生起火塘。這山裡人家，屋子正中都有一個火塘，一生起火來，頓時明亮暖和了不少。

李嶷將她放在火塘邊，又問道：「到底怎麼回事？」她蹙眉不答，卻下意識去摸了摸疼痛難耐的腿上傷處，李嶷不由分說，伸手捋起她的褲管，解開布條，看到傷口早已化膿，不由皺眉。「妳怎麼不早說？」

那老婦人也藉著火塘裡的火光，細細看了看她的傷口，說道：「這是化膿了，若不醫治，只怕凶險。」李嶷久在行伍，如何不知這種外傷，一旦化膿發熱，若是醫治不及就極是凶險。那老丈道：「家裡倒是有些能治外傷的草藥，但她既然已經發熱，只怕還要去山裡尋一兩味清涼解毒的藥配上才好。」

李嶷微一凝神，道：「老丈，是缺哪幾味藥？要不我進山去尋尋，說不定能找到。」那老丈見他愛惜妻子，笑道：「這附近的山裡我常去採藥，雖是入夜了，但也沒什麼大蟲害人，那幾味草藥後山便有，我陪你一起去。」

李嶷便也不推辭，點了點頭。當下老婦人烤了些山芋，給二人果腹，然後取了繩索、藥囊、背簍諸物，李嶷與那老丈收拾停當，便趁著月色去山間尋藥。

那老丈雖有五十餘歲年紀，但進得山間，步伐矯健，李嶷不由讚道：「老丈好精神。」那老丈道：「總是上山來採藥打獵，走得慣了。」他們在後山尋覓不久，果然將那老丈說的幾味清熱解毒的藥都找見，取路回轉。經過一片山崖，但見月色清輝，撒在山林間，清澈如水，忽聞得一陣異香撲鼻，原是絕壁山石上生得一簇花草，小小的葉子，開著白色的花，奇香無比。因聞得花香，李嶷便朝那處山石看了一眼，那老丈也隨之望去，一望之下，不由大喜過望，說道：「靈芝！靈芝！」

原來那處花草下方，有一方凸起的山石，在那山石之側，生得極大一朵紫芝，看那情形，原本這靈芝素日是被雜草遮掩住了，但偏偏今晚風清月明，清風將雜草枝葉吹開，明月朗朗，正照見這朵紫芝。

那老丈道：「今日當眞是運氣好，若能採得這株靈芝，拿到郡縣大鋪子裡去，只怕能換十斗米，夠半年嚼裹。」當下束了束腰帶，便要去採那靈芝。李嶷見絕壁之上甚是險峻，當下便道：「老丈，還是我去吧。」

那老丈看了他一眼，搖了搖頭，說道：「這懸崖不好下，你年紀輕輕一個後生，若是萬一有什麼事，倒教你那娘子怎麼活？還是我下去，你在上頭替小老兒拉著繩子便行了。」當下便將繩子牢牢繫在腰間，又將繩子另一頭在大樹上繫好，重新束緊了腳上的草鞋。李嶷替他拉緊了繩子，他便一步一步，十分小心地下到那懸崖去。待到了那凸起的山石之上，他伸長了手臂，想去摘那朵靈芝，但無論如何，總是差一點點。那老丈心一橫，看準了方位，握緊了繫在腰間的繩子，用力一躍，如盪鞦韆一般，整個人在空中盪起。他借這麼一盪之勢，終於觸到了那朵靈芝，當即手指用力，牢牢抓住，用力一擰便將那靈芝採了下來。卻不想他這一盪之下，繩索滑動，正撞上一片極其鋒利的山石，便如刀刃一般，只聽「啪」一聲，繩索竟然被那片山石割斷大半。那老丈聽見異響抬頭一望，但見繩索已經被山石割裂大半，只餘一小股麻絲亦早就綳緊，知道全身繫於這幾縷麻絲，瞬間便會斷絕，心道一聲苦也。李嶷早已經飛身躍起，如一隻大鳥一般撲下來，長臂一探，便已經抓住了繩索斷處，用力一揮，藉著慣性，竟將那老丈連人帶繩，如同放紙鳶一般揚起。那老丈只覺得身子一輕，如同騰雲駕霧一般，已經身在半空中，旋即身下一軟，原來李嶷這一揮，將他正巧落在一株大樹的樹冠上。那老丈驚魂未定，身下樹木枝葉被他壓得輕彈又起。緩了一緩，李嶷早就拉著繩子從懸崖邊躍上來，甩開繩索，爬上樹去，將那老丈從樹上背了下來。

那老丈驚得全身哆嗦，低頭看一看深不見底的萬丈懸崖，又抬頭看一看自己適才被甩到上面的樹冠，過了好半晌，才撟舌道：「小郎莫不是神仙？如何一甩，就抓住斷繩將我拉起來。」李嶷笑道：「常在家中做活，我臂力大。」那老丈絕處逢生，瞬息遇險，又瞬息脫險，早嚇出了一身冷汗，幸得那靈芝被他牢牢握在手裡，卻是半分折損也沒有。當下便將那紫芝送到李嶷面前，說道：「今日幸得小郎救了小老兒性命，這株靈芝，當酬小郎救命之恩。」

李嶷搖了搖頭，說道：「老丈今夜收留我們，又陪我上山採藥，我也無以為報，況且這是老丈採得的靈芝，老丈拿它去換米吧。」那老丈見他再三不肯，當下只好將靈芝收入藥囊，二人下山返回家中。老婦人還沒睡，見他們平安歸來，自是歡喜，接過草藥，配了家中的另幾味藥草，讓李嶷一併碾碎了，與他娘子內服外敷。

那老丈趁著李嶷去碾藥，早就將自己在山中採芝遇險，李嶷相救之事告知了老婦人，夫妻二人感激不已，又鄭重來拜謝了李嶷不提。

李嶷碾得了藥，見何校尉躺在火塘邊，人已經燒得迷迷糊糊，便解開她腿上的傷處，將一些藥塗在傷口上，另又煮了一碗湯藥，扶她起來，餵她喝下。她人已經迷糊，幸好餵藥之時，還知道吞嚥，喝了大半碗藥，便又沉沉睡去。

她本來人在發燒，又睡在火塘邊，只覺得渾身一會兒冷，一會兒熱。過得片刻，彷彿奇寒徹骨，臉上一涼，原來天上已經下起雪花。她聽到自己又快又急的心跳聲，天上的雪下得越來越大，她在蘆葦叢中拚命奔跑。

喉嚨裡似有鮮血的腥甜，小小的她被蘆根絆倒，手心被擦破，她也顧不上，爬起來繼續拚命地跑。因為知道追兵緊隨其後，那些羯碩人一旦追上來，定會割破她喉嚨。她不能死，她不能死，她不能死！

蘆葦不斷打在她臉上，她聽見自己呼哧呼哧沉重的喘息，但還是拚了命地跑，可她年紀幼小，越來越跑不動了，腿沉得似墜了鉛，她咬牙跑啊跑……身後似乎有噠噠的馬蹄聲，那些追兵近了，更近了，他們揮著雪亮的長刀，朝她刺過來。她狠狠轉身，咬著牙從懷裡掏出了刀，正待要大叫一聲衝上去，突然覺得身上一緊，她奮力一掙，突然就醒了。

火塘裡的火還燃著，火上坐著一個陶罐，裡面咕嚕咕嚕，似燉著什麼湯。她眼神漸漸從恍惚到了清醒，原來是惡夢，只是惡夢。她身下軟軟的墊著些乾草，背後也是暖烘烘的，原來是李嶷抱著她；見她醒來，他連忙放開了手。

那老婦人愧道：「家裡實在是貧寒得緊，連床被子都沒有，只得給妳鋪了些乾草。妳一直打寒戰，我說了好幾遍，妳家郎君才抱著妳，給妳暖暖身子。年輕人臉嫩，當著我們老兩口，倒是十分不好意思。」

她定一定神，不由朝李嶷望去，見他早就若無其事，坐在火塘邊撥著火。那老婦人從陶罐裡盛了一碗湯，端給她，溫言道：「快喝吧，喝了暖暖身子，若能出一身汗，也就不打寒戰了。」

她道了謝，接過湯，慢慢喝著。那老婦人又與她說起李嶷在山間救了老丈之事，再三感激不已。又問她姓什麼，懷有幾個月身子了，安慰她道：「何娘子不要怕，我家老頭兒姓嚴，這鄉里都叫我一聲嚴娘子。」一面看她喝湯，一面絮絮叨叨，與她拉起了家常。原來這老婦人也曾生得一個女兒，前年嫁到山下村裡去了，雖然夫家也十分貧寒，但夫妻和美，不久便懷有身孕，但後來生產不順，山中又缺醫少藥，就此母子俱亡。講到傷心處，這嚴娘子忍不住牽起衣角，拭了拭眼淚，說道：「因此今天一見了妳，我便想起我那苦命的女兒，所以才叫你們到家裡來歇一晚，誰知道就遇上貴人。小郎君救了我們老兒的性命，還再三地不肯收那朵靈芝，叫我們去換米嚼裹。」

絮絮叨叨又道：「這湯裡是野雞肉，小娘子妳懷著身子，多吃點肉，明天還要走長道呢，吃了才有力氣走路。」她照料著又給何校尉添了一碗湯，待她吃畢，扶著她重新睡下。又去尋了件粗布衣服，雖然綴滿補丁，但想也是最厚實的一件了，她將那衣替何校尉蓋上，輕輕將衣服拉一拉蓋好，這才在她身邊睡下。

那老丈辛苦了半晚，早就在火塘邊呼呼睡去。李嶷又給火塘裡添了幾根柴禾，也轉了個身，枕著乾草沉沉睡去。

四人這一覺好眠，一直睡到天色漸明，忽然聽得屋外林中飛鳥驚起盤旋。

李嶷不由得一驚坐起。火塘裡的火猶未熄滅，他側耳又聽了片刻，便毫不猶豫，伸手搖醒何校尉，低聲道：「有人來了。」

她被驚醒，昏昏沉沉坐起，還未說話，那老丈也被驚醒，他久在山中打獵，起身到屋外聽了聽，連忙返身回來說道：「人不少，還有人騎著馬，八成是那些官道上的官兵。老婆子，快起來！」嚴娘子也早就被驚醒，聽他這般說，一時慌了手腳。

那嚴老丈道：「這群官兵壞得很，昨日在關卡時，就專門一個個盤查年輕後生，說是要找什麼人，瞧見年輕婦人，更是色瞇瞇不放過，你們避一避才好。」當下與那嚴娘子一起，把屋角堆的木柴等雜物抱開，扒去地上浮土，底下竟然是木板，下面露出一個只可容身兩人的小小地窖。

那嚴老丈道：「這是我早年無事挖的地窖，原本是存山貨的，大小恰可藏兩人，你帶著你家娘子下去避一避。」

李嶷不由道：「老丈，還是您和婆婆避一避。」

那嚴老丈急道：「那群人無法無天，你娘子年紀輕輕，懷著娃娃又病著，千萬不能落他們眼裡，趕緊快下去。」

李嶷心想，這群官兵來得蹊蹺，聽著馬蹄聲，似還攜了重甲弓弩，既然著重盤查年輕人，搞不好是衝著自己來的，說不定是郭直的下屬。若是與他們當面撞見，雖不怕脫不了身，但怕反倒對這老夫婦不利，不如暫避一避。

那嚴老丈又催促道：「我和老婆子天天在山裡，那些官兵不會拿我們怎麼樣的，快下去吧。」

李嶷見何校尉迷迷糊糊，心想她傷得不輕，那些官兵如闖過來，見這屋中一貧如洗，只有老夫婦，說不定搜檢一翻就走了。當下便抱著她下到地窖，那嚴老丈和老婦人合力蓋好木板，又堆上浮土和乾柴雜物，地窖中頓時一片黑暗。

卻說那些人，當眞是郭直所部殘兵，他們攻下了山寨，卻發現大隊山匪早就逃之夭夭，還把糧食兵刃盡皆帶走了。郭直心有不甘，將擒到的幾名山賊拷打審問，終於有人吃不住刑，說出防守之時確實有人安排陣法，是趙有德從前在鎭西軍中要好的兄弟，聽說是什麼十七郎。那郭直又驚又怒，不敢相信，又不敢不信，萬萬沒想到爲了奪寨子稀里糊塗打了一仗，竟然遇上了李嶷。他思前想後，派出兵丁四處設卡搜檢。雖不指望能抓住李嶷，但既然已在山寨落腳，那就抓了青壯充當兵卒，搶了錢糧充作軍資，因此這幾日直鬧得這十里八鄉雞飛狗跳。

當下攜重甲弓弩的精兵留在外頭，將這屋舍牢牢圍住。一群如狼似虎的兵卒，一腳踹開破舊的木門，當先一名郎將率著眾人進屋，見四壁空空，家中一貧如洗，只有一對老夫婦，那老婦人躲在老丈身後，嚇得瑟瑟發抖。

那郎將偏頭示意，眾兵卒在屋中翻檢一番，見實在搜不出什麼財物，這才一腳踢翻了陶罐，見罐中竟有些碎骨，便叫嚷這老夫婦定有藏起來的財帛，不然如何燉得肉湯喝？那嚴老丈慌忙解釋，說是山上獵得的野雞，吃的這幾日早就吃完了。那些兵卒又屋前屋後搜羅一番，見並無其他野味可以打牙祭，這才悻悻地向那名郎將道：「高將軍，沒見著什麼。」

那高郎將領了下山搜檢的差事，偏郭直不放心，怕李嶷真在左近，便又派了親信薛郎將領著重甲弓弩手相隨。那高郎將眞眞有苦難言，背地裡早忍不住牢騷滿腹，髒活累活全都是他幹。而薛郎將仗著是將軍親信，每天帶著重甲的弓弩手，遠遠圍一圍。但凡是搜刮到一些財物，也盡皆要分出上上等的一份給那薛郎將，不敢私藏。這兩天他本來就一肚子火氣，見這屋裡屋外，一貧如洗，眼前這老翁又實在老邁，不堪拉去做兵卒，當下頗爲不耐，頭一偏示意，那兵卒便裝模作樣地問：「有沒有看到一個年輕人，十八九歲，長得白白淨淨，看著像個讀書人。那是與山賊裡應外合的要緊人犯，若是知情不報，定要軍法從事，砍了你的腦袋！」

那嚴老丈忙賠笑道：「軍爺，咱們這十里八鄉的，哪有讀書人；說到讀書，就數鎮上的單先生認得字會讀書了……」話猶未完，那兵卒斥道：「囉唆什麼？」一把就將那嚴老丈推倒在地，那嚴娘子急忙地叫了一聲「老頭子」，撲過去想要扶起丈夫，也被兵卒一腳踹倒在地，疼得她直叫「哎喲」。

地窖中雖然一片漆黑，但是隱隱約約，還是能聽見眾兵卒斥罵聲、老婦人的哭聲等等，上頭的種種情形，也可以猜測一二。李嶷凝神聽到此時，忍不住緩緩從袖中拔出短刀，忽地兩根冰涼的手指按在他的手背之上，正是那何校尉。黑暗中雖什麼也看不見，但他知道她是示意不可。他在黑暗中緩緩無聲地呼了口氣，又凝神細聽。

那嚴老丈掙扎著將妻子護在身後，卻有一名兵卒蹲下來，用刀背拍一拍那嚴娘子的臉，問：「妳和妳那老頭子成天在山裡鑽來鑽去，到底有沒有見過一個十八九歲的年輕公子？」

那嚴娘子雖嚇得眼淚長流，卻說道：「軍爺，我沒見過，真的沒見過。」

那兵卒拿刀在她頸中比畫，喝道：「你們在山中打獵，連豺狼虎豹走過的味道都能尋見，竟然說沒見過生人？」

嚴老丈道：「軍爺，我們真的沒見過！」眾兵卒嬉笑喝罵，那兵卒道：「要是不說實話，你那老婆子可就沒命了。」

地窖中李嶷握住刀柄，心想上面不過二十來個尋常兵卒，但難在明明聽出屋外不遠處有重甲弓弩手埋伏。若是自己闖出去，未必不能立時將屋中那些兵卒盡數殺了，但外頭那些重甲弓弩手難以對付，哪怕自己孤身能有把握闖出去，可怎麼連嚴老丈夫婦，還有這個傷重的何校尉一起帶出去？正思忖間，她忽然拉過他的手，在他手上寫字。

他細細感知，她手指細膩柔滑，寫的乃是「出去反害了他們」。他雖明知未能想出辦法對付屋外的重甲弓弩手，但也在她手上寫字「不能見死不救」。

卻說那高郎將本來見實在搜刮不出什麼，忽地見梁上懸著一個藥囊，便以目光示意，一名兵卒便揮刀割下了藥囊，解開一看，裡面是碩大的一枚靈芝，還是上好的紫芝。那高郎將不由大喜過望，知道這靈芝怕不值數百金。

卻說那嚴老丈見靈芝被他們搜出，又氣又急，撲過去想要搶回。「小老兒跟你們拚了！」早被士卒一把推開，將刀架在他脖子裡。那嚴娘子早忍耐不住，放聲大哭起來。那士卒便揮刀要去砍殺老夫婦二人。

地窖中李嶷聽到此處，舉手便要去推頭頂木板，黑暗中只聞風聲微動，那何校尉似是撲上來要搶他手中的刀，他擋住她，不料她搶刀實是虛晃一招，左手無聲針已彈出，刺入李嶷後頸，他頓時全身一麻。她接住李嶷，將他軟軟地倒靠住地窖壁。

那高郎將將靈芝收入懷中，正喜悅萬分，忽又想起屋外那些重甲弓弩手，自不願這麼貴重的東西落入他們之手。便眉頭一皺，計上心來，喝住那些兵卒，板著臉孔道：「既然今日你們願意爲大軍獻上草藥，便饒你等一命。」

那嚴老丈啐了一聲，那高郎將也不生氣，說道：「既然你們什麼都不知道，也沒見過跟山賊勾結的要犯，那就跟我們回大營走一趟，只要在營中做幾天雜役，就可以放你們回來了。」

嚴老丈聽他這般說，敢怒不敢言，知道被抓了丁，那兵卒又踹了他一腳，罵罵咧咧道：「我們高將軍都饒你們一命，還不謝恩！」當下推搡著二人，一直將他們推出了屋子。

那屋外的重甲弓弩手，見他們推搡著兩個白髮蒼蒼的老人出來，牽著重甲弓弩手的薛郎將，素來與高郎將不睦，見此情狀，便笑道：「高郎將這是黔驢技窮了，抓了這老頭兒老太回去有何用處？」

那高郎將忍氣吞聲，笑道：「山裡人少，實在是尋不得什麼壯丁，這兩個老東西，回去當雜役，爲大軍劈柴燒飯也好。」言畢翻身上馬，按了按襟中的紫芝，心想要發這筆數百金的橫財，可要煞費一番苦心才好。

那薛郎將見只帶出兩名老人，便揮手命令重甲弓弩手收隊，眾人將嚴老丈夫婦用繩索繫在馬後，然後紛紛上馬，簇擁著兩位郎將揚長而去。

聽得馬蹄聲遠去，何校尉才小心地掀開木板，一手執刀，一手翻出臂下的小巧弓弩，從地窖無聲翻上來。她躲在窗後，小心往外看，只見外間無人，她心知老夫婦被抓走做雜役，說是幾日，說不定一直不得放歸，自己還是想法子跟上去，趁隙將他們救回才好。當下便小心從屋後繞出，一步一步，遠遠朝著那些兵卒離去的方向跟上去。

她一路小心前行，因著腿傷，又怕跟得過緊被發現，所以行得不快。過了數刻，忽隱隱聽見笑罵喝斥之聲，那些重甲的弓弩手，似在追逐圍獵，她不敢靠得太近。又過了片刻，看著那些騎兵四散馳遠離去，這才匆匆上前，忽然看到草叢裡倒著兩個人，身下有一攤鮮血，正是那老夫婦。她急忙上前，扶起那老婦人，低聲喚道：「嚴娘子，嚴娘子！」那嚴娘子背心中了數箭，早就已經氣絕身亡，而她身上伏著嚴老丈，也是背上中箭，怒目圓睜，竟是死不瞑目。

她心下大駭，又悲慟萬分，心想昨夜這嚴娘子如同慈母一般，照料自己傷勢，細心體貼地勸自己喝湯，沒想到自己只是遲來片刻，便是天人永隔，相救不得。

原來那高郎將得了紫芝，只想殺人滅口。誆騙說要帶老夫婦回去做雜役，行得途中，忽然提議獵活物，薛郎將見忙活了大半日，一無所獲，正憂慮回去受到責罰，心中煩悶不堪，聽他說獵活物，正好發洩一番，當下欣然應允，便將那老夫婦繩子解開，追逐戲耍，然後逐一射殺。

他們跟著郭直，素來爲孫靖的麾下，見慣了殺戮，殺了這對老夫婦，便如同捏死了兩隻螞蟻一般，毫不在意。

卻說李嶷被何校尉一針刺倒，昏迷了不知多久，終於緩緩醒來，當下掀開木板，動作遲緩地從地窖無聲翻上來，他知道她針上麻藥厲害，只覺得頭暈目眩，坐在地上手按後頭，晃了一下頭。忽聽得門外似有動靜，他不由伸手摸了摸袖中的刀，不想刀卻不在，想必是被她拿走了，當下他咬牙撿起一根粗柴，閃避到門後。

只見那何校尉推門進來，身形飄忽，腳步踉蹌，李嶷一棍擊出，她堪堪用刀擋住。

李嶷不由問她：「人呢？」

她搖了搖頭，語氣倒十分平靜，只說了兩個字：「死了。」

李嶷又驚又怒，喝道：「什麼？」

她道：「我剛才追出去查看了，兩個都死了。」

他看著她手中的刀，只覺得怒意勃發。「這是我的刀！」

她手指一鬆，那刀噹啷一聲落在地上，她淡淡地道：「還你。」

李嶷怒道：「要不是妳用針刺昏我，本來可以救他們的。」

她冷冷地道：「剛才你應當也早就覺察，除了那些闖進屋子的士卒之外，還有大隊弓弩手埋伏在屋外，敵人正在搜檢我們，我們若是魯莽出來，根本救不了嚴老丈夫婦，甚至會立時就害死他倆！」

李嶷道：「當時若是出來救，或許就能救下他們，妳卻不願一試，妳這個滿口狡辯、貪生怕死的鼠輩！若是爲了救人，哪怕咱們都死在此地，也好過悔恨終身！」

她聽他言辭激烈，卻越發淡淡的，說道：「活著才能救更多的人！你是要救一人還是要救天下？」

李嶷氣急反笑。「天下？在妳眼裡，嚴老丈夫婦難道就不是天下人？難道就不值得救？」

她道：「救一人還是救眾生，救不得眼前一人時，我選救眾生。」

李嶷不禁冷笑。「好大的口氣，妳救得了眾生？」

她嘴唇緊閉，不發一言。

他斥道：「貪生怕死，找藉口！」

她不再理睬他，走到火塘邊，端起傷藥，想給自己換藥。李嶷一腳踹開藥碗，怒道：「妳還有臉用這傷藥！貪生怕死、忘恩負義的小人！」

她撿起地上的短刀，往李嶷腳邊一扔。「我是！那你殺了我好了！」

他瞪著她，她咬著嘴唇，額頭汗水沁出。他彎腰撿起刀子，轉身出門。剛跨出門，在他身後，她身體晃了一下，旋即就軟軟地昏倒在地上。他轉身，看了一眼昏倒在地的她，心中轉過數個念頭，終於還是轉身大步離開。

他一路辨明那些兵卒留下的種種痕跡，一直追蹤前行，忽見路邊有一座新墳，新墳蓋得土極淺，想必是沒有稱手的工具，所以才蓋了如此薄薄的一層，那薄土下露出一片衣角。他上前湊近了，認出正是那嚴老丈的衣角。除了淺土，四周還用草整整齊齊圍住，草上還放著幾朵鮮花，想必正是那何校尉所爲。

想是她追到此處，發現了老夫婦的屍首，便想法子掘土掩埋了。他心中惱怒，勉強收斂心神，捧了些土來，又給老夫婦的墳頭上添了一些，這才站在墳前，恭恭敬敬拱手爲禮，算是奠過二人。

他只覺憤懣異常，胸膛似要被炸開一般，心道即使沒了那何校尉，難道自己就不能挾制那崔公子，逼他交出糧草來嗎？他抬頭看了看太陽，辨明了方向，當下憑著心中一股激盪之意，轉身大踏步離去。

那何校尉昏倒過去，過了不知多久，方才悠悠醒轉。她渾身燒得滾燙，幸得昨夜的草藥還有一些，當下掙扎著起來，生起火塘裡的火，又煮了藥草來喝了一碗，重新往自己腿上傷處敷了藥，便又昏沉沉睡去。

她睡得不安穩，又夢到小時候，狂風捲著雪花，自己在無邊無際的蘆葦叢中奔跑。那些追兵拎著利刃追逐著她，她拚命地跑，拚命地跑，身後的追兵卻越追越緊，呼嘯著縱馬奔上來，那雪亮的刀尖直朝她頸中刺過來，她這才猝然驚醒，醒來髮間全是涔涔的冷汗。天已經黑了，山風呼嘯，這世上便如同只剩下她一個人一般。她裹緊了嚴娘子那件補丁重重的破舊衣裳，心想一定要活下去，一定要活下去。

在這屋子裡熬過一晚，又吃了幾次草藥，她終於覺得身上鬆快一些，腿上的傷似也好了不少。便從屋後折了樹枝，削了一支拐杖，拄著走路。

她慢慢向山下而行，不過片刻，便走到前一日掩埋老夫婦之處，只見那一塋新墳，似又添了些土，墳前還有一方石頭，上頭用刀尖刻著一個「恩」字，想是那李嶷尋到此處，又添了這些。

她心中難過，咬破了手指，就著指尖鮮血，又將那「恩」字用血塗成紅色，這才將石頭端端正正重新放回墳前。她心道自己雖然不該用針刺他，但他也明知若是當時闖出去，當真只會驚動不遠處的弓弩手，到時候萬箭齊發，哪裡還能救得老夫婦，但他不由分說，全都怪在自己頭上。她心中難過，不願意再想，站在墳前，恭恭敬敬又行了一禮，這才拄著拐杖，蹣跚向山下行去。

她知道只有到了大市集裡，才好向定勝軍中傳遞消息，但自己孤身一人，又是女子，多有不便。當下臨到溝渠，便將泥水抹在自己臉上，那稻草做的假肚子已經損毀不堪，便又用枕頭做了個假肚子繫在衣下。她一個骯髒狼狽的孕婦，在山野間也沒那麼引人注目。她風餐露宿，行得數日，終於來到了一個鎮外。

雖是鎮子，離那明岱寨也不算甚遠，因此也被郭直派了兵丁把守，搜檢著來往的人口。這一日恰逢集日，十里八鄉的人皆來趕集，因此極爲熱鬧。那些兵丁在鎮口設了關卡，見著有來賣野味的便奪了貨物，見著有拿著雞蛋來集上換鹽的也自是搶了，一時喧鬧不堪。

她本來想悄悄溜進鎮子，忽有一名兵卒看到她，伸手便將她攔下。「哎，等等。」

她只得停步，那兵卒卻不懷好意，笑咪咪盯著她。

「小娘子，這是要往哪兒去啊？」

她只得低著頭，盡力避開那兵卒的目光，又扶了扶肚子，心中焦急，想著脫身之策。

那兵卒色瞇瞇地道：「我看妳這模樣，怕是走不動了吧？要不，妳抬起頭來，讓我瞧瞧妳長得俊不俊，要是長得俊，今天妳就不用走了。」

說著便伸手，想要去摸她的臉。

她只得側身避開那隻油膩膩的手，低聲道：「軍爺，我家夫君就在城裡做買賣，還請軍爺給點薄面。」

那士卒卻不依不饒，笑道：「喲，妳還有夫君？我怎麼瞧著不信呢？雖然妳大著肚子，但瞧妳這白嫩嫩的樣子，哪像嫁過人的？」

她指尖銀針滑下，正待要朝那兵卒射出銀針，忽然鎮中一隊人馬馳出。她心知此時不能輕舉妄動，否則難以脫身，只得咬牙忍住。眼看那兵卒的手就要摸到臉上，她再也忍耐不住，心想今天拚了惡戰一場，也絕不能受辱。忽然聽到一個熟悉的聲音，說道：「娘子！我在這裡。」她不禁錯愕回頭，只見李嶷站在不遠處的陽光下，一手舉在眼前，似在遮著太陽，一手叉著腰，神態閒適，正看著她。

她還未及說話，李嶷早就快步上前，從袖中取了一小吊錢，塞進兵卒的手裡，低聲說道：「軍爺，拙荊沒出過門不懂事，這點錢請您喝杯水酒。」

那兵卒將錢在手心裡一掂，知道定有好幾十錢，有這錢去瓦舍找個俊俏小娘聽曲吃酒也盡夠了，便塞進袖子，笑道：「你倒是個懂事的，走吧。」

當下李嶷扶了何校尉，眞如一對小夫妻般親暱，過了關卡進了鎮子。兩人又走了一段，她這才掙脫李嶷的手，低聲道：「不要以爲我不知道，你還是想用我去換取軍糧，這才幫我。」

他答得倒也乾脆：「對，妳有自知之明就好。」她憤然瞪了他一眼，拄著拐杖，步履蹣跚地自顧自朝前走去，李嶷不緊不慢跟在後面，她也並不理睬。這鎮子雖然不大，但十分繁華，走了片刻，忽見著客棧的招牌。她奔波數日，早就筋疲力盡，當下腳步踉蹌勉力走進客棧。

那客棧掌櫃隔著櫃檯抬頭一看，見她身上骯髒不堪，不由得眉頭一皺。她本就累極了，聲音也有氣無力，勉力道：「掌櫃，要一間上房。」

那掌櫃回手指指身後牆上貼著「概不賒欠」的字紙，冷冷地道：「概不賒欠，想住上房是吧？先交五十錢定金。」她身上錢財早就在河水中遺失，當下摸了摸袖袋，不由一臉窘迫。「掌櫃，能不能通融一下，先讓我住下，房錢明日再給。」

那掌櫃頓時拉長聲音，一臉鄙夷。「通融？沒錢住什麼店！看妳這窮酸叫花子樣，出去出去！」言畢，便走出櫃檯，揮著手來轟人。她素來不曾遭遇過這般窘境，更不曾被人當成叫花子轟趕，頓時面紅耳赤。此時李嶷方走上前來，將五十錢放在櫃檯上，說道：「掌櫃，錢在我這裡。」

掌櫃一見了錢，馬上滿臉笑容。「好說好說，二位貴客是要一間上房是吧？裡面請！」當下十分殷勤地親自將二人送至一間上房。

李嶷推開房門看了看，這鎮上的客棧，甚是簡陋，好歹還算潔淨，便又另給了幾個錢，問掌櫃要熱水洗漱。那掌櫃看在錢的面子上，萬事都痛快，當下便去叫灶下生火燒水。只是她腳步虛浮，雖拄著拐杖，但手在門上扶了一把才站穩，定了定神，方才走進房內。

李嶷關上房門，見她委頓不堪，便忍不住嘲諷：「別演了，再演我都要信了。」

她本來腿傷未癒，此時又覺得背上涔涔冒著冷汗，心知自己這傷勢只怕不好，眼前一黑，身子晃了晃，差點又倒在地上。耳中卻清清楚楚，聽到他說：「起來，別來這套了，又想趁機一針刺暈我是嗎？」

她也不知從何處來了一股勁力，咬牙掙扎著扶著桌子站穩了，卻若無其事道：「是啊，被你看透了，但是你放心，有機會我還是會一針刺暈你！」

他聽了她這麼一句話，冷哼一聲，推開房門就走了。她眼前一陣陣發黑，聽到門「吱呀」一聲被他帶上，當下再也支撐不住，倒在地上。

李嶷從房中出來，其實也並無處可去。只見客棧院子裡生得一株合抱粗細的槐樹，樹下正是井欄。客棧的雜役，正在那井畔汲水，他便站在井畔，出神地看著那雜役汲水。

那日他離開之後，本在山中行了半日，待到向晚時分，心中激盪之意已經漸平，在山間露宿一晚。第二天思量再三，還是覺得帶著她去定勝軍中更爲合算，便返身回去尋找。他腳程快，待回去時，正巧看見她在老夫婦墓前咬破手指，用血去塗那刻在石頭上的「恩」字。他本來覺得她所作所爲皆是惺惺作態，所以不緊不慢跟在她後頭，看她如何行事。他既有鎭西軍中第一斥候的名頭，身手何其輕靈，追蹤其後，絲毫也沒令她覺察。這些日子來她風餐露宿，有時候餓極了，也去溪水裡捉魚捕蝦，只是她明顯不慣做此等事，常常忙活半天，也未捕到能勉強充饑的魚蝦。最後到底是怕她餓死，他逮了隻野兔扭斷了腿，扔在她歇腳處不遠，她才吃了頓飽飯。

至於爲什麼要跟著她，當然是拿她去跟那崔公子換軍糧最爲合算。她若是半道餓死了，豈不前功盡棄？

他在井欄前又站了一會兒，只見廚房煙囪裡升起嫋嫋白煙，想是那雜役正按照掌櫃吩咐在燒熱水，又想起她蓬頭垢面的樣子，眞像一隻剛從灶下鑽出來的烏糟糟的貓兒。他不知不覺竟嘆了口氣，心想總得回去看一眼，她可別眞傷重死了，當眞白費自己這幾日的工夫。

他回到房中一看，她竟然倒在地上，人事不省，急忙伸手摸了摸她頸中的脈，幸好還算平穩。當下只好將她抱到床上放下，見她面色潮紅，呼吸急促，觸手之處，皆是滾燙，他不禁皺眉。恰巧此時雜役送了兩大桶熱水來，他便又給了些錢，讓那雜役趕緊去請郎中。

那雜役倒是腿快，不過片刻，便引得一名郎中來了，那郎中總有古稀之齡，頷下鬍鬚皆白，倒是頗有幾分醫術的樣子，坐在床邊扶脈半晌，又看了看被下何校尉隆起的假肚子，神色不由頗有些古怪。

李嶷見他皺眉不語，便問：「大夫，病人可有不妥？」

那郎中搖了搖頭，嘆氣道：「唉，老朽摸不到滑脈，尊夫人這腹中胎兒，恐怕保不住了。」

李嶷聽說是這個緣故，不由釋然。「哦，這個，無妨。」

那郎中不禁看了他一眼，臉上的神情越發古怪了。李嶷一想自己這話聽著確實不對，趕緊彌補，連聲說：「大人要緊，大人要緊。」

那郎中慢條斯理地收回手。「尊夫人這脈象，是邪風入侵高熱不退，必是受了外傷又失於調養，好在她底子健旺，才撐到如今。」

李嶷心想，這郎中確實有幾分門道，不想這小小鎮子上，倒有良醫，便點頭道：「是，前幾日她在山上傷了腿。」那郎中說道：「那就是了，我寫個方子，你先照方抓藥煎服，再買些跌打丸藥用酒研開，給尊夫人傷處敷上，必然很快就能好起來，就是她腹中這胎兒……」說著，又搖頭嘆了口氣。

李嶷聽說腿傷能治，趕緊道：「無妨無妨，大人要緊。」當下郎中開了方子，李嶷去抓了藥，又交給店中雜役代為煎藥。待藥熬得了送來，天早就黑透了，她卻仍舊昏睡不醒。李嶷一手端著藥碗，一手探了探她的額頭，只覺得她額頭燒得滾燙，唇上都燒起了細碎的白皮，只聽她嘴角翕動，似在囈語，他側耳聽了聽，才聽到她在喃喃地喚：「阿娘……」

他不禁撇了撇嘴，心想眼前這女子素來凶悍狠辣，病了卻原來也只會叫娘。正猶豫怎麼給她餵藥，她在昏沉中卻突然伸手抓住他的衣服下襬。他本就是單手端藥碗，便騰出一隻手想拽開她的手，但她抓得很緊，一時竟拽不開。也不知道她是不是夢見了什麼，又喃喃地喚了一聲：「阿娘……」

他也不再管她放不放手，坐在床頭，用一隻手用力扶起她來，說道：「喂，吃藥了。」她雖被扶起，但仍無知無覺一般，只是手指還緊緊攥著他的衣襬。當下他使勁捏住她的鼻子，她因爲窒息本能張開嘴，他趁機就將一碗藥迅速灌下去，她在昏沉中被嗆得連聲咳嗽，他大力在她背上拍了好幾下，這才漸漸平復。

他心道：要不是爲了軍糧，嗆死妳算了。總算趁著她咳嗽將她手指掰開，將自己衣服從她指間抽出，將她重新放回枕上，這才轉身走到桌前，把那買來的跌打藥丸放入碗中，又按照郎中的囑咐，倒了約莫半兩燒酒，細細研碎成藥泥。

等研好了藥，李凝將藥泥攤在手心裡，用另一隻手掀開被子，拉一下她的褲腳。本想給她傷口上藥，卻發現她褲腳用碎布條牢牢繫成了死結。當下他想也不想，就抽出匕首，用刃尖挑破她褲子的膝蓋處。不想恰在此時，她睫毛微微一動，忽然睜眼醒來，見此情形，不由得一把推開他，縮到床角，驚恐萬分地瞪著他。

「你……你要做什麼……」

見她如同奓了毛的貓兒一般，眸中盡是敵意與驚懼。他用手指試一下匕首的鋒刃，冷冷地道：「妳反正不會交代定勝軍的去處，拿妳換不得軍糧，不如一刀殺了妳。」

她聽了這話，也不知爲何被激怒，反倒將脖子一揚。「那你殺好了。」他眉毛一挑，放下匕首，五指扯住她的褲角，突然用力一撕。她驚羞怒極，揮手便有數枚細小的銀針朝他射去；他早有防備，頭一偏避過，她自知不敵，幾如搏命一般，和身撲上反手就是一掌。只聽「啪」的一聲，她這一掌狠狠打在他臉上，幾乎是同時，他手中藥泥也

「啪」一聲糊在了她的傷口上。她低頭看看自己腿傷上的藥泥，又看看他臉上迅速浮紅起來的掌印，不禁囁嚅：「你……你……」

他揉了揉臉，一言不發，起身拎起桌上為了研藥剩下的半瓶酒，轉身離去。

既走出了屋子，舉頭但見好一輪明月，照得天青地白，月色皎然倒映在地上，便如遍地清霜一般。夜風陣陣，拂得院中槐樹枝葉時時搖動，映在地上的影子也時聚時散。他忽然想起那日在井畔遇見她，也是這樣一個月夜，那晚黑夜中她雙眸燦然如星，倒映著萬點螢火，便如天上的銀河，都在她眸底一般。

他不願再多想，但今晚這月色實在喜人，當下拎著酒瓶，三下兩下便越牆穿簷，登上那客棧的屋頂，在瓦松間尋了一片平坦之處，坐在那瓦上對月飲酒。

他自從牢蘭關起兵勤王，一路征戰奔波，甚少有今夜這般閒暇獨處之時，當下對月自飲，也不用酒盞，不知不覺，已經將那壺酒喝了大半。

他微有酒意，便仰面臥在那屋瓦上，雙手枕在腦後，看著那滿天星輝燦然，心想牢蘭關中不知此時又是何情形。這已近秋分時節，只怕就要下雪了，若是下得初雪，就該當於荒野中獵黃羊了。他正在浮想聯翩之際，忽聽不遠處「噠」一聲輕響，分明是有人也上房頂來了。他並不作理睬，過得片刻，果然見她便如一隻瘸腿的小貓一般，笨手笨腳從屋脊那邊翻過來，慢慢朝他走過來。他雖沒有望向她，但眼色餘光，只瞥見她兩步一滑，到底是腿上有傷，屋瓦又嶙嶙不平，幸得她最後還是穩住了身形，不聲不響，走到了他身邊，也在他身側的屋瓦上坐下。

他不由得渾身不自在，便坐起來，又拎過酒瓶，飲了一口，只聽她低低地道：「對不住。」

他冷冷地道：「妳有什麼對不住我的？」

她螓首低垂，說道：「其實……那天我把你刺暈之後，馬上就從地窖出去了，我聽到他們說要將老丈和婆婆帶走做雜役，就以爲他們不會對老丈和婆婆下手的，我以爲我一定會想到辦法……我自詡聰明能幹，卻沒想到，最終還是沒能救得他們。」她搖了搖頭，神色之中，盡是沮喪。

過了片刻，他才道：「我看到了妳掩埋了他們，還看到妳放在墳上的花。」

她也不知在想什麼，過得片刻，終於只是微微嘆了口氣，抬頭看著天上的星星，喃喃地道：「是我錯了，我只恨我救不得。」她頓了頓，道：「從前，節度使在教導公子的時候，我在旁邊聽到，節度使說，位高之人，必然時時都須做很多決定，這些決定，有時候是對的，有時候是錯的。若是做錯了決定，或許就會害死很多人。這就是位高權重之人，自當謹慎之處。可是，若是一言便可決千萬人生死，那麼就該想一想，是該當救一人，還是該當救天下。」

李嶷聽到她提到節度使，必然所指就是盧龍節度使、朔北都護、大將軍崔倚，不由一凜。蓋因崔家世鎮幽州，至這一代崔倚領兵，更爲勇武善戰，率軍曾將揭碩王帳逐出千里，一時揭碩人竟不敢越過拒以山放牧；由此先帝賜下「定勝」旗幟，崔家軍亦號稱「定勝軍」，乃是朝廷用以威懾北地揭碩諸部的大軍。但孫靖作亂後，崔家父子號稱勤王，卻驅兵南下，明顯意在趁隙取利，或有逐鹿中原之意。

他便問：「妳是自幼跟在崔公子身邊長大？」

她輕輕點一點頭，道：「公子待我極好，並不將我當作一般奴僕視之。」

這是十分高明的法子，她這般聰慧過人，若是以等閒奴僕視之，總有一天她羽翼豐滿，便會振翅飛去，再不復返。所以這也是那崔公子籠絡人心的手段，他心中不以為然，忽道：「妳日間病著，昏睡不醒，一直在叫阿娘。」

她聞言不由一怔，過了片刻，方才道：「我幼時住在邊塞要地。有一日城中男子都跟隨將軍出城去打仗了，沒想到另一股敵人卻繞來襲城。城中只有老弱婦孺，根本無力防守。那時候我才五六歲吧，身形瘦小，我娘便讓我從井溝爬出去逃命，城中所有婦人，已經決意一起力戰到最後一刻。我不肯走，叫我娘同我一起逃命，我娘說她不能走，若是她們也棄城而走，壞人就能奪得這邊塞要地，到時候長驅直入，南下燒殺搶掠更多的城池，只怕好多像我一樣的孩子就要失去爺娘父母，也有好多爺娘父母，就要失去自己的兒女。我哭著鬧著要留下來同她一起抗敵，我娘罵我，叫我好好活著，活著長大了好為她報仇，好好學本事，或許能救更多的人。若是同她一起死在城中，那她們力戰又是為了什麼？她們就是為了孩子能活著，將來或許有一日，我也得像她一樣拚命，只為了能救自己的孩子，或者更多的人，更多的孩子……我哭著問，難道這城裡的婦人都不是人嗎？為什麼不逃走，為什麼娘親寧可死了，也要救其他我根本不認識的人？我娘說……不要只顧著救眼前一人，要救天下更多的人……」

她說到此處停頓下來，只是怔怔地出神。他見她神色怔忡，一時也不知如何勸解。過得片刻，只聽她又幽幽地道：「我終於還是從井溝裡爬出去了，然後逃了許久，終於找到了爹爹。等到我和爹爹隨援軍一起趕回來，我娘，還有全城所有的婦人，她們的屍首都被吊在城牆上……我娘，她們的血，把城牆都染紅了……」

他看了她一眼，十分不忍，但她說起這些話來時，語氣竟十分平靜，眼中也並無眼淚。他問：「妳小時候住在營州？我記得朝廷曾旌表營州將軍娘子爲武烈夫人。當時揭碩襲城，武烈夫人率娘子軍力戰不退，死守殉城。妳娘是娘子軍中的人？」

她眼中終於似有淚光一閃。「是。朝中旌表，不過一人而已，實則守城娘子軍共有五百六十九人。」她道：「她們每一個人何嘗不是阿娘的兒女，又何嘗不是兒女的阿娘，但絕不願棄城而逃，爲了能阻止敵人，爲了能救更多人，毅然赴死。」

他鄭重地道：「她們都是英傑。」

她道：「我阿爹問我，還記得阿娘最後說的話嗎？我說，阿娘叫我好好活著，活著才知道她爲何而死，活著才有希望，活著才能救更多人。」

他問道：「這就是在地窖，妳一針刺昏我的原因？妳覺得我們可以救更多的人？」

她點點頭。「是。因爲你是鎮西軍主帥，如今天下勤王的兵馬，都唯你馬首是瞻，一旦你遇險，只怕勤王之事，從此皆爲夢幻泡影。你在，鎮西軍中無數人都會覺得有主心骨，天下的勤王之師，也會覺得有希望；你若是不在了，孫靖能不能坐穩這天下還是兩說，以他殘暴酷虐的性子，只怕征戰不斷。這天下百姓太苦了，再打幾年仗，只怕白骨露於野，千里無雞鳴。古書上說的那些亂世，還不夠嗎？」

他心裡明明知道她說得對，自己不該以身犯險，不然一旦出事，必然於大局有礙，但心中轉過萬千念頭，最終只是輕輕喟嘆：「但在我眼前的人，我還是想救。」

她道：「當初節度使說，成大事者，必經大悔恨。那時候我年紀幼小，並不懂得此話之意，但現在想來，人生不該落子無悔嗎？我用針刺昏了你，是我不對，那是我做的決定，你惱我恨我，我受著便是。我見到了嚴老丈和嚴娘子的屍首，心中萬般悔恨，但也只能自己受著。若有罪孽，那是我的罪孽，你若是生氣想要一刀殺了我，那我也只得坦然受之。在我刺出那一針的時候，我便該當知道，我既做了這樣的事，便沒得悔恨之處。」

李嶷聽她說出這番話來，坦坦蕩蕩，又磊落光明，一時竟聽得愣住了。過得片刻，忽地點了點頭，說道：「我不該怪妳，或是說，我不該那般惱恨妳。其實是因為我自己深悔救不得他們，卻將這些全怪到妳頭上。彼時妳若不用針刺昏了我，我也並不見得就能救得了他們，若是我早些闖出去，或有機會，我恨的其實是自己，沒能早點出去救人，但全都怪罪於妳，這是我不對之處。」

聽他這般說，她也不禁怔住了。只見他拿起酒壺，長飲了一口酒。她不由伸手，也想要拿酒壺，卻被他伸手擋住了。「妳傷勢未癒，還在吃藥呢！」

她輕輕嘆了口氣，抱膝坐在屋瓦之上，以手托腮，但見明月皓潔，月光似水銀，又似一匹無邊無際潔白的輕紗，將這世間萬物籠罩其間。

第三章 秋分

明月照著疏疏的梧桐樹，梧桐樹掩映著琉璃瓦當，秋風拂過，偶爾有一片桐葉墜下，輕微的「喀嚓」一響，擦過白玉階，輕飄飄地落在地上。錦娘捧著食盒，小心地一路拾階而上。蕭氏雖是先太子妃，但太子死後，她卻從東宮挪到這雲光殿中來了。這裡本來是後妃居所，孫靖雖手握攝政實權，但並未稱帝，只號大都督，而她又身分尷尬，因此宮中諸人皆含含糊糊，稱呼她一聲「蕭娘子」。

錦娘捧著食盒進入殿中，走過後殿，一直走到西配殿，被稱為「杍詣室」的小小宮室，只見蕭氏還未卸妝，正坐在鏡前，拿著一柄鑲金玉梳兀自出神。錦娘便上前行禮，奉上食盒，道：「娘娘，這是蓮子羹。」見蕭氏點一點頭，當下她便打開食盒，盛出一碗來，奉與蕭氏。

蕭氏吃著蓮子羹，那錦娘見四下無人，便悄聲道：「好教娘娘得知，奴婢已見著姜氏了。」

蕭氏用勺子撥弄著蓮子羹，似是恍若未聞。錦娘道：「姜氏一切皆好，只是日日用素帛纏著肚子，只恐人看出來。但奴婢見她氣色還好，也並不再害喜嘔吐。」

蕭氏這才輕輕地嘆了一聲，道：「這是先太子的遺腹子，無論如何，我得想出法子，將她送出宮去。」

錦娘道：「宮禁森嚴，大都督又生性多疑，只怕……」

蕭氏搖一搖頭，說道：「就算比登天還難，我也要試上一試。」她與先太子結縭十餘載，並未生育，先太子的長子李玄澤乃是傅良娣所出。宮變之時，雲氅將軍韓暢率一隊人馬，拚死護著李玄澤逃出宮城，從此下落不明，生死不知。孫靖多方遣人追查，誓要斬草除根。她只得不動聲色，以身侍敵，藉著舊情與孫靖周旋。

幸而宮變之後，才發現太子的侍妾姜氏有孕在身，蕭氏便將姜氏藏在後宮，只是姜氏肚子一天比一天大起來，她必得設法將姜氏送出宮去，才好生產。若能生下孩子，不論男女，都是先太子的遺孤。

她生性聰穎，過了數日，還眞想出一個對策來。原來孫靖原配魏國夫人袁氏對她嫉恨入骨，有一日在宮中狹路相逢，蕭氏便故意挑釁，兩下爭執起來。蕭氏命身邊的女官打了魏國夫人身邊婢女幾耳光，魏國夫人大大失了臉面，氣得發昏，在孫靖面前哭鬧。孫靖沒得法子，只得親自來雲光殿中，要她將身邊的女官交出來，任憑魏國夫人處置。

她當下一聲冷笑，對孫靖道：「我在宮裡待的時日久，這樣的事見得多了，宮中皆是一雙雙勢利眼，捧高踩低不遺餘力，一旦落了下乘，誰都可以任意踐踏。今日魏國夫人令大都督索拿我的女官，明日她便可以下令鴆殺我，我若是死了，大都督難道會爲了我，與她一個堂堂正妻爲難嗎？」

孫靖本不耐煩來調停這般雞毛蒜皮、爭風吃醋之事，當下只是皺眉道：「何至於此？」

她冷笑道：「陳郡袁氏乃是大都督妻族，素來得大都督倚重。妾身得罪了魏國夫人，自請出家為道，不在這裡礙眼了。」

一時說得孫靖啞然失笑。「妳倒激將起我來了。」

「妾身哪裡敢激將大都督，就怕妾身再在這宮裡住下去，不明不白枉送了性命。還不如出宮去修道，省了聒噪。」她說著便一甩袖子，將孫靖晾在當地，自顧自徑直走到內室去了。孫靖不禁走到內室，但見她已經卸了釵環，睡到軟榻之上，卻是負氣用背對著他。他便在那榻側坐下，伸手摩挲著她的肩，戲謔道：「妳要修道，我倒要看看，天下哪間道觀擱得住妳？」她忽地嫣然一笑，翻身坐起，卻抱著他的手臂，將頭伏在他肩頭，就在他耳畔吹氣如蘭。「要不，你給我建一座道觀，要選山清水秀處，要離西長京不遠，這樣你出宮來看我也便宜，不過……」他被她吹得耳根直癢癢，她卻忽然似喜似嗔地瞥了他一眼，眼波欲流。「只怕我一出宮，三五日之後，你啊，就忘記了我是誰。」說著便用尖尖的指甲，恨恨地戳了戳他的胸口，孫靖便就勢抓住了她的手，就在她手指上輕輕一吻，漫不經意地問：「妳真要去修道？」

她重又伏在他懷裡，說道：「我不想待在宮裡了。魏國夫人不是一個心胸開闊之人，不免處處為難我。再說了，這宮裡人人一張利嘴，我不想天天被她們說三道四。」

孫靖伸手撫弄著她如瀑的長髮，說道：「修道的事，妳就別想了。不過，妳身邊那個愼娘，看著像是個有福氣的人，不如叫她代妳出家吧。」

她聽得此言，用力將他推開，屈著單膝坐在榻上，冷笑道：「大都督果然還是忍不住說出實話來，爲了魏國夫人情面好看，就叫我的女官出宮修道，大都督不如賜下一壺鴆酒，我與愼娘一起飲了便是。」

孫靖道：「愼娘是妳的女官，衝撞了魏國夫人，總要有個交代。」

她怒道：「那魏國夫人的婢女呢，那婢女衝撞了我，大都督也讓她出家修道嗎？」見她大發脾氣，他反倒笑道：「妳看妳，什麼事情都要掐尖要強。」

只聽她道：「大都督若是一視同仁，處置那婢女，我就答應讓愼娘出家修道，不然，免談。」說完，徑直下榻，伸長了胳膊，將他一直推搡出內室，自己扣上房門，將他關在門外，不論他如何叩門，皆賭氣不肯理睬，自顧自回榻上睡了。

她方睡了片刻，忽聽窗子吱呀一聲，她閉目故作不知，忽然身子一輕，原來是孫靖將她從榻上抱起。她用手抵在他胸口，不肯教他抱，恨聲道：「便教我死了也罷了，又來惹我做什麼？」他卻笑道：「行了行了，都逼得我只能越窗而入了，給我三分薄面吧。」

她這才伸手勾住了他的脖子，嗔道：「那你得說，天下能逼得大都督如此的，只有我一個。」

孫靖無可奈何，只得點頭。「只有妳一個，倘再有一個，不，倘再有半個，實實我也吃不消了。」她輕笑一聲，將臉埋入他懷中。

兩人纏綿半夜，孫靖到底答應了，把魏國夫人身邊的婢女也送幾個出宮去修道，以全她的顏面。到了第二日晨起時分，她怕他食言，又扯著他的袖子，讓他即刻便下令。孫靖無奈，只得當著她的面，吩咐掖庭令，將她身邊的女官愼娘等人，還有那日跟在魏國夫人身邊的婢女，一共八人，盡皆送出宮去修道。她這才心滿意足，放開了他的袖子。

待得孫靖從雲光殿中脫身出來，掖庭令這才上前，叉手行禮，恭敬問：「大都督，這幾名女官婢女，要送到何處去修道方合宜？」

孫靖漫不經意，撫平衣袖上適才被蕭氏拉扯出的褶皺，說道：「修什麼道，待送出宮去，都殺了便是。」

當日蕭氏苦心謀劃，將姜氏混入其中，原本以爲可以安然出宮爲道，不想掖庭令奉了孫靖密令，待送人的牛車一出宮門，便將八人盡皆殺了。

蕭氏自遣出姜氏，惴惴不安，想方設法，派了僅有的得力之人去接應，卻得到密報說諸女皆被殺，只覺胸口劇痛，坐在鏡前，半晌回不過神來。這下不僅未救得姜氏，還賠上了自己一名親信的女官愼娘。只有錦娘忙忙扶著她的膝蓋，輕聲喚著：「娘娘！」連喚了好幾聲，才將她喚回神來。

「我好沒用啊。」蕭氏喃喃道，「我自以爲得計，卻沒想到，反倒害了姜氏和她腹中的孩兒。我有何顏面去地下見先太子！」

「娘娘！」錦娘急道，「娘娘不要這樣想，娘娘已經盡力了。」

蕭氏淒然搖了搖頭，說道：「前幾日叔叔寫信來，問我爲何不死。我們蕭氏，世受皇恩，我不肯死，是爲不忠。先太子待我舉案齊眉，我不肯死，是爲不義。辱及父兄，我不肯死，是爲不孝。爲了苟活，我的手上沾滿了無辜之血，是爲不仁……我這等不忠不孝不仁不義之人，爲何還要活著……」

錦娘扶著她的胳膊，道：「娘娘，您若是心中難受，便哭一場吧，哭一場或許能好些，娘娘，您受了太多委屈了……」

蕭氏卻搖了搖頭，用手指拭拭自己的眼角，只見指尖乾乾，她說道：「我哭不出來，我還是要活著，起碼要活到玄澤能得以平安。」她重新打開妝奩，對錦娘道，「替我梳妝吧，再過會兒，只怕大都督要來，不能讓他看出什麼來。」

錦娘驚道：「大都督會不會早就知道……」

蕭氏笑了笑，漫聲道：「他知道又如何，不知道又如何。他既然還願意如此這般，那我便好生陪著他罷。」說罷自掂起螺子黛，細細地描畫眉毛。她生得長眉入鬢，眼如橫波，釅妝之後，更是好看。她對著鏡中的自己嫣然一笑，仍是一番顛倒眾生的絕好風姿啊。

話說這一番宮牆之中的刀光劍影，波詭雲譎，外間卻是半分也不曾知曉，連那魏國夫人，也以爲自己的幾名婢女是被蕭氏逼迫送出宮修道了，當下銜恨不已。這一番風波，便如一池春水，被風吹皺，事過便再無痕跡。

卻說那何校尉在鎮上客棧裡休養了數日，傷勢已經漸漸無礙。這一日，鎮上卻忽然多了許多從望州城中逃難之人。李嶷上街打聽，原是那郭直縱容手下兵卒，四處燒殺搶掠，不僅搶了偌多富戶，還動輒拉走壯丁，鄉間不堪其擾，民不聊生。而望州城中的鎮西軍只有數千人，守城尚且艱難，更兼沒有糧草，不能出城接戰。那郭直越發大膽，漸漸又開始騷擾望州附近的村莊，終於兵臨城下，逼令裴源投降，號稱若是不降，便要攻下望州城，一旦城破，定要血洗望州，將城中百姓一併視作賊寇。因此不少人扶老攜幼，離開望州逃難。

李嶷聽得此事，心中暗暗發愁。但鎮西軍久為糧草所困，卻不是一朝一夕能想出辦法。自己雖然挾持了何校尉，但那崔公子絕不是好相與的人，只怕難以從他手中換得糧草。他思慮再三，暫且沒有想出什麼計策，忽見街頭熱氣騰騰，原來是一家賣蒸糖糕的小店，正掀了蒸籠，在那裡叫賣熱糕。他忽然想起這幾日，因傷勢好了許多，何校尉的精神也恢復了大半，只是每次吃藥的時候，她總是皺著眉難以下嚥。她素來堅韌，即使孤身在山間那般忍饑挨餓，經歷種種艱辛，也盡皆隱忍，倒是這些時日每每喝藥之時，方才顯出幾分小兒女之態。想到這裡，他便掏錢買了一方糖糕，托在手中返回客棧。

這幾日那雜役替他跑腿，早得了不少賞錢，當下見他托著糖糕進來，便笑道：「郎君好貼心，必是替娘子買了熱糕回來。」這裡雖是鎮上，卻是甚少有人吃零嘴，這樣的糖糕更是稀罕，只有那些嬌養孫兒的老人，才肯掏錢買了給孩子吃，他這般嬌寵妻子，當然被打趣。李嶷本來沒覺得什麼，被雜役這麼一說，無端端倒覺得有幾分耳根發熱，當下笑了一笑。待進了屋子，卻見何校尉正伏在窗前，似在看外頭的風景。

她早換了潔淨衣衫，是他前幾日從集上估衣舖子裡替她買來的。雖是粗布舊衣，不知爲何，穿在她身上格外熨帖合身，越發顯得纖腰一握。只是這幾日連傷帶病，連下巴都好似尖了幾分，小小的一張臉，還沒有他的巴掌大，擱在她自己的手肘上，兩眼看著窗外槐樹上的鳥窩，兀自出神。他便將糕遞過去，說道：「吃吧。」她回頭見是糖糕，果然歡喜，接過去咬了一口，兩腮鼓鼓如同松鼠一般。他正看得有趣，她忽地想起，問：「你怎麼知道我愛吃糖糕？」

李嶷笑道：「我可是鎮西軍中最好的斥候。」

她想起這幾日吃藥，自己嫌苦，吃完之後，總想著若有塊糖糕吃就好了，但這話只是在心裡想一想，從不曾說出口來，但不知道他是如何猜到的。此人當眞是有洞察人心的本事，也難爲他有心。那糖糕軟糯香甜，顯然是剛蒸出來的，當下她又咬了一口糖糕，忽然心生警惕。「無事獻殷勤，你想做什麼？」

只聽他笑道：「你們公子派了偌多好手來埋伏我，妳卻坐在屋子裡等我，沒有不辭而別，難道不應該請妳吃糖糕嗎？」

她怔了一怔，沒料到他竟然看破，不禁嘆道：「他們說你是鎮西軍中最好的斥候，我總以爲必是往你臉上貼金，如今才知道，眞的沒有言過其實。」便揚聲道：「都出來吧。」

頓時房前屋後草木叢中有人影現身，屋頂上亦翻下數條身影，旋即湧進屋中七八條壯漢。爲首那人，正是那日在郭直營中見過的陳醒。他如同一道影子般飄進來，抱拳朝何校尉一禮，默不作聲，站在她身後。

李嶷見了這般陣仗，搖了搖頭，說道：「牆頭的弓弩手，也叫他們撤了吧，我有話與妳說，不會再挾持妳的。」

她卻瞥了他一眼，道：「我也有些你不愛聽的話要說，所以那些弓弩手，還是讓他們待在那裡吧，免得待會兒你一不高興，就用刀子指著我的咽喉了。」

李嶷搖了搖頭，似是無可奈何地一笑。她揮了揮手，陳醒等人又盡皆退去。此時她方才問：「你有什麼話要對我說？」

李嶷道：「妳都吃了我的糖糕了，難道不應該同我一起，去拿下并州城？」

她不禁好笑。「一塊糖糕就想換取并州城，皇孫你的如意算盤，打得挺好啊。」

李嶷道：「并州城主韓立，是一個奸險狡詐、兩面三刀的小人，早先就對朝中號令陽奉陰違，之後與孫靖也貌合神離。韓立所有不過并州、建州二城，偏偏此二城處於水陸要衝，不論是運糧，還是用兵，都得經過這兩座城池。」

她不禁瞟了他一眼。「看來皇孫不僅想要并州，連同建州也想拿下。」

只見他點點頭，說道：「建州距離并州兩百餘里，快馬一夜可到。只要拿到韓立的虎符，就能拿下建州城。」她也盡知他意，如有建州，舉兵而返，并州自然也在囊中。

李嶷道：「我若是挾持著妳去見你家公子，只怕妳家公子不肯給我糧草，但我若是手裡有建州，或是并州，想必崔公子必然是肯與我做一番好商議的。」

她聽到他這般謀畫，不禁讚嘆：「看樣子，這便是皇孫誠懇敦厚之處，打算用并州或是建州，來換取我們定勝軍的糧食了。」

李嶷點了點頭，說道：「我說完了，妳有什麼讓我不高興的話，也可以一併說了。」

那何校尉慢語輕聲地提議，由李嶷仍藉著裴源的名頭，去與韓立周旋談判，看看能不能令韓立動搖。李嶷卻道：「鎮西軍被郭直困在望州，又無糧草可戰，韓立素來奸猾，絕不會對鎮西軍假以辭色。不如還是定勝軍遣出使者，去與那韓立交涉，只言定勝軍崔公子所率大軍要借道建州，並許以好處，韓立爲人狡詐貪婪，崔家軍軍勢威望極盛，他八成會答應。」

她聽聞他這般說，拊掌笑道：「皇孫果然是誠懇敦厚！」

他嘆道：「我就知道妳等著我說這番話，妳如何謀劃的，還是直接說出來吧。」

她笑道：「借道建州這等大事，若是我們定勝軍只遣了使者去說，哪怕這使者是我，只怕韓立都不會動搖。除非……」她笑盈盈的，眸光流轉，看了李嶷一眼，說道，「除非我們公子親至韓立府上，他必然會鄭重其事。」

李嶷一言不發，只是看著她，她嘆了口氣，道：「可惜我們公子偶感風寒，實在是不便出行。因此，若得有一個人扮成我家公子，去與那韓立協商，或可成事。」

李嶷冷冷地道：「妳家公子哪怕沒有偶感風寒，妳也不願意他冒此風險吧，畢竟，韓立乃是反復小人，萬一他扣押了妳家公子怎麼辦？」

她竟然坦然點了點頭，說道：「難就難在，我家公子，也不是尋常什麼人都可以冒充的，不然，鬧出捉刀之人那樣的破綻，就不好了。」

「捉刀之人」這典故，是說魏王曹操覺得自己相貌不夠威嚴，所以就用崔季珪冒充自己，接待匈奴使，而曹操自己則捉刀立床頭。面見之後，令人去問使節：「魏王如何？」匈奴使答曰：「魏王雅望非常，然床頭捉刀人，此乃英雄也。」

聽她如此這般說，他不過笑一笑，心道：妳以爲妳家公子當世英雄，所以才叫我冒充他，明面上雖也在捧我有英雄氣概，但我爲什麼要冒他名頭。心中十分不快。

只聽她道：「只要皇孫願意合作，如果成功取得虎符，鎭西軍和我定勝軍各取一州，我們定勝軍要建州。我也可替公子答允，彼時兩座城中糧草，盡歸鎭西軍所有。」

李嶷略一思忖，心想這條件不能不算優渥，她既然來遊說自己與之合作，自然是知道這條件自己無法拒絕。他素來統兵，極有氣度，覺得此事划算，便強壓心中不快，道：「如此，確可一行。」又道：「我們來打個賭吧，誰先抓到韓立，或是殺了韓立，并州就歸誰；誰先拿到虎符，建州就歸誰。」他心道：我雖可冒充妳家公子前往，但等行事之時，妳可別想轄制我。連他自己也不明白，爲何突然便爭強好勝起來。

她並不以爲意，只問：「若是我既抓到韓立，又拿到虎符呢？」李嶷沉聲道：「那并州建州都歸妳，我鎮西軍絕無二話。反之亦然！」她便道：「好，若是并州建州都歸鎮西軍所有，建州素來為東去北去要道，我定勝軍來日商請借道過境，鎮西軍不得拒絕。」

李嶷欣然應允：「可以，反之亦然。」

她一揚眉。「擊掌為定！」當下伸出手掌，李嶷與她輕輕三擊掌。

二人既擊掌為誓，旋即率陳醒諸人一起，動身前往并州。

那李嶷既答應扮成崔公子，自何校尉以下，陳醒諸人，每個人皆稱他為「公子」，恭恭敬敬，並不露半分破綻，真拿他當崔公子伺候。這崔公子日常衣食住行，極是講究，陳醒身上帶了無數銀錢，一路揮霍。行得數日，又有定勝軍的人，攜帶了車馬、奴僕、衣飾諸物，甚至還有幾名廚子和幫傭，大隊人馬追上來，浩浩蕩蕩，與他們並作一隊。每日食不厭精，膾不厭細，坐臥之時，必奉上潔淨自帶的褥墊；就是車馬，雖然外表樸實無華，內裡也細巧非常，一茶一几，皆嵌在車內。那套車的兩匹馬，更是行得極穩，也不知怎麼做到的，路上無論如何坎坷難走，車裡茶杯中的茶水，卻是不曾被晃出過半滴。饒是李嶷身為皇孫，見識過天家富貴，也沒見識過這般排場，不得不嘆一聲節度使之子，果然是驕奢淫逸。

而那何校尉亦真如侍女一般，每日侍奉他，每到住宿打尖之地，她必然親自檢點他的坐臥之處，甚是細心體貼。他心中鬱結，但又不好開口詢問她，素日難道就是這樣伺候崔公子的？每一想到此處，心裡不免一陣難以言喻的滋味，說不清道不明，反正十分不好受。這日已至湖里鎮，距離那并州不遠，但見她親自燒了熨斗，在替自己——喔不，崔公子——熨燙衣衫，他終於忍不住問：「像妳這樣的侍女，妳家公子身邊有多少？」

她頭也沒抬，說道：「幾十個吧。」

他心中越發不快，問道：「同妳一樣的，難道竟有幾十個？」

她明明就是獨一無二的人，但她自己卻渾不在意，說道：「公子自幼就不乏人伺候，有幾十個婢女，再尋常不過了。皇孫難道在王府之中，不是這般錦衣玉食嗎？」

他聽了這話，卻並沒有介面。她終於抬頭，卻不是看他，而是拎起衣服看了看，又在他身上比了一比，這才滿意地道：「公子這件衣裳令你穿著，才算通身好氣派。」

他還未答話，她忽地懊惱：「他們雖然帶了公子的衣物，卻不曾帶公子的冠子來。」原來那崔公子素日束髮用玉冠，此時行道途中，又到哪裡去尋玉冠，便派人回去定勝軍營中取，也來不及了。

他再也忍耐不住，冷言相譏：「若不得玉冠，就扮不像妳家公子了？」

她想了一想，竟有幾分沮喪，道：「若是我的簪子在，倒還使得，雖比不上公子的玉冠好，但那枝簪子還算是羊脂玉，可以用得。」

那日在井畔，他搶走了她的簪子，本來是想叫她用搶走的自己的珠子來換的。此時此刻聽到她如此說，當下從袖中抽出一物，擲在她面前，她伸手接住，見竟然是自己那枝玉簪，頓時喜形於色。「哎呀，原來你帶在身上，這可太好了。」

於是她請李嶷坐下，重新給他梳頭束髮，又替他插好這枝玉簪。臨鏡一照，她倒是十分滿意。「是了，這才是我們公子的派頭。」張羅著還要李嶷試一試那件衣衫，他早就十分不耐，拂袖而去。

李嶷心中鬱悶，直到半夜，還不曾睡著。思忖自己吃了這等說不出的悶虧，回頭要怎麼樣才能找回場子，總是等有機會見了那崔公子，令他也大大地吃個虧才好。只是她素來狡猾，若是想令崔公子吃虧，必要先騙過她去。至於頭頂這根簪子，他抽下來，在手裡掂了一掂，心想事畢定要問她討回自己的珠子，再立時把這簪子還給她，一刻也不留，免得汙了自己的頭髮。正在思量，忽聽外頭有夜鳥啾啾鳴叫了數聲，正是鎮西軍中的暗號。

他不動聲色，也不點燈，悄悄起身，往窗軸裡倒了一點燈油，輕輕推開窗戶，無聲無息。過得片刻，卻見謝長耳輕巧翻入，見到李嶷，不由得大喜過望，執著他的手道：「十七郎，可教我好找。」

原來李嶷自郭直營中追蹤何校尉離去，望州城中的裴源諸人卻是十分著急，四處派人，終於尋得他所留的暗記，一路追上來，但定勝軍的人十分警覺，難以靠近。今夜謝長耳終於想法子，趁著哨探稍懈，混進了他們留宿之地。當下李嶷三言兩語，將自己與何校尉的約定說了。謝長耳聽得目瞪口呆，說道：「十七郎，你要扮作崔公子，去見韓立？」

李嶷道：「無妨，我自有脫身之策。」當下又囑咐謝長耳，如此這般，謝長耳連連點頭，這才翩然離去。

卻說那韓立，身爲并州刺史，聽聞崔公子親來拜見，自是驚疑不定，但定勝軍勢如破竹，大軍壓境，卻也是得罪不起，忙大開中門迎了出去，又設下歌舞筵席，好生招待。

當下請李嶷居於上位，何氏侍立於側，韓立居於主位，又有韓立的心腹謀士呂成之侍坐在側。至於陳醒等崔公子的侍從奴僕，也在府中下房，由韓立的部屬陪宴款待。

那韓立笑咪咪敬過數巡酒，方才問道：「崔公子，這歌舞如何？」

李嶷道：「自離故地，一路兵戈風塵，久不見歌舞，此時此景，眞當得起『太平富貴』四字。」韓立不由哈哈大笑，說道：「崔公子過譽了。公子折節下交，韓某感動得很。」李嶷道：「哪裡，雖與韓公素昧平生，但韓公風采，素來爲我敬仰。」韓立不由「哦」了一聲，道：「韓某僻處并州，倒是不想公子如此抬愛。」李嶷道：「我有幾句話，所謂忠言逆耳，不知道韓公想聽不想聽。」

那韓立看了一眼呂成之，呂成之雙手擊掌，舞姬樂隊皆停止，齊齊退出。

韓立這才道：「公子但說無妨。」

李嶷道：「世人看韓公，扼守并州、建州，皆爲衝要之地。大都督遠在西長京，需仰仗韓公之處甚多，若鎮西軍東進，韓公可以從并州、建州兩地出軍，包抄合圍；若鎮西軍勢大，韓公自可退守並南關天險，可謂左右逢源，進退自如。」

韓立撫鬚道：「我們韓家世鎮并、建二州，我本朝廷委任的刺史，與公子說句實話，我也為難得緊。一廂是大都督，威勢烜赫，一廂是鎮西諸府，原本也是我的同僚。」他不禁嘆了口氣，說道，「若是與鎮西軍兵戈相向，未免傷了當年的情誼。可若是避而不戰，大都督面前，又失了信義。」言畢，臉上顯出為難之色。

此時何校尉忽道：「妾有一句話，想請教韓公。」

韓立早就聽呂成之說，崔公子身邊有一位錦囊女何氏，極受信重。因此她忽然插話，他並無多少不悅之色，反而笑道：「何娘子但說無妨。」

她便問道：「韓公認為，遠在西長京的孫靖大都督，是個什麼樣的人物？」韓立拈鬚微笑道：「大都督其人，果決聰穎，心思縝密，是當世難得一見的英雄。」

她點一點頭，言道：「果決之人獨斷專行，聰穎之人從來自負，心思縝密之人自是多疑，不會輕信他人。韓公對大都督其人，知之甚深啊。」

韓立不由哈哈大笑，說：「這是妳說的，可不是我說的。」

當下飲過一遍酒，韓立又道：「話未說盡，何娘子但說無妨。」何校尉便微微一笑，道：「韓公認為，在孫靖大都督的心裡，韓公你是個什麼樣的人？」韓立又是拈鬚含笑。「哦？這韓某倒不便妄自揣測。」

她道：「只怕在大都督眼裡，韓公你比起鎮西軍，甚至那勤王之師的統帥李嶷李皇孫來，更算得上心腹之患。」

韓立心中一動，面上卻不動聲色，只道：「願聞其詳。」

「大都督殺伐果決，先帝、先太子、諸王及王孫，百多口人皆已受誅，與李皇孫自然已經結下了不共戴天之仇。而大都督志向高遠，既然已經做了這一步，自然是學先賢，扶幼帝登基，實權攝政。」她櫻唇中吐出淡然的話語，論起天下大勢來，卻是娓娓道來，甚是動聽。

韓立不由點頭。「不錯。」

「大都督既然志存天下，謀劃良久，縱然鎮西軍此時勢大，但大都督落子於先，未必沒有勝算。而韓公你久據并、建二州，待大都督平定鎮西諸府之後，韓公以爲你下場如何？」

韓立聽她如斯問，不由嘆了口氣。「那還用說嗎？狡兔死，走狗烹，自來如此。」

「那如果韓公你是大都督，此刻鎮西軍銳進，而我定勝軍趁機南下，并、建二州又並未處於掌控之中，大都督會如何行事？」

韓立不由笑道：「自然是想法子讓我出兵，與鎮西諸府惡戰，不論是鎮西軍兵敗，還是我兵敗，於大都督而言，都是兩全其美之事。」

她嫣然一笑，道：「韓公果然聰明人，知大都督甚深。」

韓立哈哈大笑，道：「錦囊女果然名不虛傳。」轉臉舉杯向李嶷祝酒，嘆道：「崔公子好福氣啊。」

李嶷聽她巧舌如簧，說得韓立這老狐狸都明白過來其中的微妙之意，當下也一笑舉杯。

諸人歡笑飲酒。李嶷素來眼觀六路，耳聽八方，眼角餘光早瞥見有一名僕人從外間匆匆進來，走到呂成之身邊，附耳細語了兩句。呂成之眉頭一皺，輕輕拉了拉韓立的衣角。

韓立會意，道：「崔公子且寬坐，後堂有些許小事，韓某去去就來。」

李嶷笑道：「韓公請自便。」

韓立朝李嶷拱手行禮，匆匆帶著呂成之離開。

原來京中孫靖遣出的使節，攜帶著孫靖賞賜給韓立的大量金銀珍寶，珠玉彩帛，終於趕到了并州刺史府上。這孫靖遣來的使節，倒也不是別人，乃是韓立的同鄉，并州有名的大族顧家的顧九郎顧禎。顧氏一門枝繁葉茂，頗多子弟在朝中爲官，其中官做得最大的，也就是顧禎的堂兄顧衸了。在孫靖謀逆之前，顧衸乃是中書令，正經的丞相；宮變之後，孫靖對這位文臣之首還極爲客氣，蓋因當初孫靖領兵征屹羅，顧衸正任兵部尚書，是有名的能臣，所有糧草調度，皆從其手而出。先帝因暴躁多疑的性子，數次也命兵部挾制脅迫孫靖，而顧衸爲了戰局，爲了在外征戰的大將沒有後顧之憂，在天子面前懇切直言，很替孫靖爭過幾回公道。後來孫靖大敗屹羅，先帝嘉賞，將顧衸升任了中書令。但顧衸與孫靖並無私誼，只出於公心。因爲屹羅一滅，他便立時向先帝諫言，削弱諸節度使的兵權；先帝晚年甚是剛愎，不聽他的勸諫，孫靖這才得機起兵謀反。也因著這種種前因，宮變之後，孫靖非但沒有殺顧衸，反倒客客氣氣，將他奉若上賓，要任命他做首輔。顧衸頗有氣節，辭官不做，每日穿著布衣閉門讀書，逢有勸降者，他道：「我是大裕李家的臣子，本該殉國，如今苟活，乃期太孫還朝。」

一時之間，諸多世家隱隱竟以顧衸爲首，既不降，也不朝，與孫靖僵持著。孫靖雖殺人如麻，倒也不好將這些世家巨族統統都株連九族，盡失人心，所以想了很多法子。偏這顧氏族中枝繁葉茂，子弟眾多，就有一人爲富貴所動，此人就是顧衸的遠支堂弟顧九郎顧禎。他本在禮部做一名六品小官，此時投向孫靖，正中孫靖下懷，當下將他連升三級，以示表率，還任命他爲使節，特意遣他來遊說韓立，蓋因顧氏乃并州望族，而韓立無論如何，也得給顧氏子弟三分薄面。

此刻顧禎得意洋洋站在堂中，看著奴僕將一箱箱珍寶放在堂上，展示給那韓立看。顧禎正色向上虛拱了拱手，方才道：「大都督言道，韓公鎮守二州，直面鎮西諸府逆賊，甚是辛苦，特命我從京都送來這些，皆是大都督親自從內庫精心挑選的奇珍異寶，以饗韓公之功。」

韓立從前也見過顧禎，但顧家出色的子弟甚多，彼時韓立只覺得他泯然於眾，庸庸碌碌。今日前來，又是另一番景象，用得意忘形、趾高氣昂來形容亦不爲過。當下不動聲色，笑道：「還請九郎替我多多拜謝大都督，韓某無功受祿，感激涕零。」

顧禎笑道：「韓公過謙了。」

當下韓立恭恭敬敬請顧禎上座，那顧禎也不謙讓，笑道：「我奉大都督之令前來，便代大都督上座了。」言畢施施然坐下。韓立這刺史府，他往年也曾來過，都是隨族中尊長前來拜望。彼時豔羡無比，只為韓立這刺史府，建得極是氣派，蓋因并州、建州兩地皆是南來北往的水陸要衝，商隊皆從此過，人煙稠密，商賈雲集，稅捐頗厚之故。當時自己只在心中羡慕萬分，心想如在這刺史府中吃上一頓飯，該是何等地快活，只是沒料到，自己也有在這華麗氣派的刺史府中高高上座的一天。他正在感慨萬千，忽聽韓立問：「不知九郎可帶來大都督手書或鈞命？」

那顧禎心中不悅，心道雖是舊識，但這韓立未免也太托大了。口口聲聲，已經喚了自己兩次九郎，難道就不能稱自己一聲如今的官銜顧侍郎嗎？他不是有城府的人，心中不喜，立時就帶到了臉上，沉聲道：「自然是有的。其實大都督遣我來，一來知道我與韓公乃是舊識，正好讓我跑這一趟，與韓公敘敘舊；二來，大都督也憂心戰場上箭矢無情，擔心韓公的安危，所以特意命我帶來了十二名金甲衛士，囑我命衛士日夜須臾不離韓公左右，務必要守護韓公周全。」說著拍了拍手，只見十二名金甲衛士持戈上堂，個個相貌堂堂，生得威武雄壯。顧禎得意洋洋地說：「這可是大都督親自命我替韓公挑選出來的。大都督說道，顧侍郎，去替孤挑選十二名金甲衛士，護衛韓立。某在羽林衛中挑選了好久，才選了這十二名身高幾乎一模一樣、樣貌威風的衛士。」

韓立做出一副誠惶誠恐的模樣，說道：「大都督這般周到，恩重如山，韓某真正感激涕零，無以回報。還請顧侍郎上覆大都督，就說韓某唯有親率守軍，與那鎮西軍等逆賊拚個粉身碎骨，才能報答大都督的恩義。」

那顧禎聽他這般說，終於心滿意足，點一點頭說：「好說！好說！」

當下韓立又親自吩咐，準備上好的客房，供顧禎休息。又親自將那顧禎一直送到客房之外，這才回轉後堂。

他回到後堂之中，便問自己心腹謀士呂成之：「成之，你怎麼看？」

那呂成之道：「大都督此舉，就是逼韓公出戰，不然，何必派十二名金甲衛士來？說是保護韓公，實則是脅迫。」

韓立哼了一聲，並不言語。呂成之道：「那崔家的人，如今還在宴廳裡，這事萬萬不可讓顧九知曉。」

韓立深以爲然，點了點頭。「崔家的人……我倒覺得，可以好好用一用。崔倚只有這麼一個兒子，呵呵，竟然送上門來，那就不要怪我不客氣了。」

話說韓立既去了良久，紅燭高燒，華堂之上，舞姬在宴廳中翩翩起舞，樂部奏著時新的曲目。奴僕殷勤奉菜斟酒，李嶷一杯接一杯飲酒，實則以袖遮掩並未喝下，而是巧妙地將酒傾在衣服上。

又飲得幾杯，他便手一鬆帶翻了酒杯，口齒不清地笑道：「哎呀，怎麼打翻了。」

何校尉急忙起身上前，扶住李嶷，道：「公子，你飲醉了。」

李嶷彷彿眞飲多了，身子軟軟斜靠在她身上，卻壓低聲音說道：「情形有些不對。」

她深以爲然，扣住袖中的焰火，想召喚陳醒諸人，但此時諸人皆身在韓立府中，要脫身只怕極難。二人對望一眼，正在尋思應對之策，突見呂成之走在當先，身後帶著無數氣勢洶洶、手持兵刃的士卒，一擁而入宴廳。

呂成之冷聲道：「崔公子醉了，送崔公子去客房休息。」

何校尉眉頭一蹙，彈出袖中焰火，幾乎是同時抬臂發射弩箭，李嶷在她掩護下朝窗子衝去，一名兵卒擋在呂成之面前，被她所射出的弩箭射中，旋即更多兵卒衝上去圍住何校尉攻擊。

李嶷踢開窗子，只見窗外埋伏了密密麻麻的弓箭手，皆用箭對準了他。李嶷踹飛一名弓箭手，奪了一把刀在手，砍倒兩人，就要殺出去。忽聽身後呂成之帶著涼意的聲音，說道：「崔公子，且慢。」

他回頭一望，原來韓府仗著人多勢眾，已經抓住了何校尉，用刀架在她脖子上。

呂成之滿面笑容，道：「崔公子，既來之則安之，何必這麼急著走呢？」

李嶷伸指，緩緩抹去手中刀刃上的鮮血，眼神銳利，盯著架在何校尉頸間的刀刃，冷冷地道：「你們這待客之道，也未免太隆重了些。」

呂成之道：「今日若留不下公子，我交不了差，只好殺了這何氏女，向主公交代了。」

李嶷想也不想，說道：「今日若是我束手就擒，你們須得把她放了！」

她卻揚聲道：「公子快走！莫要理睬這等無信小人！」

呂成之笑道：「崔公子放心，崔公子這樣的貴客倘若留在我們并州，怕是定勝軍上下都不放心，當然是要安排送這位何娘子回去，好好向節度使崔大將軍分說分說，以免誤會。」

何校尉見自己施放焰火為訊，陳醒諸人卻並未出現，只怕是也已經被韓府的人控制，知道今日難以脫身，當下揚聲道：「我不走！公子，死我也要和你死在一起！」心中卻想，以李嶷的身手，八成還是能闖出去，只要他脫身，斷不好意思不來救自己罷。再說只要所謂「崔公子」走脫，自己一介女子，韓立單拿了她，也並無多少用處。

忽聽得「噹啷」一聲，正是李嶷將刀扔在地上，束手就擒。她不禁吃了一驚，而那呂成之早禁不住哈哈大笑，道：「崔公子果然情深意重，愛惜美人。」說罷將頭一偏，示意左右上前，兵卒們一擁而上，綁住李嶷。

當下呂成之親自率人，將李嶷、何校尉送進一間客房。

呂成之笑道：「公子請放心，這裡門窗屋頂皆嵌有精鋼，安全無虞。公子乃是我們并州的座上賓貴客，絕不能讓刺客來冒犯了公子。」

何校尉冷笑道：「牢房就牢房，說得還這麼好聽！」

呂成之哈哈一笑，道：「這遍地錦繡，怎麼不是綺羅鄉？」言畢，便勸二人好好休息，轉身準備離開。忽又聽那何氏道：「且慢！我家公子素性愛潔，你們多備些熱水，我要侍奉公子沐浴。」

呂成之說：「行，馬上我就叫他們送上香湯。」

那何氏又道：「多拿些厚氈來，免得沐浴時透風受寒。」她語氣狠厲，「我家公子要是在你們并州有半分不適，我崔家大軍一定踏平你并州城。」

呂成之見她色厲內荏，笑道：「行，厚氈，給妳拿。」

當下吩咐下去。過不多時，只見數名婢女，捧著厚氈等各樣事物進來，那何校尉也毫不客氣，指揮韓府眾婢女，將厚氈掛在門窗上，嚴嚴實實遮住了所有門窗，又索要了數匹彩帛細布，又命婢女們將屋中屏風後的浴桶，當著她的面洗刷乾淨，注滿香湯，灑上了各色花瓣，浴桶前還放著數個木桶，內裝著熱水預備添水，一副打算侍奉崔公子好好沐浴的作派。待得所有婢女們都退出客房，門外守衛便鎖上房門。

她聽到落鎖之聲，又靜待片刻，方才逐一仔細檢查厚氈，確認遮好了門窗和所有縫隙，然後朝李嶷使個眼色。兩人一起細察室內各處，持燈輕敲桌下、床下地板等等，發覺屋內果然有好幾處可以監聽的銅管等漏音之物，李嶷飛快將彩帛壓放在地板漏音處，又將那素布撕開，堵住所有可疑的縫隙。

不談此二人在房中忙碌，單說那韓立聽到呂成之覆命，說已經順利扣住了崔公子，不禁大喜過望。呂成之道：「外邊種種傳聞，說這崔琳乃是崔倚的獨子，從小體弱多病，但擅於兵事，沒想到，他身手還是挺好的，若不是主公吩咐，伏下重兵，拿住了那何氏，只差點教他走脫。」

韓立道：「既然敢往我府中來，這膽氣本事，自然是一樣不缺的，不可等閒視之。雖然扣住了他，但一定要細細盯住他的一舉一動。」

呂成之點了點頭，說道：「早就安排好了，關他的那間屋子，布置了各種竊聽機括，還另派了人盯住他。」

此刻那屋中，李嶷與何校尉細細察看，確認堵住了屋內所有竊聽的機括，她方才輕聲道：「公子，可以沐浴了。」

兩人一起轉入屏風之後，浴桶水面浮著花瓣，倒是馥郁芬芳，只見一點月光從屋頂瓦間漏下，反射在浴桶花瓣上。李嶷一見，便知屋頂有人揭瓦窺探，便抓住她的手，眼神向上一瞟，她會意，就勢投入他懷中。

李嶷嘴唇幾乎不動，以極細微的聲音說道：「屋頂有人。」

她嘴唇幾乎不動，也是極細微的聲音問：「那怎麼辦？」

他瞥見屏風上搭著數匹輕薄如煙的紅綢，正是適才自己嫌棄這綢緞太輕，不足以隔音，所以扯開之後又隨手搭在屏風之上，當下心中已經有了計較。他伸出一隻手探了探浴桶裡的水，撥動了一片片花瓣，輕輕一笑，故意說道：「水溫正好，不如我們一起洗吧。」

他聲音不大不小，是平日正常說話的聲量，顯是說給伏在屋頂揭瓦窺探之人聽的。她睫毛微動，似還沒想明白他是何意，忽見他已經伸出一隻手攬住自己的腰，另一手拉住搭在屏風上的那幾匹紅綢，用力一揚扯，紅綢展開飛起，如長虹晝過半空。他抱著她已翻身落進浴桶，此刻紅綢才翩然緩緩下落，正好縱橫交錯，將整個浴桶都籠罩其中。

伏在瓦上的那韓府派來的窺探之人整個視野被飛起展開的紅綢遮住，只能伏低身子，左右調整，視線卻被遮掩個嚴嚴實實。而浴桶中，李嶷既抱著她落入水中，此刻便又一起浮出水面。熱氣氤氳，只見她濕漉漉的眸子便蒙上了一層水光，彷彿仍在怔忡。燭火透過紅綢映進桶裡，波光斂灩，她的臉頰便如添了淡淡的緋色。也不知是不是熱氣薰蒸，他只覺得適才明明試過水溫了，但一旦全身浸在這浴桶中，這水還是太熱了，熱得他胸口都有些發緊，心跳得又快又急，怦怦作響。浴桶中既浸了兩個人，自然十分狹小，她微微一動，手臂便擦過他的手臂，水流輕輕在兩人之間流動，像羽毛，令他肌膚收緊，癢癢的。他慢慢伸手，探向她的耳側，她的睫毛微微顫動，離得太近，眸子裡全是他的倒影，水珠從她臉頰滑落。他覺得那水珠是露珠，而她，是一朵最嬌豔的花，呵一口氣，都會融化的那種。他不自覺地屏住了呼吸，從她的耳側摘下一片花瓣，也不知道是那花太香，還是她身上本來就帶著香味，只覺得指尖拈著那花瓣，幽香中人欲醉。

必是這浴桶上方覆著數重紅綢，所以才有些透不過氣來。他聽到自己的聲音都有些迷離：「這水是不是有些太熱了？」

她那雙貓兒似的眼睛，卻又似喜似嗔，瞧了他一眼。浴桶中太小，她的手只能搭在他胳膊上。她的手如同白玉一般無瑕，又輕又軟，他忽然想捏一捏，不知捏在手心，會是何等感覺，大約像絲綿，或是像雪花，像牢蘭關下大雪的時候，他團起的雪，又輕，又軟。但雪是涼的，她是暖的，手心貼在他的肘上，像一塊小小的炭，灼得他都有些生痛了，但偏無法令她將手挪開，只得自己挪開視線，望了望浴桶上方，覆得縱橫交錯的數重紅綢，說道：「現在可以說話了，屋頂那人定瞧不見浴桶中的情形。」

她卻瞪了他一眼，問：「剛才你爲什麼不走？」

「妳都要和我同生共死了，我要走了，豈不顯得無情無義。」

「我不是要和你同生共死。」說了這半句，她忽然停住。

他又抬頭望了一眼紅綢，似是漫不在意，說：「咱們擊掌爲誓，我要是走了，那不就立時輸了嗎？」他頓了頓，又道：「再說，妳叫我來扮崔公子，我總要扮得像些。若是妳落入敵手，妳家公子會拋下妳不管嗎？」說完，他眼睛一瞬不瞬地盯著她。

她卻彎了彎嘴角，答得甚是輕鬆：「我不知道，但我定會勸他，公子是做大事的人，不值得爲了救我不顧大局。」

他並不滿意這個答案，但也並無他法，因爲眞正想問的問題，一句也問不出口。她隔著氤氳的水氣看著他，大約水眞的太熱，或是紅綢的映襯反光，他從胸口一直到臉上，都浮著一層紅，連耳垂都紅透了，活像一隻被煮熟的蝦子，看著倒沒有那麼凶了。浴桶太小，少年郎身形高大，胳膊長腿也長，只能弓著背極力盤著腿，手臂貼在浴桶的木壁上，饒是如此，她還得像瓜子瓤貼著瓜子殼那樣緊緊貼著他。他大概也覺得窘，渾身的肌肉都是緊繃的，素日瀟脫恣意的人，此刻竟像一隻硬殼蝦。她忽然笑了。

他問：「妳笑什麼？」

她又笑了一聲，才說：「想起咱們第一次見面，好像跟現在差不多。」

他回想了一下當初知露堂中的情形，說：「對喔，不過那時候，妳眞的太凶了，上來就跟我打架！」

她瞟了他一眼，說：「胡說八道，明明當時是你一上來就跟我動手。」

他抱怨道：「妳搶了我的珠子，到現在還沒還給我呢！」

她故作不解。「什麼珠子，哦？那根破帶子？我早就扔了。」

他抬手摸了摸自己束髮用的那根玉簪，說道：「反正妳不還我珠子，我是不會把這根玉簪還給妳的。」話音剛落，她忽然伸手就將那枝玉簪從他髮間抽出，回手就插到了自己頭上，他伸手想要奪回，她伸手擋住他的手，用力將他的手推回去，正抵在他胸口，他只聽到自己心跳如鼓，他想反手抓住她的手，但不知為何，知道此刻萬萬不能伸手抓她的手，不然自己可能就會做出十分冒失的舉動。他十分彆扭地把聲音都高了兩分：「還我！」

她輕笑一聲，有恃無恐。「怎麼？崔公子你想在此時此地，跟我動手？」

他很想叫她把手挪開，但一時又捨不得叫她挪開，又很怕她會隔著手背都覺察到自己心跳異常，當下只得急急地扯開話頭：「說正事，咱們陷在這裡，妳有什麼打算？」

她輕笑一聲，終於收回了那隻手，將手輕輕地扶在浴桶的桶沿上。她的手指甲圓圓的，像半透明的貝殼，偏透著淡淡的粉，又像是嬌嫩的花瓣，他看了一眼，不好意思再看，只得挪開目光，又去看那頭頂的紅綢，耳中聽到她的聲音，說：「當然是，想法子回到定勝軍，再來救公子你呀。」

他不由問：「是嗎？妳回到定勝軍之後，真的會來救我？」

她忽然伸出一根手指，托起他的下巴，左右端詳。她的眸子本來就大，像黑水晶一般清澈，倒映著紅綢和搖搖燭火，還有他的臉，他的眼睛，他的眼中也只有她吧。那根纖細的手指托著他下巴，他只覺得全身血液都凝固了，過了好半晌，才聽見自己乾澀的聲音，問：「妳看什麼？」

她輕聲細語，如同和風細雨一般，似潤物無聲，說得誠摯無比：「皇孫此頭顱，可值無數城池，我怎麼會捨得不來救呢！」

他忍不住放聲大笑。只笑得伏在屋頂窺探的那名密探再次挪動方位，試圖調整視線，但無論怎麼挪動，都只看得到紅綢嚴嚴實實罩住浴桶。那兩人於浴桶中喁喁私語，卻是半句也聽不見，只能聽見最後那崔公子放聲大笑，似是十分愉悅。

話說韓立接到窺探之人的密報，房中種種情形，一時也忍不住放聲大笑。「沒想到，那崔公子還真是個憐香惜玉之人，連洗個澡，也能洗得這般風光旖旎。」

呂成之恭聲道：「我還命人盯著，只是那何氏女著實仔細，用厚氈遮住門窗，室內地板下本裝著有竊聽用的銅管，但那兩人頗爲警醒，銅管處皆被他們覺察，堵上了厚物。只怕我們的人，也聽不到什麼有用的東西。」

「無妨，這崔公子身陷囹圄，還能有閒情逸致鴛鴦戲水，果然不是尋常人。」韓立想到此處，忍不住擊節讚嘆，「崔倚雖只此一子，但可抵旁人十子啊！有趣，有趣。」

話說夜既已深，房中又是另一番情形。因明知被重重監視窺探，從浴桶中出來之後，李嶷和何校尉就只得隨機應變，兩人躺在床上，把帳子都放下來，藉此遮掩屋頂窺探的視線。

兩人既躺在床上，偏只有一床被子，大紅綾子織金鴛鴦，甚是喜氣曖昧。李嶷本欲再要一床被子，但又擔心韓府中人起疑，只得將那鴛鴦被展開，兩人平平整整地蓋了。他睜眼看著帳頂繡著的繁複花紋，屋中燭火透過帳子映進來，微微搖動，也不知過了多久，只見她雙眼閉著，似乎睡著了。

他卻知道她並沒睡著，因此道：「我有句話想問妳。」她果然閉著眼反問：「什麼？」他說：「我還不知道妳叫什麼名字。」她仍舊閉著眼睛，說：「你不是知道我姓何嗎？」他卻問：「你們家公子，平時都是怎麼叫妳的？」她終於睜開眼睛，看了他一眼，兩個人睡在枕上，靠得極近，呼吸之聲相聞，他不知在想什麼，看著竟似乎有幾分不悅，她便問：「你問這個做什麼？」

他振振有詞地說：「我怕在韓立面前露餡啊，難道我也要叫妳何氏？」說到這裡，他忽地起了一個念頭，說道：「要不我給妳取個名字？」她哼了一聲，重新仰面躺好，說：「你能給我取什麼好名字，以你的德性，難免想給我取什麼阿貓阿狗的名字。」

他翻側過身來，支著手臂仔細看著她的臉，她閉著眼並不看他，他便笑道：「妳別說，阿貓嗎，還真有點像！」他一直覺得她像貓，又嬌，又嗔，有時候又會冷不丁撓人。他心思活絡起來，想到貓兒伸懶腰的樣子，心想她這麼一個人，不知道伸起懶腰來是什麼樣子。正滿腦綺念時，她忽地也翻側過身來，睜眼看著他。兩人四目相對，又近在咫尺，她的睫毛微微顫動，像花蕊；適才在浴桶中的時候，他其實就特別想伸手摸一摸她的睫毛，會像蝴蝶一般，輕輕在掌心顫動吧！雖然這念頭太唐突了，他極力自制，不讓自己眞的伸手去摸。她見他眼神幽暗似深淵，心裡倒隱隱生起一種複雜的情緒，不是害怕，也不是驕矜，就是覺得……這人眼神爲什麼突然變了，她便翻身背對著他，亂以他語掩飾：「你就叫我阿錦吧。」

他見她翻身用背對著自己，也覺得渾身頗不自在，就也翻身平躺，說道：「我就知道妳拿假名字糊弄我，假名字我不想叫。不如，我就叫你阿稻吧，或者阿枕也行。」

她難得不解。「爲什麼要叫阿稻，阿枕？」只聽他似是忍住笑意的聲音：「自己想。」她忽地頓悟，翻身坐起，一把抓住他的衣領，冷冷地用袖中金錯刀抵住他的咽喉。「你是笑話我兩次假裝有孕的娘子，一次把稻草塞在衣服裡，一次把枕頭塞在衣服裡？」

他瞥了一眼抵在自己咽喉的金錯刀，說：「妳看妳，我姓甚名誰，家裡父母兄弟，甚至排行來歷，妳都知道得一清二楚。我不過問妳一個名字，妳都不肯告訴我。」他的聲音中，難得透著一絲若有若無的委屈，「刀劍無情，韓立未必不會動殺心，明天我要是死了，連妳叫什麼名字都不知道，豈不冤得很。」

她聽他說得眞切，不知爲何，手指已經緩緩地鬆開，收起金錯刀，一聲不吭重新翻身躺下。他也重新躺下，兩人背對著背，她卻聽見他輕輕的呼吸聲，還有自己的呼吸聲。

她聽見自己輕輕的聲音，說：「我叫阿螢，我母親給我取的乳名。」

他沉默了片刻，方才輕聲道：「阿螢，這名字眞好聽。」

他想起那次井畔相遇，夜色中，萬點螢火蟲就在她的身側升騰而起，她在星星點點的螢火中向他伸出手。雖然是握著刀刺向他，她的整個人就像那一柄利刃，所有鋒芒從此就深深地刻在了他的心上。只不過當時不知道，直到此時此刻，他才恍然大悟。

她美得不像是人間的存在，而是天上的謫仙，或是螢火化成的精靈。原來，她叫阿螢啊。阿螢，他在心裡又將這兩個字默默地念了一遍，像是輕盈得不忍心從舌尖吐出來，阿螢，阿螢。

第二日一早，二人起來梳洗，百般無聊，見屋中有圍棋，便坐下來打譜。過不多時，忽見呂成之帶著婢女走進來，婢女捧著一盤新摘的鮮花。

呂成之笑吟吟道：「這是今日新摘的花，主公說，公子是個雅人，一應衣食起居，切莫委屈了公子才好。特意命我送上這些花來，供公子賞玩。」

李嶷看也不看那些花兒一眼，冷聲道：「你家主人，言而無信，當時答應過我，如果我束手就擒，便放了何氏走。爲何不信守承諾？」

「公子這話，未免就錯怪了我家主人。」呂成之笑呵呵地解釋，「主公說了，公子身嬌體貴，我們這裡的下人都是些個粗人，笨手笨腳，怕伺候不好公子。留下這位何娘子，是公子貼心貼意的人，自然可以照顧好公子。」

李嶷忽地問：「京中遣來的使節是誰？」

呂成之大吃一驚，萬萬沒想到他竟然問出這樣一句話來，一時瞠目結舌。

只聽李嶷道：「你家主公本來已經與我們定勝軍有交好之意，忽然之間又將我扣在此處，那麼必然是京中派人來了，所以才令他不得不改變了主意。」

呂成之定了定神，心道怪不得自家主公說這位崔公子乃是個絕頂人物，崔倚有此一子，可抵十子，果然厲害，當下正想勉力敷衍幾句，忽聽那崔公子又道：「我有一個法子，可令你家主人不再左右爲難。」

話說那顧禎，既在這等奢華富貴的刺史府中住了一晚，韓府又送上兩名美姬，將他伺候得飄飄欲仙。第二天日上三竿，方才起床。正擁著那兩名美姬調笑，用著朝食，忽然見呂成之笑嘻嘻地進來，拱手說道：「恭喜顧侍郎，賀喜顧侍郎。」

顧禎不解地問：「喜從何來？」

那呂成之道：「顧侍郎眞乃福星，您一到府中來，可巧崔倚的兒子崔琳，親自前來并州拜望我家主公。」

顧禎聽到此處，早就瞠目結舌，問道：「崔倚的兒子崔琳？是盧龍節度使、朔北都護、大將軍崔倚？他的兒子崔琳？」

呂成之點頭，又近前一步，貼心小意地恭維：「要不說侍郎眞乃福星呢，天下皆知，崔倚只此一子，愛逾性命，偏這崔公子，竟然膽大包天，敢來并州拜望我們主公。」他慷慨激昂地道：「大都督以侍郎爲使，賜予無數奇珍異寶，又賜下十二名金甲衛士，這般恩遇，震古鑠金，我們主公感激涕零，因此已經將那崔倚的兒子扣下，準備交由侍郎您押解回京。一旦大都督以崔子爲質，還怕崔倚那老兒不聽從大都督的號令嗎？顧侍郎，由您把崔子押回京交給大都督，這也是一樁功勞，這正是我們主公感激侍郎，故人之恩，投桃報李。」

那顧禎聽了這麼一番話，早就心花怒放，萬萬想不到，這麼一個天大的功勞，竟然會平白落在自己頭上，果然自己投靠孫大都督這一步妙棋眞是走對了。又想到族中耆老，皆對自己投靠孫靖頗爲鄙夷，稱讚顧衸才是風骨，不就是因爲那顧衸官兒做得大，孫靖還想讓他做首輔嗎？這次自己立了這麼一個大大的功勞，孫靖必然對自己越發垂青，只怕又要將自己連升三級，眼下自己是三品的侍郎，再升三級，那可不是一品的中書令嗎？等自己做了丞相，族中眾人自然也會像對顧衸一般，畢恭畢敬，再也不敢說三道四。

他想到此間，早就樂不可支，連聲道：「好！好！韓公這人情，我一定牢牢記得！等到了時候，定當好好回報。」心想一旦自己做了中書令，那要回報韓立，可不是再容易不過？不過等自己做了中書令，韓立也成了自己的下屬，那他也得比今日更恭敬萬分，到時候自己可以拍著他的肩，笑著叫一聲「韓十一郎」，鼓勵他好生作爲。想到那情形，他幾乎要笑出聲來，心裡美滋滋的。

呂成之又道：「既扣下了這崔公子，我們主公說，顧侍郎乃是大都督遣來的特使，他不敢擅自處置，這崔子如何審訊，如何押送等等細節，想著還要聽顧侍郎吩咐才好。」

那顧禎就是個酒囊飯袋，原本仗著族中之勢做了個六品小官混日子，後來孫靖爲了千金買骨，不得不捏著鼻子，升他做三品的侍郎，就是用他給所有世家子弟，尤其顧家人看看，投效他孫靖的好處，至於其他，渾沒做半點指望。而那顧禎也並無實幹之才，因此聽得呂成之說要憑他吩咐處置，頓時茫然，不知該如何答話。

呂成之知道他的底細，忙提議道：「想是侍郎從前在禮部，沒經手過這等事，既然扣住了崔子，若是大都督還沒下令，我等就擅自審問，似也不妥。」上前一步，附在他耳邊低語：「顧侍郎，某以爲，崔子傲慢，不如先挫一挫他的銳氣鋒芒，這樣您在路上也好押運。」

顧禎忙問：「如何挫一挫他的銳氣？」

當下呂成之便如此這般，細細解說了一番。顧禎原是個輕狂的小人，聽聞可以在崔倚的兒子面前大擺威風，頓時高興得合不攏嘴，心想崔倚可是與孫靖並稱的「國朝三傑」之一，當世名將，在朔北可止小兒夜啼。折辱他的兒子，世上還有比這更痛快的事嗎？頓時連連點頭，囑咐呂成之去辦理。

當下刺史府中，又大擺筵席，韓立讓孫靖所賜、顧禎親選的那十二名金甲衛士，執戈立於堂上，果然威風凜凜，氣派十足。韓立特意請了顧禎居中上座，又命舞姬獻舞，把那山珍海味，流水一般地獻上來，又有各色美酒，斟滿金杯，再三奉與顧禎。直哄得他眉開眼笑，這才命人將崔公子帶上來。

那顧禎定睛細看，只見那崔公子果真生得儀表堂堂，帶著一名美姬緩步走入堂中。雖已成階下之囚，但走進來時，仍舊從容不迫。心想崔倚那老兒生得好兒子，可惜可惜，如今是龍牠也得盤著，是虎牠也得臥著，任憑自己拿捏。又打量崔公子身後那名美姬，只見她十七八歲模樣，雖作小郎裝束，但明眸皓齒，明明是一名絕色佳人。當下便拿定主意，等會兒便要向韓立索要這名美姬，既然崔公子都已經成了階下囚，這名美人兒當然應該歸自己所有。

他美滋滋地又想了一遍，只聽韓立道：「今日歡宴一堂，韓某何其有幸，崔公子，這是大都督遣來的親使顧侍郎。」

顧禎故作從容，道：「久聞崔公子風采過人，今日一見，名不虛傳。」只見那崔公子，似瞥也不曾瞥他一眼，就帶著那美姬，傲慢冷漠地坐到席上。顧禎不由大怒，心想：待得押你上京之時，定要命人好好抽你幾鞭，看你還能倨傲至此嗎？

韓立道：「崔公子，顧侍郎乃是大都督派來的親使，他在此處，便如大都督親臨，崔公子莫要輕慢了才好。」

這句話簡直說到了顧禎心坎裡，他不由挺直了腰杆，冷哼了一聲。那崔公子渾不在意，斜倚在憑几上，淡淡地道：「我親自來拜望韓公，韓公卻將我扣下，韓公此意，是要與我崔家十萬定勝軍爲敵嗎？」

韓立笑道：「哪裡哪裡，公子言重了。只是公子實乃貴客，恰逢大都督的親使又在此間，韓某便請示了親使，想讓親使護送公子進京。」

顧禎聽他說到「請示」二字，忍不住從心裡笑出聲來，說：「是的，某必好好護送公子進京，西長京何等繁華之地，想必公子一定會樂不思蜀的。」他用「樂不思蜀」一語雙關，以劉禪來比喻面前的崔公子，心中頗爲自矜自己此語說得巧妙。

不想那崔公子看也不曾看他一眼，冷冷地道：「跳樑小丑，也敢在我面前聒噪。」顧禎聞言大怒。「豎子這般目中無人，可是看不起大都督？」韓立忙勸解道：「侍郎息怒，息怒，公子不過是少年心性，更不知您身分來歷。」又對那崔公子道：「公子，顧侍郎出自并州顧氏，是顧家九郎，乃是顧祄顧相的族弟。」

但見那崔公子終於瞥了他一眼。「想那顧祄何等風采，怎麼會有這樣不堪的族弟。」語氣中甚是鄙薄，似乎在說，他替顧祄提鞋也不配。

顧禎聞言，差點氣歪了鼻子。他生平最恨拿他同顧祄相比。那顧祄少年成名，不到二十歲，文章便轟動天下，又擅詩詞雅賦，不到三十歲高中探花；等選了官，又是才幹出眾的能臣，公認深得帝心的實幹之才。這顧禎在家時常常被妻子嘲諷：「人家顧郎也是六品官出身，十餘年間，便已經做到丞相，你也是顧郎，也是六品官，十餘年了，還是六品官，眞若個顧郎，哪比得若個顧郎。」諷刺得既尖酸又刻薄，他唯有隱忍而已。

彼時忍，此時難道還要忍?!

當下顧禎便指著那崔公子身側的美姬問道：「此女是何人？」

韓立忙道：「此乃何氏，想必親使也聽說過，此女在定勝軍中稱作『錦囊女』，乃是崔公子心愛重用之人。」

顧禎哪裡聽說過什麼錦囊不錦囊的，他只是想折辱面前這個不識抬舉的崔公子罷了，當下便點點頭。「既然如此，那就請何氏女入京獻舞，爲大都督壽！」

那崔公子聞得此言，果然面露不悅之色。顧禎大爲得意，又咄咄逼人，說道：「怎麼？公子是想公然抗令，存心輕慢大都督嗎？」心道他若是敢說一個「不」字，自己便令人當著他的面好好折辱何氏，定教他顏面全失。

那崔公子似也知道，今日再難這般倨傲下去，淡淡地道：「她不擅舞，不如我替她爲大都督，獻上劍器舞。」

顧禎不由一怔，韓立已經拊掌笑道：「妙哉，妙哉！不意今日還有此等眼福。」說著便向顧禎使了個眼色，顧禎一想，能令崔倚的兒子爲自己舞劍器，這口氣，也似能平復，日後便提起來，呵呵，盧龍節度使、朔北都護、大將軍崔倚又如何，他的兒子，還不是在自己面前如同俳優一般舞劍器。當下便點了點頭。

韓立見他點頭，便說道：「來人啊，取寶劍來，讓崔公子挑選。」只聽那崔公子道：「不必了，借韓公腰間佩劍一用即可。」

韓立笑道：「我這劍不過是君子佩劍，並未開鋒。」那崔公子仍舊淡淡地道：「無妨，我借韓公的劍，是要舞劍器，又不是要殺人。」

韓立哈哈一笑，當即解下佩劍，呂成之急忙上前，接過劍，捧給那崔公子。忽聽那美姬道：「公子替我舞劍，我替公子撫琴唱歌，爲公子伴奏。」她聲音清脆，便如乳鶯出谷，嚦嚦動人。聽得顧禎心中一蕩，心想無論如何，都得將這美人兒弄到手。但在韓立府中，只怕不好索要，不過若是押送崔子的途中，還不任自己擺布？

韓立笑道：「妙哉！崔公子不負美人，美人果然也不負公子之恩。」也命人捧出一張琴來，當下那美人跪坐於琴几之前，調了調弦，但聞「仙翁仙翁」兩三聲，她十指如玉，拂弄在琴弦之上，當眞是纖巧動人。顧禎心道，別說聽琴，就看著美人兒撫琴也是賞心悅目。哪裡還管那崔公子，只盯著那美人，目光再也不肯移開。

卻說那崔公子持劍，立在堂中，那何氏輕拂琴弦，但見她櫻唇微啟，伴著琴聲唱道：「熒熒巨闕。左右凝霜雪……」[1]那崔公子執劍起舞，姿勢十分優美好看，但顧禎渾不在意，只笑咪咪注視著何氏的一舉一動，但聽美人歌喉，當眞如珠玉落入玉盤一般，唱的是：「且向玉階掀舞，終當有、用時節……」[2]

那崔公子漸舞漸近韓立，韓立笑咪咪飲了杯酒。他手中寶劍雖未開鋒，但在他手中，舞得如一團蛟龍，又似一團雪花，劍芒吞吐，劍身反射光芒，晃過呂成之的眼睛，呂成之不禁閉目，暗暗心驚。

1 出自宋代史浩《劍舞．熒熒巨闕》。
2 同前。
3 同前。

「唱徹。人盡說。寶此制無折……」[3]何氏的聲音如渠渠清風，徐徐在堂中迴盪，漸漸轉向激越，手中琴弦錚鳴，隱隱似有兵甲聲。顧禎正聽得有趣，忽然那崔公子劍上光芒反射，晃過顧禎的眼睛，顧禎不由舉手遮眼，幸得劍舞極快，那光芒一閃即過。顧禎便又凝神細聽那何氏吟唱。

「內使奸雄落膽……」[4]那何氏調子越發轉向激昂，竟似胸中有十萬兵甲，「外須遣、豺狼滅！」[5]方唱到最後一個「滅」字出口，崔公子手中劍鋒光芒瞬間晃過堂上十二名金甲衛士的眼睛，金甲衛士都本能閉眼。他劍身一翻，忽刺向一名金甲衛士，那金甲衛士哼都沒哼一聲，就被他一劍刺死。

此刻何氏已唱完一曲，當下停指凝弦。顧禎大驚，壓根就沒看明白發生什麼事，就見那名金甲衛士已經倒在堂中。

其他金甲衛士驟逢此變，亦是大驚，紛紛拔出武器衝向那崔公子，李嶷看也不看，徑直朝韓立走去，金甲衛士衝上來想要圍攻他，皆被他一招一劍，全都刺死。十二名金甲衛士瞬間只餘兩人，相顧大駭，想要奔出堂外逃散，亦被李嶷回身盡數殺死。堂中鮮血淋漓，他從容不迫地走上前，用劍指著韓立，道：「韓公，今日可感韓公盛情，這親使……」說完回頭一看，只見那顧禎早嚇得癱軟在地，身上惡臭，仔細一看，原來是被嚇得屎尿齊流。他見李嶷望向自己，頓時嚇得涕淚滂沱，只想苦苦哀求這崔公子饒自己一命，但偏嚇得連聲音都發不出來，嘴唇直哆嗦，連半個字都說不出來。

李嶷見他如此，便道：「韓公，即刻派人護送這位親使回京吧，還請這位親使上覆大都督，韓公想請我去京都做客，並大都督的盛情，我一併領了，來日有暇，還請大都督到我幽州做客，我必如韓公今日這般好生招待。」

他這幾句話說得驕狂無比，但那顧禎聽在耳中，一字一字，便如焦雷一般，心道果然是崔倚的兒子，果然這國朝三傑，這幾個節度使，沒一個好惹的。大都督自不必說了，一言不合，就弒殺天子。而這崔倚之子，擺明了是要與孫靖過不去了。這種神仙打架，自己當眞是發昏，竟然敢來試探崔倚的兒子，今日只怕小命都不保。

正在痛悔萬分時，忽聽那崔公子又問：「顧禎，我叫你轉告孫靖的話，你記清楚了嗎？若是少了半個字，我必入京取你的首級。」

顧禎本來嚇都快要嚇死了，聽他這麼一說，竟是要饒自己一命的意思，當下拚命點頭，只是哆嗦著說不出話來。當下那崔公子逼迫催促，被劍指著的韓立無可奈何，立時便派人備了車馬，快快將顧禎送回京都，好讓他去給孫靖大都督帶去崔公子這要緊的言語。

等一陣風似地送走了顧禎，李嶷這才將佩劍雙手奉上。「原璧歸趙。」

呂成之見他殺人如麻，堂中滿是鮮血，此人連眉眼都不稍動一動，心下不由一哆嗦，不敢上前接佩劍，又不敢不接，只得戰戰兢兢，伸出雙手，僵直著讓李嶷將劍放在自己手中。

4 同前。
5 同前。

韓立倒是鎮定許多，笑道：「崔公子這一曲舞劍器，真是酣暢淋漓，動人心魄。」

李嶷輕笑一聲，說道：「韓公盛情，替韓公排憂解難，固所願也。」

原來李嶷與韓立密談，韓立說起孫靖派顧禎來，又遣來十二名金甲衛士種種，李嶷便道：「韓公有何煩惱，韓公不便殺他，我便替韓公殺之。」當下定下劍器舞之計，當著顧禎的面，將那十二名金甲衛士殺了個乾淨，想那顧禎返京之後，必然在孫靖面前痛陳，崔倚之子如何無禮，如何當著韓立的面殺掉十二名金甲衛士，還逼迫韓立立時送自己返京，種種不是，皆推到了崔倚之子的頭上。縱然孫靖不信，但韓立也不硬不軟，又手不沾血，十分圓滑地將這個軟釘子推了回去。

韓立覺得此計甚可，當下便答應了，依計而行，果然圓滿。

當下李嶷見韓立接過佩劍，便說道：「韓公，歡宴雖好，終有聚散。是不是該信守承諾，讓她走了？」說著指了指何氏。

原來他向韓立提出的條件便是，自己替他收拾顧禎和那十二個金甲衛士，韓立放何氏歸定勝軍。

韓立連連點頭。「自然，自然。」

李嶷便扶起何氏，說道：「妳不必記掛我。妳腿上的傷，回去後，還得仔細找大夫看過，小心用藥，別落下病根。」

她輕輕地「嗯」了一聲。李嶷端詳她片刻，見她眸沉如水，安詳地倒映著自己的影子，他心中似有萬千言語，但一時竟不知對她說什麼才好，於是只是朝她揮一揮手。

「走吧。」

他不願意看著她遠離，所以說完便轉過身，自要回那間錦繡牢籠中去，忽聽她道：「等等。」他轉身，只見她從頭上拔下那枝白玉簪，伸手遞給他。「給你的彩頭。」

他心中一動，接住簪頭一端，不知為何她卻沒有放手。兩人同執玉簪，四目相交，似有千言萬語，直到他輕輕用力，她這才放手。他便笑著將那枝玉簪插到自己頭上，道：「這大好頭顱，哪日若是沒了，不知道有沒有人為我哭。」

只聽她道：「我從來都不哭。」說完便轉身，在韓府一眾兵卒的簇擁下離去。

❀

話說那韓立既然命人放何氏歸營，心下也猶自忐忑；但想來崔倚獨子被自己軟禁在府中，自然可以細細討價還價，甚至還可以派人去鎮西軍中，與李皇孫也好生商榷一二。若是那李皇孫開出的價碼更高，自己把崔倚的兒子賣給他也無妨，最好是鎮西軍與定勝軍鬥個死去活來，自己就高枕無憂了。

誰知第二日一早，忽有快馬入城急報，定勝軍前鋒忽往并州來，數萬大軍來勢洶洶，眼看就要兵臨城下。韓立心道，難道要大軍壓境逼迫自己放人？正思忖間，又報有定勝軍遣使送信來。韓立定了定神，宣見信使，那送信來的並不是別人，正是前日陪著崔公子、何氏一起來的陳醒，後來放歸何氏，韓立便慷慨地命人將這陳醒和崔家眾奴僕盡皆隨何氏放歸，沒想到他竟去而復返。但見他此時不慌不忙送上信件，韓立定睛細看那信上所言，不由氣得七竅生煙。原來這信竟是崔公子親筆寫的，卻是一手絕妙的清秀端正楷書，一看就知道是自幼下功夫臨過歐陽詢等名家，筆畫間頗見風骨勁力，言道本想親自前來拜望韓立，但想到韓立素來是個陰險小人，所以特意命人假扮成自己前來，果然韓立就將假公子扣下，現在他親率大軍，要攻下并州云云。

韓立看完了信，直氣得一佛出世，二佛升天。偏那陳醒道：「我們家公子說，惜韓公竟無一雙慧眼，將魚目當作珍珠，不過看著韓公放歸何氏的份上，待得破城之時，定然也留韓公一具全屍。」

韓立只差氣得要吐血，逐出陳醒，便令呂成之去將那仍軟禁客房的冒牌貨給殺了，以洩心頭之恨。呂成之見出了這麼大的亂子，也惶恐萬分，忙忙帶著心腹衛士去了，過得片刻，呂成之竟然帶著衛士，將鎖著鐐銬的假崔公子押送進來。

韓立一見這假崔公子，不由眼中冒火，斥道：「不是叫立時殺了他?!」卻聽呂成之道：「主公，此人頗有幾分才智，又說願意報效主公，且聽他說幾句話。」

韓立冷哼一聲，只見那假崔公子道：「韓公，實不相瞞，我乃是崔公子身邊的伴讀，受了他的恩惠，替他出生入死，這才頂替他的身分，冒險來城中與韓公商談大事。他答允事後一定讓我平安脫身，沒想到，今日竟然被他出賣，成為他的棄子。」

韓立冷笑道：「你也知道你是棄子，還有什麼用處？」

那假崔公子咬牙切齒道：「既然姓崔的不仁，我就不義了。如今崔家軍大軍壓境，韓公偏又中了崔家的計，殺了那十二名金甲衛士，並遣回了顧九郎，只怕狠狠得罪了大都督，料想大都督不會伸出援手派出援兵，我有一計，爲韓公解此燃眉之急。」

韓立狐疑不已，只聽那假崔公子道：「崔家不久前剛剛從眼皮子底下，劫了鎭西軍的糧食，鎭西軍缺糧缺得厲害，恨崔家正恨得入骨，韓公不如遣人去望州，與那李皇孫商量商量，兩家聯手，滅了崔家這支定勝軍。韓公解圍，鎭西軍得糧，我想那鎭西軍，未必不會心動。」

韓立沉吟不語，心想望州之事，自己倒是接到過郭直遣人送來的消息，知悉甚詳，那崔家確實是從鎭西軍眼皮子底下劫走了糧草，鎭西軍占了望州城，倒害得郭直狼狽不堪，因此向他求援，但他只推說城防兵力不足，並沒有向郭直派出援軍。這麼說起來，既然崔家定勝軍已兵臨城下，自己派人去跟那李皇孫商量商量，也是應有之意。

他心中不斷思量這利弊得失，也因此目光不停在那假崔公子的身上打量。

「我是一個被崔家捨棄的人，一無所有，眼下只有韓公能給我一線生機。」那假崔公子說得十分坦然，盡顯眞誠，「韓公不如先遣人去探探鎭西軍的口風。至於我，韓公要殺要剮，何必急在一時？若是鎭西軍李皇孫那邊不鬆口，韓公再殺了我出氣也不遲；若是萬一這計謀有效，韓公覺得我還有一二分可用之處，我願意投在韓公帳下，供韓公驅使。」

韓立陰沉著臉道：「把他押下去，先關起來。」

李嶷被帶走，這次可不再是軟禁在客房，而是直接就被押進地牢。那地牢之中潮濕陰暗，看守森嚴，地上只扔著幾捆爛稻草，一股陳年腐味直嗆人鼻子，將他鎖進地牢之後，也沒給他食物飲水，但李嶷安之若素。他在地牢中躺了兩天，忽然呂成之又親自帶著人來，押著他去見韓立。

這次韓立臉色沒那麼難看了，說道：「我派去的使者，見到了裴獻的兒子裴源，裴源思量再三，又稟明了李皇孫，居然回話說願意與我等前後夾擊定勝軍，但他提了一個條件，說若是聯手夾擊定勝軍，那除了定勝軍的糧草歸他之外，還希望借道建州南下。」

李嶷聞言，故意沉吟了片刻，方才道：「韓公，若是裴源什麼條件都不提，韓公倒是不要輕易信他；如今裴源提了條件，某倒覺得這事情，倒有八分可行。」

韓立不動聲色，只道：「哦，說來聽聽。」

「韓公可以假意答應事後讓鎮西軍借道，建州落霞谷地勢險要，韓公手中的守軍，可以借地勢以一敵十。」李嶷道，「待鎮西軍入了落霞谷，韓公設好埋伏，自可以殄滅這一支鎮西軍。」當下便在韓立面前稍作演算，籌畫何處誘敵，何處設伏，何時出擊等等細節，皆一一道來。

韓立聽他說得條理分明，確是可行之計，不由問：「你讀過兵書？」

李嶷坦然道：「我是崔公子的伴讀，琴棋書畫，兵書謀略，自幼都跟他一起學過。」

韓立不由點頭道：「不錯，你是個人才。」

那呂成之聽聞此言，心中甚是微妙，他知道韓立久渴知軍事之才，心道這小子竟然撞了大運，上來就受到主公賞識。

只聽那假崔公子道：「韓公過譽，生逢亂世，所求不過是安身立命，願爲韓公效犬馬之勞。」

韓立卻說：「你的本事我還要考校考校。委屈你，先回牢裡住著，等鎮西軍依約夾擊了定勝軍，必然放你出來，爲我謀劃伏擊鎮西軍之事，只要能殄滅鎮西軍，此後我便讓你做我的主簿。」

那假崔公子大喜過望，忙道：「謝過韓公！」

而那呂成之心道，自己辛辛苦苦追隨主公十幾年，也沒升得主簿之職，這小子一來，不過獻了一條計，動了動嘴皮子，便得到主公允諾他可任主簿，當下心中不免又嫉又恨。

當下呂成之將李嶷又押回地牢，卻也一時未走，反倒命人好生送上酒菜，他親自接過酒壺，替李嶷斟上一杯酒，說道：「還未請教公子尊姓大名。」

李嶷笑道：「呂先生客氣了，我是個卑微的人，自幼被賣到崔家。公子，不，那崔賊曾給我賜姓爲崔，單名一個寅。」他本來是隨口捏造的假名，但不知爲何，卻給自己選了這個寅字，大概是因爲與阿螢字音相近吧。

呂成之當下與他推杯換盞，又道前兩日韓公令不得送飲食，委屈了他云云。一時酒酣耳熱，那呂成之便拍著他的肩頭道：「小兄弟，你眞的是好福氣，從小跟著那崔公子學了兵書，我們主公，最渴盼有知兵事之人，這下子你前途無量啊！」

李嶷似也飲得醉了，勾著呂成之的肩，大著舌頭道：「我跟呂先生比不了，呂先生侍奉韓公十幾年，功勞苦勞都如同山高海深，我是個新來的，以後諸事還請呂先生照應……」

他們兩個在牢中飲酒，那些看守聞著酒肉香氣一陣陣飄來，有一名看守忍不住低罵：「好個不識趣的，都半夜了還在這裡喝酒。」另一個便笑罵道：「馮老三，你這是饞蟲犯了吧。」一語未了，忽聽得「咕咚」一聲，卻是那呂成之倒在了地上。李嶷慌忙上前，連聲喚：「呂先生？呂先生？如何就飲得醉了？」

那看守們見如此情狀，忙拿了鑰匙來打開牢門，隔著鐵柵，那馮老三嘀咕道：「醉成這樣，只怕還得多叫兩個人來抬才好……」忽地只覺腰間一麻，就倒在地上。只聽「撲通」連聲，不過片刻之間，李嶷就已經將看守盡皆打倒。謝長耳帶著援兵也已經解決了外面的看守，徑直闖進地牢，謝長耳掏出精鋼小銼，一邊將李嶷手腕、腳腕上的鎖鏈盡皆銼開，一邊說道：「小裴將軍已經與崔公子親率大軍襲城了。」

李嶷點一點頭，眾人護著李嶷從地牢中闖了出去。偏巧韓立得報大軍襲城，匆匆忙忙穿了衣裳去城樓察看，府中親衛跟去了大半，倒教李嶷等人輕輕巧巧就闖出韓府。

當下李嶷與謝長耳諸人，換了早就備好的城中守軍衣裳，分作兩隊，分別去往兩個城門，混入原本的守軍之中，趁其不備砍殺了領隊的上級，僞作奉韓立之命而來，嫌棄諸將守城不力，要殺將立威。韓立素來多疑，如此行徑倒頗似他素日所爲，諸將聞言不由色變，便有一咬牙反抗者，頓生譁變之態。韓立剛上了城樓不久，但見星星點點，城外皆是夜襲之軍，而事起猝然，城中並無多少防備，自然一片慌亂。過不得片刻，忽又聞得城門處一片喧嘩，說道有守軍譁變，意欲投向城外之敵，韓立素來膽小多疑，當下也不回府，匆匆忙忙便帶著守衛棄城而走，朝建州逃去。

話說李嶷等人在城中鬧得天翻地覆，趁著夜黑風高，敵我難辨，引得守軍各部自相殘殺，然後又打開城門，放鎮西軍入城。

鎮西軍正是裴源親自帶隊，還有明岱山中黃有義、趙有德諸人。尤其是趙有德，他重歸鎮西軍，此來襲城，雖殺得個痛快，但心情激盪，他一見著李嶷，不由得驚喜萬分，忽地又面有愧色，跪倒於地。他到了鎮西軍中方才知曉，十七郎原來就是皇孫李嶷，想自己在明岱山中，罵了他好幾聲小兔崽子，又口口聲聲痛罵那皇孫不是東西，難免一見了李嶷，就羞愧難當。

李嶷當下一把扶起了他，安撫兩句，忽聞那崔家的定勝軍前鋒業已入城，其時天邊已經隱隱透出白色的天光。城中守軍稀里糊塗與自己人打殺了一夜，直到天明時分才漸漸悟過來，但鎮西軍與定勝軍前鋒皆已經入城，兩軍相加，比城中守軍多了數倍，更兼鎮西軍又派人四處宣揚韓立早就棄城而逃，城中守軍眼見無望，便盡皆降了。

待裴源忙了一番點檢受降等諸事，李嶷這才問道：「你怎麼帶了這麼多人來？」

裴源笑道：「十七郎，還得多謝你，你在并州這麼一通大鬧，我親自去見了郭直，把他給勸降了。」當下將如何派人先去遊說郭直，後來又親自去見郭直，郭直本就進退兩難，又想到孫靖對待韓立尚且如此，自己更是絕望，當下心一橫，就率殘軍降了。這次裴源奇襲并州，郭直更是帶人親自做攻城的前鋒，十分賣力，入城之後又接手城防去了，所以未及來拜見李嶷。

李嶷笑道：「勸降郭直，全都是你的功勞，也別硬往我身上貼金。」

裴源笑道：「要不是你在并州這麼一鬧，他還下不了決心。」

說話間，崔家定勝軍遣了人來，甚是客氣，說道自家主上小郎君有請，李嶷與裴源對望一眼，李嶷便道：「我去吧。」

他自從與何校尉相約冒充那崔公子，其實一直在琢磨，不知這崔公子到底是何樣的一個人。及見了面，只見那人二十餘歲年紀，雖也著軍中服色，但戰袍上還用金線繡了饕餮猛獸之紋，精美異常，四周侍從拱衛，排場甚大。此人雖生得魁梧，但面龐微腫，眉眼虛浮，一看平時就耽於酒色。見了李嶷，躬身行禮，猶帶了三分倨傲之色，道：「見過皇孫殿下。」

李嶷不過點一點頭，心中大失所望，心道這個崔公子明顯外強中乾，徒有其表，是個銀樣鑞鎗頭，不知阿螢爲何對他忠心耿耿。忽又想，阿螢不知爲何不在他身邊。他一想到阿螢，便下意識提醒自己不要再想，當下隨口敷衍兩句，言道定勝軍辛苦云云，那人見他神色敷衍，頗有幾分不悅，「我入城也無甚辛苦，只是阿琳……我方主帥親率大軍在城外，殿下當親遣人出城，慰問我定勝軍大軍。」

李嶷聽到此處，忽地明白過來，原來眼前這人並不是崔倚之子崔琳，果然一問得知，此人乃是崔琳的堂兄崔璃。

當下李嶷不知爲何，心裡卻輕快起來，笑道：「崔公子既在城外，那自然不必遣人，我親去拜望便是。」

崔璃聽他如此說，作態要親自護送李嶷出城，李嶷連道不必，只帶了親隨幾騎，便馳馬出城。

待進了定勝軍的營地轅門，但見兵卒軍容肅然，雖是臨時營地，但處處約束整齊，顯然主帥十分有治軍之法。李嶷一路行一路看，心中不禁暗自讚嘆。

到了中軍大帳外，他翻身下馬，恰好那崔公子也正得到通傳，率著眾人迎了出來。只見那崔公子面如冠玉，鬢若刀裁，身上並未著甲，只穿著定勝軍中常服，外面繫著一件月白色的大氅，氅衣下襬一角，用青白絲線摻著銀絲繡著淡淡的如意白雲紋樣，極是素雅。風吹得他的氅衣衣袂飄飄，顯得他整個人如同臨風玉樹一般。乍一看渾不似武將之子，好似京中那些世族子弟，行動之間，從容雅緻，風度翩然。當下見禮：「見過皇孫殿下。」

李嶷縱然心中百般不願，也不能不讚一聲，眼前這位崔公子當眞是謙謙君子，溫潤如玉。

那崔公子將他迎入帳中，只見這中軍帳，又與其他不同，帳中密密匝匝，一架架擺滿了卷軸書籍，原來這崔公子好讀書，所以走到哪裡，都帶著無數書籍。他引經據典信手拈來，顯然飽讀詩書，談吐之間，甚是風雅。

此刻李嶷也終於見著了何校尉，她與另幾名校尉皆在帳中侍立。當下眾人見禮，李嶷雖見了何校尉，奈何眾人面前，一句旁的話也不能說，只得對那崔公子道：「還要謝過何校尉，此番多得她襄助。」

那崔公子一笑，似毫不在意，只道：「殿下過譽了。」又與李嶷談起并州及建州之事。他雖看似文質彬彬，但談論起兵事來，卻甚有見解條理，李嶷此時此刻，方才覺得，世上倘還有所謂文武雙全，那眼前此人真可算得一個。忽見帳中放置鎧甲旁的架子上，放著一只花紋精美的面具，那崔公子神思敏捷，善於察言觀色，順著他的目光，見他在看面具，早已猜到他心中所想，笑道：「令殿下見笑了，我生得文弱，上陣時威儀不足，便總戴著面具。」

李嶷只覺得人不可貌相，眼前這人確實生得有幾分文弱，聽他說話之間，氣息不穩，顯然身有痼疾。但他早無小覷眼前之人之心，當下笑著道：「舊有蘭陵王，今有崔公子，可見猛將何妨有此美談。」

那崔公子不過一笑置之。李嶷身為鎮西軍主帥，既見到了崔家能主事的人，當下打迭起精神來，與他商議如何取建州之事。

只聽那崔公子不徐不疾的聲音說道：「建州距此雖不過百里，但道阻難行，韓立夜奔建州而去，殿下難道沒有事先布置嗎？」

李嶷見他猜到，只得道：「我確實派人去追了。」

那崔公子倒也坦然。「實不相瞞，我亦派了一支人馬，但沒有截住他，不知他藏到哪裡去了。」他道：「我聽何校尉說，殿下與我們定勝軍有約定，誰先擒住了韓立，便可先擇一州……」

李嶷聽他輕輕巧巧一句話，便將自己與何校尉的賭約，改成坦蕩的兩軍之約，心中不知是何滋味，不由看了何校尉一眼。見她侍立在崔公子身後，甚是收斂鋒芒，心中更加百般不是滋味。

待商議完諸般事宜，那崔公子仍舊親送出大帳，李嶷翻身上馬，見何校尉侍立在那人身後，微垂著頭，神色恭敬。他心中萬千惆悵，只得朝那崔公子微一點頭致意，便策馬離去。

那崔公子直目送他馳出轅門，方才回轉。待回到帳中，他才猛烈地咳嗽起來，何校尉忙著替他拍背撫胸，早有一名少女捧著藥箱，匆匆忙忙地出來，打開藥箱，先倒了一盞酒，研開丸藥，服侍他服藥，復又皺眉道：「公子，我就說那藥萬萬不能吃，只怕今晚要咳得更加厲害。」

那崔公子喝了藥，這才緩過一口氣，勉力道：「既然是皇孫親來帳中，總不便讓他看到我病骨支離，連氣都喘不上來的樣子。」

那少女噘著嘴，道：「什麼皇孫不皇孫，都不值當公子您這麼糟蹋自己的身子。」

何校尉見她如此說，道：「桃子，那藥雖然鎮咳厲害，卻頗有寒毒，妳想法子能不能解一解這寒毒。」

桃子想了一想，說道：「我配幾味藥，且慢慢調養看看吧。」又再三叮囑，說道，

「公子下次切莫爲了任何事，再吃那等毒藥了。」她自出帳去煎藥。何校尉便扶著崔公子坐下，忽聽他道：「今日一見，這個李皇孫果然是個厲害人物。從前他打的那些仗，我還以爲是裴家矯功於他，打著他的旗號作幌子罷了，現在看來，他只怕才是鎮西軍眞正的統帥。」

何校尉點點頭，說道：「此人善戰，敏捷機變，堪稱當世無雙。」

那崔公子忍不住又咳嗽起來，直咳得雙頰上迸出紅暈，才緩過一口氣來，他淡淡的語氣中似透著一絲微涼：「當世無雙，或許吧，但這天下，已經是群雄逐鹿的亂世了。他想要收拾河山，光復社稷，那且得費盡周折尋覓機緣呢。」

且說那李嶷回到鎮西軍營中，裴源聽說他去見了崔倚之子，忙來相問：「如何？」

李嶷想了想，說道：「樣貌文弱，深不可測。」

「好傢伙！」裴源吃了一驚，「你還沒對誰有如此評價。」

「畢竟是崔倚之子，」李嶷不知爲何，有幾分沮喪似的，「崔倚只得這一個兒子，教得著實好，文才武略，都很出色。怪不得先帝在時，崔倚寧可被貶官，也不願意把這兒子送到京中作人質，此子可謂人中龍鳳。」

裴源還在細細揣測此人到底是如何形貌，能令李嶷作此等語，跟著李嶷一同前往的謝長耳在旁邊說：「崔公子確實長得太好看了，我就沒見過長得像他那麼好看的男人，又斯文，怪不得他上陣要戴面具。」

裴源思量再三，憂心忡忡道：「既然是這麼難纏的一個人，咱們還是快點把韓立抓住贏了賭約吧，不然并州、建州一旦皆落入其手，咱們被卡在這關西道上，那就太被動了。」

李嶷深以為然，又想到自己與定勝軍分別派人圍追堵截，皆無那韓立的消息，不知道他藏身何處。當下只能多遣人手，四處偵察探尋。

這日晌午後，謝長耳忽引得一名定勝軍的女使進來，那女使到了帳中，先是毫不客氣地打量了李嶷一番，這才從懷中取出一封信，遞給李嶷，卻是什麼話都沒說，也不等他說什麼，掉頭就走了。

李嶷只覺得莫名其妙，拆開信來看，竟然是何校尉寫的，先說了一番客氣話，然後邀請他傍晚在河邊相見。裴源聽說定勝軍派人來了，連忙過來，見李嶷正在看信，探頭也想看看信上說什麼，李嶷卻已經匆匆一目十行看完，把信折起來，收進懷中。

裴源問道：「誰的信？」

李嶷卻是一笑，說道：「這信沒什麼要緊。」抬頭往帳外看了看，說道：「今天晚上，應該有月亮吧。」

他這話說得太早。黃昏時分起了風，天漸漸陰沉下來。李嶷換了衣裳，獨自騎馬離營。到了江邊一看，大江茫茫，向東奔流而去，江邊蘆花被風吹得搖曳不定。他舉目四望，並沒有看見人，正納悶之時，忽見蘆葦叢中划出一條小船來，正是那何校尉。大概是怕下雨，她披著一領蓑衣，戴著斗笠，乍看倒好似一名漁翁。她扶著槳，卻笑著問他：「我忙了這半日，沒打得半條魚，你若是上船，可沒什麼吃的。」

李嶷心中一動，將馬拴在江邊一株枯樹上，跳上了船，說道：「今日這時節，要打魚可難了，若是打野鴨子，倒可以試一試。」

當下他接過槳，扳了幾槳，將船划進蘆葦深處，靜待了片刻。果然有幾隻野鴨，落在不遠處鳧水。他未攜帶弓箭，她便捋起袖子，從臂上解下一架小弩來遞給他。那弩弓做得極爲精緻，箭枝比毫管還細上兩分，長不過寸許，他在手裡掂了掂分量，便知道是精鋼製成，當下瞄準了野鴨，用那架小巧弩弓射出箭。只聽「錚」一聲輕響，野鴨已經被射透眼睛，連掙扎都沒掙扎一下便死去，亦沒有驚動其他浮在水上的野鴨。李嶷射了兩隻野鴨，划船去撿了，他愛惜這弩箭精緻，將箭枝從野鴨眼中拔了出來，捏著箭羽在江水中細細滌去箭枝上的血跡，又將弩弓連同箭枝一起還給她。

兩人在岸邊，尋了個避風之處，用黃泥裹了野鴨，再將那野鴨埋在灰燼中，生起火烘烤。過不多時便烤熟了，剝去燒得硬結板實的黃泥殼，野鴨毛早就被黃泥殼黏牢，輕輕一剝就全掉了，露出烤得外香裡嫩的鴨肉。當下兩人一人一隻，吃了起來。

何校尉道：「你這烤鴨子的手藝，著實不錯。」說到此處，她忽地想起那晚自己落到陷阱中，他拿著的那隻烤兔子，甚是肥美好吃，他顯然也是想到了此節，兩人不由相視一笑。

他問：「妳今日約我出來，是爲了什麼事？」

她問：「無事就不能約你出來嗎？」

他聽她這樣說，搖了搖頭。「妳不是那樣的人。」

「那皇孫以爲，我是什麼樣的人？」她水盈盈的眸子看著他，眸子裡映著篝火的火光。他抬頭看了看天色，夜幕低垂，天光晦暗，天上無星無月，只有這一堆篝火，在無邊無際的黑暗中跳躍著，燃燒著。而不遠處，大江無聲，在夜色中奔流而去。天地遼闊，似乎天地之間就只餘了兩人，靜靜守著這堆篝火而已。他忽地問：「妳在箭上抹了什麼藥？」

原來到此時，他的手指突然發麻，那股冰涼的麻痹之意一直順著指尖迅速麻到手肘，他細想適才的情形，便恍然大悟，必是她在弩箭之上塗了麻藥，只是這種麻藥非常厲害，當下並不發作，竟過得如許時才會突然顯露藥效。只聽她笑咪咪地道：「當然是把皇孫殿下您綁了，送到我們定勝軍的大營中去，當作人質啊。」

他聽她這般說，可笑不出來，轉瞬之間只覺得舌頭也一併發麻，連話都說不出來了，身子一軟，就倒在地上，昏迷不醒。她見這般情形，從懷中取出手套戴好，又從腰間革囊裡取出幾枚細針，走到李嶷身前，正想給他補上一針，忽地李嶷嘴唇一動，還沒等她反應過來，數枚細針已經當面射到，再難避讓。在那一瞬間她才想到，他曾經從自己身上搜走那個能藏到舌底的細小竹管，機括精巧，沒想到竟然今日被他用到自己身上。此人定然早藏下解藥，偷偷解了自己塗在箭上的迷藥，此刻又藉機突襲自己。

可恨！她腦中最後浮起這樣一個念頭，細針早已刺入她肌膚，她旋即陷入了昏迷中。李嶷見她昏了過去，又過了片刻，方才走過來，小心地拿走她指尖的細針，重新收回革囊之中。從篝火中撿了根細柴做火把，在蘆葦叢中察看，果然不遠處藏著繩索等物。他心中又是好氣，又是好笑，拿起那繩索，見是牛筋摻了細鋼鏈子，心道她可真是萬無一失，當下就用她準備好的繩索，將她捆了個結結實實。見她安靜躺著，連睫毛都不曾顫動一下，就像睡著了一般，忽地想起在明岱山寨之中，她大概實在是睏了，所以就在自己身邊睡著了。他素來警醒，睡了片刻就醒了，結果一轉頭，看見她在身邊枕上睡得香甜，那時她的臉離他的臉不過一拳左右，呼吸相聞。其實她身上總有一種好聞的味道，也不知是不是花香，還是她隨身攜帶避蟲蟻的香藥，反正那氣息好聞得很。他從來沒有跟女子睡在一張床上，當時竟覺得有幾分心慌，後來不知道為什麼，大概是太累了，她身上好聞的氣息縈繞著，他不知不覺又睡著了。說起來，當初在韓立府裡，他也不知道最後自己怎麼就稀里糊塗睡著了，夢裡還有一隻螢火蟲，從窗欞外飛進來，一直停棲在那裡，一閃一閃，像一顆跳動著的小小心臟。大概是因為當時他知道了她的名字，才會做這樣的夢吧。

現在，她靜靜地躺在篝火邊，也像睡著了一樣。平時看著精明厲害，其實睡著了就分外柔軟可愛，像是絨絨的一團，教人無端端心裡發軟。他抽出腰間的短劍，砍了些蘆葦鋪在地上，又將她抱起，放在那些鋪開的蘆葦上，讓她躺著更舒服點。他看了她一眼，悄無聲息地離去。

他上馬沿著河水，往下游疾行，馳出約莫三四里許，忽又勒住馬，下馬細看，果然在不遠處發現種種痕跡。他就將馬拴在樹上，悄無聲息追了上去。

原來定勝軍不斷搜檢，還真將那韓立逼得露出了蛛絲馬跡。破城那晚韓立趁夜逃出，害怕路上有阻截，也並沒有敢直奔建州，而是在距離并州城不遠的一個鎮子藏了半宿。沒想到定勝軍派出大隊人馬，貼著并州城往外，幾乎是一寸寸搜檢，當下韓立再也不敢多耽擱，決定冒險連夜奔建州去。

這一招打草驚蛇，就是何校尉想出來的計策，她也早就看過地形，知道陸路這韓立幾乎無處可逃，八成會借水路而遁，於是事先守株待兔，遣了人馬埋伏在江邊。她深知李嶷的本事，擔心被他帶人搶先，所以特意約了李嶷出來，原想將李嶷一針刺昏，沒想到卻被李嶷以其人之道還治其人之身，自己倒被李嶷刺昏在江邊。李嶷既然見到江邊埋伏的定勝軍大隊人馬，當下使出他那一身斥候的本事，悄悄伏在不遠處靜待，如此這般，真的是螳螂捕蟬黃雀在後。這夜無星無月，藉著夜色的掩映，那隊定勝軍也埋伏得極好，若不是他，旁人料也萬難察覺。

又等了約莫半個時辰，蘆葦叢中，果然划出幾隻小船來。帶著定勝軍伏擊的陳醒見到小船划出，不由得屏息靜氣，忽又想，不知道校尉絆住了李嶷沒有，但四野寂寂，連倦鳥也盡皆歸巢，風似也息了，江邊的蘆葦搖也不搖，唯有江水在夜色中緩緩無聲，向東流去。陳醒心想，料那鎮西軍萬萬想不到，韓立居然敢在眼皮子底下藏了兩天，就要在這夜走水路遁走。

且不說陳醒等人屏息靜氣，直到韓立一行人鬼鬼祟祟上船，陳醒方才呼哨一聲，韓立兀自心驚膽戰，忽見火光劃破黑夜長空，無數枝火箭騰空而起，徑朝船上射過來。他肝膽俱裂，嚇得魂飛魄散，幸得這條船上皆是他恩養多年的死士，眾人拚力划船，小船如疾箭，直入江心，那火箭雖然厲害，但一時也射不到了。

江心本泊著幾艘早就預備好的大船，但他們還未靠近，只見那大船上早就喧嘩起來。原來定勝軍早已派出水性好的人，把那些接應的大船都鑿出了大洞，此刻船漸漸沉了，大船上的人方才覺察。駕弄小船的死士見大船漸沉，慌忙又駕著小船順著江水急急往下游去，那江水流得甚急，這一沖之勢，竟然順流而下三四里。韓立見雖然暫時甩脫了追兵，但也知道既然行蹤被發現，被追上只是遲早的事情，不由心道一聲苦也。正自覺插翅難逃的時候，忽然見下游不遠處，江邊泊著一艘大船，船頭的燈籠在夜風中微微搖曳，那燈籠上正寫著一個「顧」字。當下不用他吩咐，死士就駕著小船，直奔那條大船而去。這種大船有極大的帆，在江中行駛既穩且快，哪怕逆流而上，也比岸上的騎兵要快，更何況他們是要順流而下。只要上了這船，便可以甩掉輕騎的追蹤。

那韓立定一定神，終於看清船上寫著「顧」字的燈籠了，忽然明白，這定然是顧禎的船。顧禎從京中到并州來，想必被孫靖嚴限時辰，催促急迫，唯有走水路可以日夜兼程，最爲快捷。韓立不由想到，前陣子自己與那假崔公子密議，殺了十二個金甲衛士，又遣快馬不由分說將那顧禎押送回京，這條大船，只怕也因此就耽在這裡了。真可謂天無絕人之路，沒想到今天還能救自己一命，他不由得精神一振。

話說那顧家的大船爲何泊在此處，自然也是有緣由的。那日顧禎被韓立快馬送回京，船中的顧家奴僕不知如何是好，只得上岸去顧氏祖宅之中稟報。那顧氏百年望族，烜赫世家，諸多族人皆在京中爲官，祖宅之中唯有幾個耆老能作主，聞得奴僕來報如此這等事，只驚得撟舌不下，一時也拿不出什麼主意。幸得那顧祄有一個女兒，排行第六，小字婉娘。這顧婉娘兩年前從京都回到祖宅，替祖母祈福，聞得此事，便出來對堂上諸顧氏耆老道：「九叔父倘若言語不謹，得罪刺史，那是九叔父一人之過，再說既已被解送都中，若有懲戒，自有京都發落，料不必惴惴。」

她安撫了族中耆老，又自告奮勇搭船回京，去向京中顧祄稟明此事，若有禍端，顧祄自可思忖斡旋。她是顧祄的女兒，族中自然人人高看她一眼，當下便安排妥當，由一位她的堂叔祖父帶著男女奴僕，陪她回京。

誰知還沒出城，并州忽然大亂，旋即鎮西軍與定勝軍入城，并州守軍盡皆降了。顧氏族人又沒了主意，不知該不該送她啟程，於是去問那顧婉娘。她雖不過十七歲，但膽色過人，言道：「大軍入城，並無半分劫掠之事，軍紀甚嚴，況且鎮西軍本爲皇孫殿下統率，定勝軍亦是勤王之師，必定無礙。」又斬釘截鐵道，「今日我必要返京，便身死亦無怨。」

顧氏族人聽了她這番言語，細察城中大軍言行舉止，猶豫之際又接到鎮西軍以皇孫李嶷的名義發出的安民告示，終於安心。便在那顧婉娘的一力主張之下，仍按照原來的計畫，當日就安排車馬送她出城上船。因出城之時時辰已晚，啟程之後船行不多遠，天色就已經漸漸暗黑下來。并州下游這一段江水急灘多，入夜行船自有風險，顧婉娘堅持這日仍舊啟程，只是個表決心的姿態罷了，既上了船，便不再堅持夜行，而是命舵工將船泊在江邊，歇息一晚再走。

這船因是官船，造得極是堅固，船艙中甚是寬敞。陪送顧婉娘那位堂叔祖父自住了間上艙房，另一間上艙房自然就住著顧婉娘。此時入夜不久，顧婉娘的貼身侍女秋翠，奉命點了蠟燭來，讓顧婉娘就著燈燭，檢點針線活計。

那秋翠此時方才喜不自禁，說道：「六娘子，我真像做夢一樣，咱們是真的可以回京了嗎？我還以爲要在窮鄉僻野困一輩子呢！」

那顧婉娘輕輕嘆了口氣，心道這丫頭真是癡傻，且不言并州爲天下最爲繁華的州郡之一，但說顧氏祖宅修繕百年，也不是什麼寒素茅堂。當然了，京中那等富麗繁華，又豈是并州城中顧氏祖宅可以比擬的。

又聽秋翠喜滋滋地道：「六娘子，妳可真能幹，出去說了幾句話，族中耆老就派人送咱們回京。哼，等咱們回京，妳可一定在郎君面前，好好說出三娘子那等毒計。」

原來這顧婉娘爲顧衸妾室所出，顧衸的三女兒素來心性驕縱，又因這顧婉娘姿容出色，偏學得絕佳的繡技，在京中閨閣之中頗有幾分聲名，這顧三娘便百般與她過不去。兩年前正逢顧家祖母七十大壽，這顧三娘施計陷害顧婉娘，汙損了祖母用指尖血抄寫的心經，惹得當家主母顧夫人大發雷霆，罰顧婉娘回并州祖宅幽居，爲祖母祈福。那顧三娘想得好計策，心道只要顧婉娘回了并州，距離京中山長水遠，時日一久，家中諸人自然就將她忘在了腦後。只要拖得兩三年，那顧婉娘就過了摽梅之期，再嫁不得什麼上好人家。她這條計策不可謂不惡毒。

顧婉娘百口莫辯，被送到并州之後，似也心灰意懶，每日吃齋念佛，閉門不出。這日忽聽得族中傳說顧禎被送回京之事，原本正坐在窗下繡花的顧婉娘，不由停針凝神，對從小服侍自己的丫鬟秋翠道：「秋翠，咱們可以回京了。」

那秋翠雖然是從小服侍她長大，但為人卻頗有幾分愚鈍——機靈的丫鬟早就被顧三娘等人挑走了。顧婉娘的生母不算得寵，後院之中，自然什麼好的東西並好的奴僕，都輪不到她。彼時顧婉娘這一句話，秋翠壓根就沒聽懂，後來顧婉娘的所作所為，秋翠也沒看懂，只知道六娘子出去說了幾句話，忽然族中那些耆老們就安排了人，送她們返京了。

顧婉娘打開繡活，繃上繡架，心裡微微嘆了口氣，心道能夠回京，這才是漫漫長路踏出了第一步而已，等回到府中，還不知道是何種情形，自己那個三姊，著實陰險難纏。

她自幼心思煩難的時候就繡花，當下撚了線配了色，打起精神來，捏著針繡了幾十針，忽然聽見外面隱隱有動靜。秋翠明顯也聽見了，不由瞪大了眼睛，冒冒失失道：「六娘子，會不會是賊……」顧婉娘還沒來得及令她噤聲，忽見一群人已經拿著明晃晃的刀子，闖進艙內。

為首那人一把抓住正要尖叫的秋翠，惡狠狠低喝道：「別出聲！」秋翠嚇得魂飛魄散，忍不住全身都在發抖，連連點頭。

另一人見了船艙中的情形，用刀尖指著顧婉娘，低喝道：「妳！起來，跟她站到一邊去！」

乍逢此事，顧婉娘卻並不如何驚慌，伸手拿起一張白絹，覆蓋在那未繡完的繡品上，然後起身，與秋翠一起站到了船艙窗邊。原來這群人正是韓立和護衛他的死士，他們上得船來，一路人去控制舵工，另一路人便擁著韓立，來到這艙房之中。船艙中燭火明亮，顧婉娘藉機瞥了一下韓立，一時猜不到他的身分，而韓立沉著臉，也上下打量著顧婉娘。

一時之間，船艙之中如死般沉寂，只聞江水拍打著船身，發出輕微的汩汩水聲，還有一種咯咯輕響，正是秋翠嚇得直打冷戰，牙齒相磕，格格有聲。顧婉娘便伸手拉住秋翠的手，以安撫她。

那韓立見顧婉娘並無多少懼色，心中暗暗稱奇。正在此時，忽聽外面「噠」一聲輕響，似是一條魚躍上了船，但他心知絕計不是。果然艙門和窗戶同時被人踹開，死士們猝不及防，紛紛被冷箭射中。幸得一名死士拚命打翻蠟燭，艙中頓時一片黑暗。

韓立早就看得清楚，趁這黑暗立時撲到窗邊，拔出袖中利刃，抵在顧婉娘頸下，死死拉著她擋在自己身前，心想若再有箭射來，這女娘總可以替自己擋得一擋。

只聽船艙中兵器相格，悶哼聲不斷。忽地天上烏雲散去，月色皎潔，船艙中雖沒有燈燭，但月色從窗外映進來，艙中亦朦朧可以視物。韓立的手不由抖了一抖，原來正是陳醒站在他面前不遠之處，手持利刃，距他不過四五步之遠，而自家那些死士，早就橫七豎八，倒了一地，船艙之中，滿是鮮血。陳醒也藉著月色看清韓立所在，一刀便朝他刺來，韓立頓時將顧婉娘往前一推，去擋陳醒的刀鋒，自己轉身就想跳窗逃走。

他剛一轉身，忽覺得耳邊一涼，頭頂上方隔著艙頂，竟有一柄利劍驟然刺下，正刺中他右肩頭，痛得他大叫一聲，右手再也抬不起來。船頂被這一劍之力震碎，破出一個大洞，李嶷便如同一隻大鳥一般，從那破洞處一躍而下，在韓立頸間狠狠一擊，只聽「嗤」一聲輕響，原來是那韓立右手無力垂下，利刃脫手甩開，鋒尖正好劃過被他推出去的顧婉娘的後腰衣服，那利刃甚是鋒利，瞬間劃破了幾重衣裳，頓時露出她腰背之間大片雪白的肌膚。李嶷應變極快，當下單手解開自己的外裳，手腕用力一旋，便見那件外裳如大鵬展翅一般，被他揚起在半空，他回手一扯，衣裳落下，正好裹在顧婉娘的肩上，將她全身罩了個嚴嚴實實。此時方才聽見「鐺」一聲，正是韓立倒地，他手中利刃掉落於地的聲音。

顧婉娘險險撿回一條命，心中又是惶恐，又是欣喜，又是後怕，抬眸一看，只見月色如水，照見當身而立的少年郎。那人怕是擔心舉止唐突，一將外裳罩住她，便已經收回了手，負手而立，一隻腳還踏在撲倒於地的韓立後頸中。他的眉眼在朦朧月色下，甚是深邃好看，俊美得不可思議。她不禁恍惚了片刻，也不知道是後怕，還是因爲眼前的人實在如同神祇天降。

陳醒等人見李嶷如同從天而降，一下子就擒住了韓立，不由得大吃一驚。陳醒念頭還未轉完，忽然只覺得船身微微一震，緊接著岸上喧嘩起來。原來，何校尉雖是單獨約李嶷至江邊，但她素來精細，在不遠處安排人接應，又唯恐被李嶷覺察，所以命那些人就在江對岸遠處等著。本來約好以篝火爲訊，但她被刺暈過去，江對岸接應的人見篝火久久不熄，便冒險駕船過來察看，這一看才發現何校尉昏了過去，幸好她身上帶著解藥，當下把她救醒。

她悠悠醒轉，便知道不好，帶著人疾行趕到定勝軍埋伏之處，定勝軍早追著韓立往下游去了。等她趕到這裡，正上了小船準備去往顧家這條大船，岸上忽又來了鎮西軍的大隊人馬，明火執仗，爲首的正是老鮑與謝長耳。她命人速速將小船靠上顧家大船，老鮑等人一見這般情形，早就執了鉤索等物，用抓索擲出去勾住顧家的大船，要將顧家這大船拉向岸邊。岸上的定勝軍頓時譁然，兩軍喧嘩起來。定勝軍拿著刀劍砍斷數條鉤索，鎮西軍自不甘示弱，朝著何校尉那條小船就放箭，定勝軍自然要拚力護衛，兩方不免打了起來。黑夜之中一片混亂，顧家那大船終於被鎮西軍重又用數條鉤索搭住，不由分說合力拉向了岸邊，老鮑等人與岸上的定勝軍打得不可開交。何校尉也終於上了顧家大船，進了船艙。

她一見李嶷正牢牢將韓立踩在腳下，便點了點頭，說道：「願賭服輸，這一局，是皇孫殿下贏了。」她聲音清冷，似夜風中的秋月，頗帶了幾分微涼寒意。李嶷不以爲意，點點頭道：「承讓。」

她素來不糾結於細節，當下朝陳醒示意，陳醒忍住一口氣，掏出一只號角，嗚嗚吹響。岸上與船上的定勝軍聽到號角聲，令行禁止，便不再與鎮西軍打鬥糾纏，轉身就列隊準備退走。

老鮑等人見定勝軍雖然打起來十分拚命，但撤退的時候，也十分乾脆，當下大喜過望。老鮑也顧不上自己在黑夜中被人打了好幾記冷拳，已經鼻青臉腫，帶著人高高興興就上了船，就在李嶷腳底下，將那韓立縛住，捆粽子一般捆了個結實。李嶷這才挪開腳。

他走到甲板上一看，定勝軍早從大船向岸上搭了跳板，何校尉正走下跳板，岸上的定勝軍本已列隊準備撤走，忽然兩隊分開，從中躍出一騎，眾人高舉的火炬將河岸照得亮如白晝，正是那崔公子崔琳。他今日並未著甲，只肩上戴著細銀鎖子護肩，外頭披著一件玄色的鶴氅，那氅衣不知是何等羽物織成，在火炬火光的簇擁映襯下，竟然粼粼如水波般泛著幽藍光澤，偏他又騎了一匹白馬，越發顯得飄逸出塵，翩翩濁世之佳公子也。

一見了何校尉，崔公子臉上便露出笑容，早就有人牽了何校尉那匹名喚小白的白馬來，小白見了崔公子騎的那匹白馬，不由得歡嘶一聲，兩匹馬挨挨擠擠，甚是親熱熟稔。這廂崔公子翻身下馬，解了自己身上繫著的絲絛，將氅衣解下來，披在何校尉身上，又仔細替她繫好氅衣領上的絲絛。火炬照得分明，她的手如同白玉一般，似要自己去繫，偏與他的手碰在了一處，那崔公子似說了句話，隔遠了聽不眞切，只隱約可聞她似輕笑了一聲，旋即認鐙上馬，那崔公子也翻身上馬，兩人並駕齊驅，雙雙率著定勝軍，絕塵而去。

李嶷直到兩人馳遠，再也不見，只覺得胸中酸楚，鬱悶難言。他定了定神，折身返回艙中，老鮑等人早已經將戰場打掃乾淨，見他進來，老鮑問：「定勝軍的人走了？」

他漫不經心地點點頭。被他相救的顧婉娘，早就向老鮑等人問得分明，知道了他的身分來歷，此時忙上前斂衽行禮，十分鄭重地謝道：「殿下救命之恩，六娘沒齒難忘。等回到京中，一定稟明家父，再由家中尊長拜謝殿下。」

李嶷心思渾不在此，隨口安慰她兩句，得知她是顧祄的女兒，當然客客氣氣，問道：「顧小姐是要返京嗎？這船已經這樣，只怕洗刷之後還有血腥氣。不如我遣人先送顧小姐回并州，另擇吉日再啟程。」

顧婉娘心想，適才鎮西軍將士已經查看過，護送自己的堂叔祖父已經被那些壞人殺死，自己雖然返京心切，但眼下也只得再尋機會。當下又再四謝過，願意先暫回并州，李嶷便遣人護送她先回城。

秋翠早嚇得懵了，哭了半晌，這時候仍舊呆若木雞，全身發抖，行不得路，幸好鎮西軍有位兵卒，將她背著上跳板下船。顧婉娘倒好些，也不要人扶，自己小心地走過跳板自下船去。岸上已備下牛車，她上車之前，回首一望，只見那位皇孫殿下立在船頭甲板，仰頭似在看著天上的月亮。

顧氏百年望族，消息靈通，她雖是閨中女兒，但對朝廷大事也略有耳聞，知道孫靖謀逆後，是這位十七皇孫，率著鎮西軍高舉勤王之幟，一路從牢蘭關殺到這關西道上。卻沒想到，威名赫赫的他這麼年輕。但見此刻他負手望月，神色落寞，似有心事一般，心想他少年得志，此時已經是萬軍之主，難道世上還有什麼令他不快的事情嗎？當下心中思忖，到底怕被人覷見，忙忙若無其事地上了牛車。

李嶷看了一會兒月色，意興闌珊，也打馬回營。這一鬧已經是四更天，胡亂睡了一覺起來，裴源忽然進來告訴他，雖拿住了韓立，但將他身上細細搜過，並無虎符，又拷問韓立，他只是咬牙不肯說，又不能用刑太過，就此僵住了。裴源皺眉道：「咱們與定勝軍的賭約，可是拿住了虎符，才有建州。這虎符沒找著，建州要落到定勝軍手裡，可就麻煩了。」

待裴源走後，李嶷忽有了主意，叫過謝長耳，對他說：「昨天來送信的定勝軍那個女使，你還記得吧。」謝長耳點點頭道：「她來的時候通傳過姓名，說是叫桃子。」

李嶷道：「你去定勝軍營中，找到那個桃子，跟她說，今日午後，我在江邊等候，請何校尉單獨來見我。」

謝長耳聽了這句話，覺得有點莫名其妙，不由道：「十七郎，這有點冒失吧？」

「怎麼冒失了？」

謝長耳不由道：「那定勝軍的何校尉，不說是他們公子身邊最要緊的人嗎？你單獨約她，她肯定以為有詐，當然不會來的。」

李嶷道：「你就去這麼跟桃子說，告訴她我午後肯定在江邊等，一定讓她告訴何校尉就行了。」

謝長耳無可奈何，只得打馬出營，去定勝軍營中尋桃子。那桃子正在後營大片的空地上曬藥，見他冒冒失失地來替李嶷傳這句話，不由惱道：「我們校尉還給他寫了封信呢，他倒好，連信都不叫你傳一封，就捎了句話來。」

謝長耳是個老實人，更兼在牢蘭關多年，都沒怎麼跟姑娘家說過話，此時見她生氣，頓時嚇得都結巴了，說道：「桃姑娘……妳……妳別生氣，我也勸十七郎來著，但他就是令我來傳話，沒給我什麼信……」

「別叫我桃姑娘，」桃子瞪了他一眼，「怪難聽的，叫我桃子。」

「是，是，桃子姑娘。」

桃子見他老實得可愛，不由噗哧一笑，說道：「你在這兒等著。」轉身就朝營中去了。她去了半日不曾回轉，謝長耳站在日頭底下，秋日的太陽雖然沒有夏天那麼灼烈了，但是硬頂著太陽曬，還是很熱，不一會兒他額頭上就冒出汗來，汗水沿著下巴往下淌。他怕汗水滴到她曬的藥材上，又怕自己的影子擋住太陽，沒曬好那藥材，因此隔一會兒就挪動挪動。過了許久，桃子才去而復返，見著他這模樣，不由道：「你怎麼又站在這兒了？」

他老老實實道：「妳雖然叫我就在這兒等，但我怕擋著光了，萬一妳這藥沒曬好，可不糟了，這些藥都是要救人命的。所以我挪動挪動。」

她聽了他這句話，倒是怔了怔，心道這可真是個老實人，剛才自己真不該捉弄他。她笑著道：「你回去吧，我們校尉說她知道了。」

謝長耳心想這句話可不能覆命，便追問：「那她去不去呢？」

桃子不由又翻了個白眼，冷聲道：「這也是你能問的？」

只聽謝長耳吭哧了半晌，說道：「我們鎮西軍的軍令，交代下來的任務，覆命一定要切切實實，她不說去不去，我怎麼跟十七郎覆命呢？」

桃子又氣又好笑，說道：「你快回去吧，就這麼覆命，你們十七郎自己就知道她去不去了。」

謝長耳半信半疑，心想他們怎麼盡打這種啞謎，當下欲走，忽然又想起來，這桃子姑娘乃是友軍，自己是代李嶷來傳話，禮數定要周到才好，便實實在在，向她行了一個抱拳的軍禮。「多謝桃子姑娘。」

他轉身剛走了兩步，忽聽她在身後道：「等等！」他以爲她還有旁的話，連忙轉身，只見她向他擲出一物，他身手矯健，探手便接住了，原來是一截高粱的嫩杆。這種嫩杆汁水甘甜，關西道上叫青蔗，就是說它像甘蔗一般甜。

只聽她笑聲如鈴，說道：「送你路上吃。」

他不由也笑了笑，騎馬回營，走到半路上，咬了一口這青蔗，果然入口清甜，汁水盈盈，甚是好吃。

李嶷得到謝長耳帶回「知道了」這三個字的回覆，卻也不以爲意，到了午後，便獨自騎馬離營去了江邊。那江邊蘆花如雪，陽光照著澄澄秋水，映襯得波光粼粼，好似一幅秋日澄江圖。他等了片刻，忽聽見馬蹄噠噠，回頭一看，正是她騎了小白，往這邊來了。他不由得一笑。

何校尉下了馬，自放了韁繩讓小白去吃草。偏他騎來的那匹黑駒，脾氣最是暴烈，一見了小白就撅蹄子；那小白本就倨傲，不肯示弱，上去就狠狠一口，正咬在黑駒的脖子上，兩匹馬廝打起來。兩人忙過來，各自扯住韁繩，好半晌才將兩匹馬分開。李嶷無奈，將黑駒拴得遠遠的，饒是如此，那黑駒看小白在極遠處，還是不斷地扯著韁繩，想衝過來。

他見此情形，忽然想起昨晚這小白見了崔公子的馬，是何等溫馴，何等親熱，心下氣惱，就問她：「虎符呢？」

她似也不意外他有此一問，當下從袖子裡掏出一物，在他面前晃了晃，正是那枚虎符。他本來已經猜到七八分，見果然被自己料中，倒也並不生氣，只是沉吟不語。

她見他沉吟，便收起虎符問道：「皇孫今日約我出來，是爲何事？」

他笑道：「自然是趁著四下無人，奪妳虎符！」

她斜睨了他一眼，道：「那殿下盡可以試試。」她雖口口聲聲喚他作殿下，但語氣之中並無多少尊重之意，只是眼波便如眼前這秋水一般，盈盈動人。他忽探手就去抓她的袖子，兩人瞬間過了七八招，他雖沒有使出十成力，但她也沒有放出銀針暗器，忽地她頸間一涼，原來是他手指捏著細小竹管，正抵著她的下巴，正是昨夜刺昏她的那枝針筒，她不由賭氣道：「那你刺啊？」

李嶷聞言不由一怔。她將白玉似的下頜揚了揚，賭氣似地看著他，兩隻瞳仁又大又亮，正倒映著他的臉，又像一隻貓兒，尾巴上的毛都奓開了。他本來想狠狠心，但不知如何，這一針倒還眞刺不下去了。不料就在他分神的一瞬，她袖底弩箭射出，他極力避開，那箭枝也擦著他的眉毛飛過來，險些劃破他的眉骨，他應變極快，手一翻就擒住她的手腕，足尖踢出。她被他這一擰，站立不穩，眼看就要摔下河去，他左手一探已經抄住她的腰，堪堪將她拉回來。

她的腰本就細，托在手裡，像河邊的垂柳一般，靈活，纖巧，她身上的體溫透過衣裳，就托在他的掌心裡。他心中一蕩，一時倒眞不捨得放手了。她早就借這一拽站穩了身形，猛然推開他，自顧自扭過頭，似是生氣了。

他心裡也有幾分惱恨，說道：「妳爲了妳家公子，就這麼不擇手段？」頓了頓，又道：「昨天我都看見了，他親自來接妳。」

她道：「那是自然，公子待我，恩重如山。」

他聽她提到那人，語氣便十分親暱自然，心中萬般不痛快，忽睨了她一眼，道：「若是我告訴妳家公子，咱們在一塊兒好久，還同吃同住，妳說他心中會作何想？」

她雖心性磊落，但到底還是一名少女，數次被迫與他同床共枕，若被旁人得知，自然於她名聲有礙。她心中大怒，不知他爲何出此言，只見他神色自若，眼神卻挪開去，似在掩飾什麼，她忽地明白過來，當下也不再生氣，反倒突然頑意大起，笑盈盈地道：「殿下不是那樣的不義之人。」不待他再說什麼，她便故意正色道：「我是公子的侍妾，公子若得知我有失節之疑，我只好自戕以證清白，想來殿下定然不至於逼我至此。」

說完，她頭也不回，看也不看他一眼，轉身徑直朝小白走去。李嶷萬萬沒料到她竟說出這樣一句話來，當下如同五雷轟頂一般，耳中嗡嗡作響，只眼睜睜看著她一步步走遠，心裡很想叫住她再問個明白，但明明自己並沒有聽錯。他恍惚不敢信，只覺得好似又被人踹進了井裡，全身冰涼。

他站了這麼片刻，她早就騎馬走遠了，他還失魂落魄地站在那裡，只覺得手背溫熱，轉頭一看，才知道是自己那匹黑駒，不知何時終於掙斷了轡繩，奔到了他身邊，正用舌頭舔著他的手。

他垂頭喪氣地牽著馬，竟然忘了上馬，就那樣一直牽著馬走回了鎮西軍軍營。

待回到營中，裴源正發急，一見了他，當眞如同天上掉下鳳凰來，問道：「你到哪裡去了？爲什麼一個人都沒帶？我眞怕你被定勝軍綁了去。」

他心道，眞還不如被定勝軍綁了去，但是若眞被她綁了自己，定要拿去她那個公子面前邀功，那可眞是……現在他想一想此事，便如同萬蟻噬心一般，說不出的苦楚。

裴源見他神色有異，忙問道：「怎麼了？出什麼事了？」

李嶷道：「虎符在定勝軍手裡。」說了這句話，他便往椅子中一坐，兀自出神。

裴源呆了一呆，心道哪怕虎符被定勝軍搶走，那也不是什麼大事，大不了就將建州依約讓與定勝軍；再說了，建州可比并州易守難攻，況且韓立已被鎮西軍擒住，當然可以去和定勝軍討價還價，說不定還有商議的餘地。爲什麼他垂頭喪氣，跟打了大敗仗一樣？自從出了牢蘭關，他們還沒打過敗仗呢！

當下裴源便打起精神，在那裡分析得鞭辟入裡，籌劃如何遣人，如何與定勝軍商議，如何討價還價，如何替鎭西軍謀得最大利益，滔滔不絕說了半晌，忽見李嶷在椅中躺倒多時，雙眼闔著，呼吸勻稱，竟似已經睡著了。

裴源一時急痛攻心，心想自己當眞是前世不修，這輩子才不得不侍奉這樣恣意妄爲的少主啊。正氣急敗壞之時，忽地有人入帳回稟，正是崔璃派人來要請小裴將軍前去飲宴，他心中煩悶，揮了揮手，道：「就隨便找個理由婉拒。」

「別啊……」明明看起來睡著了的李嶷，仍躺在椅子上一動不動，但聲音清冷，「你去看看他想做什麼。」

裴源不由一怔，李嶷仍闔著眼皮裝睡，卻說：「那個崔璃我見過一面，心術不正，我覺得定勝軍若生嫌隙，可從他身上下手。」

裴源一時哭笑不得，忍住一口氣，狠狠瞪了李嶷一眼，這才依約前去赴宴。他這一赴宴，眞喝得有幾分醉意才回來，三更半夜回到軍中，闖到李嶷帳中，把他從床上叫醒，問道：「你猜崔璃爲什麼叫我去喝酒？」

李嶷聞到他渾身酒氣，不動聲色皺了皺眉毛，問道：「你們喝了多少？」

「七八罈子吧……」裴源打個酒嗝，渾沒半分覺察他的嫌棄，反倒就在他床上坐下，還將李嶷的枕頭拿了過來墊在身下，舒舒服服靠著，告訴李嶷，「這個崔璃，有他自己一番小算盤，知道我們拿住了韓立，說他可以把虎符弄出來，這樣我們既有韓立，又有虎符，要是賺開了建州城，須得給他大大一個好處。」

李嶷早趿了鞋起來，但走了一步，就皺著眉蜷起一隻腳，金雞獨立，彎腰拎起那只鞋，磕了磕裡頭的沙石，這才重新穿好，問：「他要什麼好處？」

「他從幽州出來，還沒立過功勞呢，所以想立個功勞，在崔倚面前掙一番臉面。」裴源說道，「崔倚就崔琳這麼一個兒子，可他體弱多病，全靠藥熬著……崔璃著實眼紅這份家業，但是崔琳這人打仗是沒話說的，定勝軍上下，早將他視作少主，崔璃再不做些什麼，就沒有立錐之地了。」

李嶷想了想崔琳從帳中走出的情形，當眞飄然脫俗，如出塵，如凌波。確實，此人身形有幾分纖薄，有些天不假年的樣子，但定勝軍，崔倚，哪一個是好相與的？這崔璃既爲崔家子弟，竟生了這樣的異心。李嶷不由搖了搖頭。

「你搖什麼頭啊。」裴源明顯有些心動，「他們崔家自家兄弟鬩牆，咱們靜觀其變，漁翁得利，不好嗎？」

李嶷沒好氣道：「他是崔倚的兒子，你是裴獻的兒子，你怎麼這麼好騙？這崔公子明明是派崔璃來給咱們設圈套，咱們若是中計，就白白替他們定勝軍掙得建州城。」

裴源聽他這麼一喝破，頓時嚇得酒都醒了。

李嶷也早就失悔話說得太直，頓了頓道：「也不知怎麼了，我今日說話冒失了。」

裴源卻起身，正色道：「十七郎，你說得對，是我失察，若不是你一語驚醒夢中人，我險些上了他們的當。」

兩人靜下心來，謀劃一番，決定還是約了那崔公子出來，好好協商建州之事。

於是就定在定勝軍與鎭西軍兩軍營地中間之處，尋一片開闊山林，會面協商。雙方相約不帶太多人馬，不過百名護衛。軍中行事，極是簡潔，也並不設什麼宴飮，就在林子裡草地上鋪了幾塊氈子，大家坐下來談話便是。

李嶷帶著裴源等人先到了，過得片刻，那崔公子也在輕騎護衛下到了。定勝軍素鎭平盧，平盧及朔北諸府地勢開闊，草場豐茂，定勝軍的騎兵聞名天下，號稱天下騎兵之最。雖是輕騎，但是一色的高頭大馬，極爲神駿，來如疾風，佇列齊整，竟如烏雲壓境一般，雖只百騎，但氣勢驚人，甲冑鮮明，拱衛著那崔公子而來。那崔公子今日亦如定勝軍所有輕騎一般，身著細銀甲，騎著那匹高大長蹄的白馬，翩然而至。

老鮑便忍不住嘀咕：「這小白臉，眞會耍派頭，擺排場。」

李嶷心中深以爲然，但旋即又泛起一絲淡淡的苦澀，因爲看到就在這崔琳身後，就是何校尉。她今日也穿了細銀甲，頭上盔帽如定勝軍眾人般垂下一縷紅纓，在臉側被風吹得微微拂動，越發顯得眉眼如畫。他不願意多看，又掉轉眼神，去細看定勝軍的軍陣，忽聽身後裴源道：「這騎兵，眞不愧定勝二字。」

從來打仗，騎兵都是最要緊的，用作衝鋒決勝之時，而且只要是地勢開闊，騎兵一衝，幾乎都可以瞬間扭轉戰局。所以見了眼前這等訓練有素的騎兵，連出身武將世家的裴源，也忍不住露出豔羨之意。

那崔公子卻還有禮，距離兩百步之外，就已經下令勒住了馬，他當先下馬，定勝軍眾人自然盡皆下馬，挽住韁繩，待得走近，早有人接過那崔公子手中的韁繩，他便上前見禮。

「倒令殿下久候了。」他仍是那副彬彬有禮的世家公子氣度，更兼身後定勝軍著實光鮮，倒襯得一路從牢蘭關苦戰至此的鎮西軍諸將士，頗有滿面塵土風霜之色。

裴源從來只覺得這崔公子治軍出乎意料地不錯，至於衣飾精緻華美，在他眼中視若無物。而李嶷則很快收斂心神，他知道眼前這個崔公子看著文弱，實則難以對付，所以打起精神來，與他分賓主坐下，商議建州之事。

那崔公子明明頭一晚遣崔璃來使詭計，此刻卻渾若無事一般，口口聲聲言道：「殿下是勤王主帥，自然聽殿下吩咐。」實際上將攻建州之事，輕輕巧巧，全推給了鎮西軍。

李嶷素來頭疼應付這種人，只覺得萬鈞力道皆打在棉花上。而裴源昨晚險些上當，此刻憋著氣，忽道：「崔公子，咱們有約在先，若得虎符，便有建州；若得韓立，便有并州。如今韓立在我鎮西軍之手，我們自然該有并州；而虎符既在定勝軍之手，當然建州歸定勝軍所有，這我們是皆無二話的。既無二話，那定勝軍攻下建州之後，答應我們借道之事，那也是事先允諾過的。」

那崔公子還未答話，他身側忽有一人，道：「也就是說，我們定勝軍和鎮西軍一起攻下并州城，但此刻并州歸鎮西軍所有，我們定勝軍自去攻建州，若是我們攻下了建州，鎮西軍還要借道南下，是也不是？」

他話音未落，那崔公子已經斥道：「阿恕，爲何如此無禮。」那人面有愧色，拱一拱手，重新退到崔公子身後侍立，但眉眼之間，皆是倨傲，顯然心中不服，自然不是不服崔公子，而是不服鎮西軍。

裴源見他們如此這般，不過作態而已，但如今與定勝軍既同爲勤王之師，不便就此撕破臉，只得忍住一口氣，與他們你來我往，又談了片刻。李嶷心中明白，今日只怕難談出個了局來，便道：「崔公子，咱們既都是勤王之師，又有約在先，不如協作，同取建州。」

那崔公子早在他開口說話之時，便已經凝神細聽，見他語氣客氣，當下便也笑道：「但不知如何同取，還請殿下指點。」

當下李嶷便出言謀劃，如何帶著韓立與虎符一起，同去建州，如何分開陳兵，如何掐斷建州的後路，如何最終逼降建州。崔公子聽他謀劃得井井有條，極有章法，心道此人果然極擅用兵，不能小覷。當下李嶷便道：「如果能逼降建州，依照前約，建州交由定勝軍駐防，但兩州屯糧盡爲我們鎮西軍所有，我軍要借道建州。」

崔公子聽他說要親自率鎮西軍爲前鋒先去建州，便知眼前這位皇孫著實厲害，這一步以退爲進，今日自己不得不答允兩軍協作之事了。當下便拱手爲禮。「殿下籌劃極佳，定勝軍但憑殿下吩咐。」

李嶷點一點頭，既已談妥，兩下裡並無閒話。眾人起身，仍舊如同來時一般，分作兩隊，紛紛認鐙上馬，準備離去。李嶷瞥也不曾瞥那何校尉一眼，卻知道是那個名叫桃子的女使拉著韁繩，等她上馬。等他馳出數十步，回頭望時，定勝軍那些輕騎迅疾如風，已然去得遠了，只有一片沙塵騰起，再也瞧不清楚。

話說回去的路上，那桃子跟在何校尉身邊，過了片刻，也在馬上回頭望了一眼，只見身後沙塵騰起，早不見鎮西軍的人馬，她這才拉住了馬，那何校尉知道她是有話說，便也放緩了韁繩，兩人遠遠落在大隊之後，桃子早忍不住，問：「校尉，那個皇孫，今天怎麼無精打采的？」

何校尉卻微微一笑，並不作答。桃子百般不解，說道：「上一次他到咱們營中來，驕傲得像個小公雞，今天怎麼就跟蒸過的黃花菜一樣，蔫了。」

何校尉不禁又是微微一笑，桃子是個爽利的人，也憋不住話。「哎，妳把簪子都送給他了，公子問起來，妳含糊過去了，可別想糊弄我。」這話她忍了好久都沒有說，畢竟那枝玉簪不同尋常，想必何校尉斷不會輕易贈與他人的。上次這位十七皇孫還用這枚玉簪束髮呢，這次不知為何，偏生沒戴了。難道今日著甲，所以沒戴出來？但看著也不像啊，她琢磨來琢磨去，不知其中有什麼自己不知道的古怪，忽聽得那何校尉低聲笑道：「我騙他說，我是公子的侍妾，叫他放尊重些。」

桃子萬萬沒想到她竟說出這般話來，當下如同晴天霹靂一般，不知不覺手指一鬆，馬鞭差點掉落，幸得何校尉眼疾手快，手一抄替她將鞭子抄住，塞回她手中，桃子急得話都說不利索了。「妳……妳怎麼能拿這種話騙人，他要是當眞了呢？他要是在公子面前說漏了嘴呢？」

那何校尉卻是滿不在乎。「他要是當眞就當眞唄。」頓了一頓，又道，「公子面前，他倒不至於提起這話來。」

桃子氣得眼前一陣發黑，後來一思忖，說出去的話潑出去的水，覆水難收，這皇孫已經聽到了，自己難道還能把他耳朵毒聾了？就算現在把他毒聾了，這話他也早就聽見了，無計可施，徒呼奈何。

何校尉見她瞪著自己，卻笑咪咪地問：「妳爲什麼氣成這樣？」

桃子痛心疾首，到底只說了半句：「妳一個姑娘家……」驟然想起她自幼便與這世間諸多女孩兒家不同，千言萬語，頓時都噎在了喉嚨裡，到底只嘟囔了一句：「反正若是教我知道他拿這話在外頭瞎嚷嚷，我一定毒啞了他！」

她這話說得十分恨恨，李嶷在馳回的路上，也禁不住被塵土嗆著，打了個噴嚏，忽聽裴源道：「定勝軍的輕騎，著實好。」

李嶷見他一臉豔羨之色，便道：「定勝軍的重騎更好，我聽說，崔倚有一支親率的重騎，連人帶馬皆著鐵甲，箭矢不能傷，衝鋒起來，有地動山搖之勢。揭碩諸部本來輕騎出色，弓箭厲害，但遇見定勝軍的重騎，便只得望風而逃。」

裴源嚮往不已，說道：「先帝曾道，北地邊陲，幸有定勝。想必這重騎威武至極，不知幾時有幸可以見識一番。」

李嶷不語。自孫靖作亂以來，崔倚態度曖昧，眼下雖同爲勤王之師，但將來，還不知道是敵是友。他心中惆悵，自從陷殺庾燎數萬大軍之後，他心裡早生了厭倦之感。古來征戰幾人回？所謂一將功成萬骨枯，名將的功勳，都是屍山血海、血流漂杵換來的。陷殺庾燎那一戰，殫精竭慮，以少勝多，戰果赫赫，也確實似乎可以彪炳青史，然而終歸自己並不喜這般與國朝宿將為敵。想到此處，他不禁喟然長嘆一聲。

到了晚間時分，他並不與人言語，自己換了衣裳，悄悄就出了大營。他一路潛行，沒過多久，就到了定勝軍營中。他知道警戒森嚴，所以耐心伏了很久，直待得夜深人靜，這才悄悄往何校尉帳中去。

卻說何校尉平日此時已經睡下了，偏生今晚梳洗之後，卻拿了卷書在那裡讀，桃子幾次催她，她也並不去睡。最後桃子都睏得打呵欠，她反倒勸桃子：「妳先回去睡吧，左右我把這卷書讀完了再睡。」桃子無奈，只得替她剔亮了燈，自歸營帳去睡了。

何校尉在燈下又看了片刻，忽然覺得燈影搖動，似乎不知從何處，吹來了一縷夜風，她不動聲色，放下書卷，果然，李嶷悄無聲息已經出現在帳中，從陰影之中朝她走過來，一直走到燈下，這才伸出手，手中正是那枝白玉簪子。被他帶著薄繭的手指拿捏著，越發襯得那枝簪子如同凝脂一般。他說道：「還給妳。」

他語氣生硬，顯然十分不快，此時她忽地心生歉疚，有些懊悔不該那樣騙他，可是誰教他出言輕薄呢？女兒家的心思，總是百轉千迴的，她一瞬間不作聲，也並不伸手去接簪子。他來時就想好了，將簪子放在她帳中就走，但不知爲何，一見著她，偏又現身出來，心裡其實很盼她能說句話的。帳中一時寂寂，只聽到遙遠的地方傳來一兩聲金柝聲，正是營中巡夜的兵丁。就在兩人相對無言的時候，李嶷忽然聽到了動靜，他原本就警醒過人，只是心中悵然，難免未曾留意。腳步聲徑直朝這邊來，此時她也已經聽到了，他本想從帳後離去，又聽見帳後亦有巡邏的兵丁走過。正猶豫不決之時，她忽地伸手牽住他的手，他不由一驚，還沒想好該不該掙脫，只覺得她柔荑纖纖，又軟又暖，就那樣握著他的手，一直將他領到屏風之後，她又豎起手指在唇邊作噤聲之狀，明顯是示意他藏身這屏風後。他一時無奈，只得眼睜睜看著她轉過屏風出去。

她這頂營帳雖稱不得華麗，但也頗爲闊大，當中放了一扇屏風作爲遮擋，屏風後面卻是內室陳設，有床鋪帳幔之屬。他藏身此處，心中十分不安，不知是否還來得及悄悄翻出帳去，正猶豫間，忽見屏風後的衣架上，搭著一件女子的短小輕薄之衣，這件衣裳繡花精巧，樣式古怪，並沒有衣襟，偏又垂著長短不同兩條細細的金鏈，金鏈底下又墜著顆白玉珠子，不知是作何用途，他素來不曾見過這種衣裳，不知這是何物，只見遠處燈燭透進朦朧的光來，映得那細金鏈子忽明忽暗。他驀地想起來初次見面，自己一劍刺向她肩下，「叮」的一聲細響。對照眼前之物，如電光火石般，他忽地明白過來，這竟是女子的褻衣，這細細的金鏈子，想必是繞過頸中，再扣在鈕絆裡的。彼時他一劍刺出，百思不得其解，以爲她衣內還佩著什麼金飾，原來那時那一刺是挑斷了這褻衣的細金鏈子，怪不得當時她惱恨無比，搶了自己的絲條。這麼一頓悟，只覺得耳根發熱，頓時連耳廓都紅了。偏在此時，只聞腳步聲連迭，有數人已經進得帳中，他定一定神，只聽外間有個熟悉的聲音響起，正是那崔公子。

崔公子晚間服了藥，睡了一個更次，輾轉反側，到底還是披衣起來，沉吟片刻，忽然喚過阿恕，說道：「我總是心緒不寧，走吧，咱們去看看阿螢。」

阿恕知道勸也無用，便服侍著他穿衣，陪著他往何校尉帳中來。果然何校尉也還沒睡，見他們來了，笑著迎上來，親自倒了一盞茶，方才問道：「公子為何夤夜至此？」

崔公子含笑道：「想到日間與鎮西軍商議的事，總也睡不著，所以來同妳說說話。」他說著話，卻似是不經意似的，十分注目她的神情。她卻惦著李嶷就在帳後，心中不免隱隱有幾分擔憂，面上卻半點也不顯，只是微笑道：「皇孫是個說話算話的人，他既然說了要親自帶前鋒，那必不會食言的。」

崔公子點一點頭，帳中燭火照著他頭上的玉冠，卻是隱隱的流光溢彩，他道：「李嶷此人，為一時俊彥，難得的是，不驕不躁，素有將帥之才，今日他當機立斷，便可見一斑。」

何校尉聽他如此言道，心想李嶷此刻聽見公子對他竟如此讚譽，還不知心中會作何感想。她心思如電，極為靈敏，想著公子在此，還不知會說出什麼話來，叫李嶷聽去，十分不便，笑道：「公子，李嶷雖然狡詐，但眼下咱們大軍在此，倒不怕他使出什麼詭計來。」當下又與那崔公子，細細研說了一番建州城外的地形，又談起日間李嶷對兩軍協作的提議與布置，便用帳中書卷作沙盤，推演一番。過得片刻，夜間風涼，崔公子忍不住咳嗽數聲，她於是勸道：「夜已經深了，桃子總說，公子這舊疾最忌勞神，我送公子回大帳歇息吧。」

崔公子雖不覺倦乏，但一看更漏，已經近四更時分，忙起身道：「不必送我，我這就回去了。」他頗感歉疚，「阿螢，妳快些歇息吧，倒擾得妳這半夜不曾睡。」她仍起身相送，送到帳外數步，崔公子連聲阻止催促，她只得回轉來，惦記著後帳藏得有人，忙轉入屏風後，只見諸物如故，屏風後卻空空如也，原來李嶷不知何時已經走了。她心中不知是喜是憂，心想他素來聰穎，只怕適才已經從自己與公子的對話之中，聽出什麼端倪。

李嶷從定勝軍營中悄無聲息地出來，又行得里許，從懷中掏出火鐮諸物，燃起火炬來，尋得自己拴在樹上的馬，馳回鎮西軍軍營。這一路行來，正是夜色最濃黑的時候，天上偏又無星無月，只有他一馬一炬，只聞秋風陣陣，手中火炬所纏的松香油脂滴落，火苗燒得嗶剝有聲，他心中卻是十分愉悅，彷彿堵在胸口的一塊大石終於被挪走，整個人都鬆快起來。又過得片刻，漆黑的夜似乎終於透出一點光，有一顆金色的大星，漸漸從天幕上顯現出來，天從墨汁般深沉的黑，終於變成了藍紫色。他沿著河灘馳了片刻，只見蘆花如雪，被風吹得浩瀚如海，他索性佇馬，在河邊停留。蘆葦叢裡似有大雁被驚醒了，撲騰了兩聲，又似有魚躍出水面，但並沒有看見什麼，大雁仍舊做著美夢吧。他挽著韁繩，控制著胯下不斷嘶鳴的黑駒，另一隻手不由把火炬高舉著，看了看眼前茫茫的江水，忽然想唱歌，大約因為天地遼闊，好似回到了牢蘭關上。在牢蘭關的時候，放眼望去，滿眼都是茫茫戈壁，天高雲低，士卒打馬放歌，那首歌他到了牢蘭關沒幾天就學會了，因為牢蘭關人人都會唱，沒事就哼著唱兩句，於是他對著江水，就那樣輕聲哼著唱起來。

「牢蘭河水十八灣，第一灣就是那銀松灘，銀松灘裡魚兒肥，比不上姑娘的眸兒美。牢蘭河水十八灣，第二灣就是那積玉灘，積玉灘裡黃羊壯，比不上姑娘她推開了窗。

第三灣就是那金沙灘，金沙灘裡淘金沙，換給姑娘她打金釵，姑娘她將金釵戴。

第四灣就是那明月灘，明月灘裡映明月，明月好似姑娘的臉，我路過姑娘家門前……」

這首歌原本極長，但牢蘭關的大夥兒唱來唱去，總是前面這幾句。因為牢蘭關全都是軍中的大老爺們兒，沒有半個女娘，唱到姑娘兩個字，自然人人興高采烈，提著嗓子直著喉嚨跟號叫似地吼出來。別說女娘了，只怕戈壁中的母狼聽見了都要嚇得逃之夭夭。

他把這幾句哼著唱了好幾遍，只覺得自己有點傻氣，但這傻裡頭又帶著一種愉悅，連他也不明白自己為何要對著這茫茫河水唱歌，但就是高興。他佇馬在河岸上待了好久，這才重新策馬向營中奔去。

他歸營時已近點卯時分了，營中早升起嫋嫋的炊煙，想是炊伕在給軍中上下烹煮朝食。他打馬而歸，軍中上下也見怪不怪。就是老鮑，一大早起來在馬廄中刷馬，也正荒腔走板地唱著「牢蘭河水十八灣」，一扭頭見他牽著馬進來，笑嘻嘻地問：「大早上的，你去哪兒了？」

李嶷道：「上河邊去了。」

老鮑看了看黑駒馬蹄上的草屑和露水，斜睨了他一眼，說道：「又見那個女娘去了？」

他心中喜悅，面上卻不免裝糊塗。「什麼女娘？」

「定勝軍那個何校尉啊。」老鮑衝他擠擠眼，「別裝了，看你臉上的笑，都快從心底裡冒出來了，他們讀書人怎麼說的來著？春心……對，春心蕩漾！」

「胡說八道。」他故意反駁了一句，把馬拴好，倒上草料，又提了水來給馬飲，這才回營帳預備點卯去。老鮑看著他的背影搖了搖頭，突然又提著嗓子吼了一句：「銀松灘裡魚兒肥，比不上姑娘的眸兒美！」

李嶷頭也不回，只裝作沒聽見。

等到點卯之後，回到自己營帳中，李嶷方才從袖中取出那枝白玉簪，鄭重地重新插進自己的束髮裡。

待到這日晚間，何校尉又拿了一卷書在那裡看，這次桃子終於忍不住問：「什麼書？妳昨天看了，今天還看啊。」

「左右不過是閒書，我瞧著倒有些意思。」她似是隨口道，「妳早些去睡吧。」

桃子見她如此，便囑她也早些歇息，自歸營帳不提。何校尉在燈下看書又看了約莫一個更次，正是夜深人靜的時候，忽然聽到有人輕輕咳了一聲，她抬頭一看，果然是李嶷，笑嘻嘻地站在她面前。她便不緊不慢地問：「你怎麼又來了？」

他臉上滿是笑，往她臉上看了一看，說道：「我想了想，還是得來一趟，所以今天就又來了。」

她見他頭上正插著那枝白玉簪，便指了指那玉簪，說道：「你不是說要還給我，現在就還給我吧。」

他摸了摸頭上那枝白玉簪，卻似有幾分尷尬，過了片刻，才說道：「是我不好，之前不該同妳說那樣的話。」

他甚少有這般局促不安的時候，一邊說著話，一邊又忍不住悄悄地望向她，她哼了一聲，未置可否。他道：「再說了，妳難道就沒有不對的地方？就算是我言語輕佻，妳也不該拿那樣的話騙我。」

她冷笑道：「我拿什麼話騙你了。」

他一時語塞，要把她那句刺心的彌天大謊再重複一遍，他心裡是萬萬不願意的，當下便道：「妳一個姑娘家，怎麼好隨口拿那樣的話騙人，萬一教人聽去了，豈不是……」說到這裡，忽然想到她在山寨之中，曾經當眾自稱是自己的愛妾，可見她渾不將世間所謂名節這等小事放在心上，但她說是自己愛妾的時候，當時自己除了驚訝之外，可沒覺得有多麼不妥，此時想起來，禁不住又是甜蜜，又是煩惱。

他臉色變幻不定，她索性起身，徑直走到他面前，朝他攤開手心。「還給我，那簪子乃是我阿娘留給我的，我不能把它留給一個……一個……」說到此處，本來想給他安上輕佻薄倖的名頭，但轉念一想，那日的口舌是非終究是自己不對更多，當下便不再說下去。

他卻怔了怔，明顯沒想到那枝白玉簪如此來歷，過了片刻，他才說道：「我那顆珠子——就是在知露堂裡，妳從我身上搶走的那顆珠子，也是我母親留給我的。」

她也怔了一下，自欺欺人地扭過頭去，帳中一時靜悄悄的，只聽偶爾「嗶剝」一聲，是案上的燈芯爆開了燈花。她的手被燈光映襯，彷彿白玉雕琢出來的一般，他心裡像有隻小蟋蟀伏在那裡，癢癢地振著翅膀，很想拉著她的手，說一兩句話，但又怕唐突了，只在那裡猶豫不決，只聽她道：「我就知道，你昨天聽我與公子說話，就會猜出來。」

「那可不是？」他不知為何，滿面笑容，「其實，妳昨天叫我藏在屏風後的時候，我忽然就明白了，妳與妳家公子不是……不是……」

她不由怔了一怔，他道：「如果妳真的是，那定然會想法子讓我趕緊走，而不是叫我藏起來。」

她不禁心下一嘆，心想此人真的是太聰明了，當時自己不假思索的反應，他卻從中即刻推測出自己並非公子的侍妾，幸好昨晚公子沒說什麼要緊的話，不然，只怕會讓他起了別的疑心。

她轉念至此，忽地道：「皇孫該走了，夜深人靜，瓜田李下，十分不妥。」

他笑嘻嘻地看了她一眼，說道：「我才來了片刻，妳就趕我走啊？」

她放冷了語氣說：「我要歇息了，皇孫還是快走吧。」

他雖不知她爲何忽然又這般冷淡，但他既然已經知道她並非那崔公子的侍妾，且那晚兩人言語，明顯只涉公事，可見此二人並無什麼私情，心中愉悅，也不作什麼計較，說道：「那行，我走了。」頓了頓，又說，「我的珠子，妳可要收好。」

她道：「什麼珠子，我早就扔了。」

他只是一笑，顯然不信，轉身而去。她心中煩亂，待他走遠之後，這才將書拋在案上，不禁喟然長嘆了一聲。

第四章 霜降

話說鎭西軍既與定勝軍商議好，便依約開拔。李嶷親自率軍爲前鋒，爲兩軍之先奔赴建州。崔公子自然率定勝軍前來相送，因爲此去要逼降建州守軍，所以鎭西軍這支前鋒聲勢極大，把軍旗帥旗全都亮了出來。桃子見李嶷騎在一匹極高大神駿的黑馬之上，身後旌旗獵獵，一面極大的旗幟上玄底繡金，乃是「平叛大元帥」，另一面玄底赤邊，卻是「鎭西節度使」，然後還有李嶷遙領的諸如「北庭都督」、「成州刺史」之類的頭銜，皆有旗幟鮮明。看得桃子在馬上不斷撇嘴，說道：「成州還不在鎭西軍手裡呢，他就自封成州刺史啦？」見李嶷在旗幟環繞下極是英武，陽光照在他頭上，束髮冠中卻正綰著那枝白玉簪，桃子卻又忍不住失聲問：「校尉，怎麼他又插戴上了？」

何校尉卻很沉得住氣，任憑桃子吱吱喳喳問個不停，卻只是不語。直到李嶷率著前鋒大隊馳去，路上沙塵滾滾，那些旗幟也簇擁著他漸漸遠去，定勝軍這才掉轉馬頭回營。

兩軍既然已經相約協作，定勝軍也在預備拔營的諸項事物，何校尉回營中收拾一番，桃子卻在帳門口探頭探腦，她便道：「要進來便進來，做這模樣做甚？」

桃子笑嘻嘻走進來，手裡卻拿著兩個橘子，這是極稀罕的物件，北地不產此物，不知她從何得來這兩個金燦燦的大橘子。桃子剝了一個，細心地撕去橘瓣外細綿的白絡，這才將橘瓣送進何校尉的嘴裡，問道：「甜嗎？」

何校尉點了點頭，入口冰潤清甜，確實是上好的橘子，她不由問：「哪裡來的？」

桃子也嘗了一瓣，說道：「這說來就話長了，不過，還得感謝校尉妳。」

何校尉素來聰穎，但也猜不出她為何要感謝自己。桃子噗哧一笑，說道：「要不是校尉妳寫信，哪裡來的這橘子。」又問，「謝長耳，就是給李皇孫送信的那個傢伙，妳知道嗎？」

何校尉點了點頭，她素來擅於謀算，精於記憶，幾乎過目不忘，謝長耳那個人經常跟在李嶷身邊，她見過數次，自然印象深刻。

上次謝長耳來替李嶷傳話，桃子給了他一根青蔗，此人是個老實人，覺得友軍之贈，必要回饋才好。偏那顧氏得了李嶷的救命之恩，感念不已，聽說鎮西軍缺糧，當下那顧婉娘便作主，將并州顧家的糧倉及鄉下田莊裡的糧食全都收攏，準備一併給鎮西軍送來。恰逢顧家一個在江南道做官的子弟回并州省親，帶回來幾大簍極好的柑橘，此物在南方殊為尋常，在北地卻是極稀罕名貴的時鮮，顧婉娘又選了最上尖的兩簍柑橘，和著那幾百擔糧食，親自一併送到李嶷軍營中。諸人見到糧食，自然感激不已，雖然幾百擔糧食對大軍而言，不過杯水車薪，但眾人深感顧氏雪中送炭，也因此，這兩簍柑橘，李嶷不便推脫，只得收下。但鎮西軍的舊例，這種東西，都是全軍上下分食，說起來每人差不多也就能吃一瓣半瓣罷了。李嶷哪操這些心，手一揮交給裴源去分發眾人，謝長耳想著此物稀罕，厚著臉皮向裴源說明原委，討要了整整兩個大橘子，巴巴兒送到桃子這裡來，以謝她的青蔗。

桃子一邊吃著橘子，一邊又跟何校尉說：「我問了謝長耳，既然是顧六娘親自帶人送來的橘子，那這位顧家六小姐，長得什麼樣啊？謝長耳那個呆子，吭哧吭哧想了半天，才憋出來一句，說長得像廟裡的菩薩娘娘，哎喲，把我肚子都笑疼了。」

何校尉想了一想當時船上的情形，說道：「那位顧六娘，長得眉目如畫，確實挺好看的。」

桃子吃驚。「妳什麼時候見過她？」

她卻不願意答了，自顧自吃著橘子，說道：「人家送來的橘子，咱們吃了，還議論人家樣貌，不應該。」

桃子說：「她又不是送給咱們吃的，要說承人情，我也只承謝長耳的人情。」話音未落，她自己已經明白說錯了話，果然何校尉笑咪咪地看著她，似乎在說，這就承上人情啦？

她們二人自幼一起長大，情同姊妹，饒是如此，桃子也禁不住耳下一熱，紅暈一直湧到臉上，嗔道：「妳說什麼呀？」

「我什麼也沒說呀。」何校尉雖然年紀與她相仿，但素來卻是很穩重的，這時候偏促狹起來，「他把橘子給妳，沒留什麼話？」

桃子故作滿不在乎，說道：「能留什麼話呀，一個呆子，把橘子往我手裡一塞，磕磕巴巴說給我吃的，掉轉馬頭就跑了，跟逃似的，說要跟李皇孫開拔了，怕誤了時辰。」

何校尉想到適才李嶷的樣子，他在軍前總是很威嚴的，大概是年紀太輕，所以一副老成持重的模樣，其實誰會知道他還有局促不安的時候呢，不過，他局促不安的時候，倒是挺有趣的。她又掂了瓣橘子送進嘴裡，橘瓤入口迸出汁水，甚是清甜，她不禁微笑起來。

前鋒既行，鎮西軍與定勝軍便依約攜帶韓立與虎符，一起兵臨建州城下，又按照李嶷的排布，另遣兵馬，掐斷了建州的後路。建州郡守見此情形，困守了數日，最終還是煎熬不住，大開城門，出城降了。自此並不費一兵一卒，便取得了建州。鎮西軍依約將建州城交由定勝軍駐守，只取城中糧草。

到了此刻，李嶷才知道上當，原來建州城中，並無多少糧草，蓋因就在半月前，建州糧草悉數被洛陽刺史符元兒調走。就算加上并州城裡的糧草，也不過勉強敷用李嶷這一支人馬，更別提支援裴獻的大軍了。

巧婦難爲無米之炊，李嶷喟然長嘆。當下與裴源商議再三，決定還是借道建州，過並南關，直奔洛水而去，牽制孫靖諸部，以緩隴西之側，裴獻所受諸軍逼迫威壓之勢。

裴源道：「落霞谷天險，若是借道，萬一定勝軍在谷口埋伏，咱們豈不是處境糟糕？」

李嶷搖頭道：「崔琳不是那樣的人。」又道，「他若是想行此大逆不道之事，就不會打著勤王的旗號了。崔家的人，既要臉面，還要實惠。」

「奸猾得很。」裴源恨恨地評價。

定勝軍中獲知鎮西軍要借道南下的消息，也自有一番議論。崔公子沉吟半晌，道：「算起來李嶷只有七千餘眾，老弱殘兵，外加那些明岱山上的土匪，不成什麼氣候。若是在落霞谷伏下五千精兵，可以將他這支人馬全部葬送在並南關。」

何校尉卻神色自若，說道：「公子不是那般的人。」

「哦？」崔公子在帳中也披著氅衣，接過桃子遞上的藥碗，喝了一口藥汁，想是極苦，眉頭微微一皺，「妳為何如此斷言？」

「公子既出幽州勤王，哪怕對天家略有幾分微詞，但還是願意坦蕩而戰，並不會做此等小人行徑。」

崔公子聽她這般說，端著藥碗如飲酒般一飲而盡，方才笑道：「不錯。」

他有他的驕傲，就算是要逐鹿中原，那麼也應該在沙場上堂堂正正擊敗對手，而不是這般背信棄義偷襲友軍。

「而且，」她不徐不疾地說道，「公子大約也想陳兵洛水，與那符元兒一較高下。」

「是的。」他點點頭，「符元兒當世名將，我還挺想見識一番。」

鎮西軍既然借道，他便率著定勝軍於並南關前相送，但見鎮西軍雖非精銳，但士氣極高，便是傷兵，也執銳肅然，從險要的關隘下昂然而過，雖只數千人，但軍容整肅，鴉雀無聲。定勝軍上下亦是心生敬佩，目送鎭西軍這支人馬走遠。

那崔公子站在關隘上極目望去，只見鎭西軍漸行漸遠，漸漸人馬如蟻，慢慢化爲了細小的黑點。他立得久了，關隘之上風大，吹得旌旗獵獵，他不由咳嗽兩聲。桃子早就拿了披風來，替他披上，他兀自沉吟，忽見何校尉上得關隘來，見她神情，便知有事，於是問道：「怎麼了？」

「剛剛接到飛鴿密報，裴獻所率大軍，大敗成州守軍。」她的聲音似帶了秋風些微的涼意。他不由得一怔，旋即微微喟嘆：「那裴獻已經逼近隴右了。」

她便點一點頭，兩人自幼一起長大，默契自然是有的，不待她再說什麼，他便道：「那我們也出並南關吧，與李嶷會師洛水之畔。」

他直呼李嶷其名，顯得並不客氣，但奇異的是，他心中還是非常尊重這位皇孫，少年人的惺惺相惜也好，臨危不亂的敬佩也罷。既然兵出幽州，那麼天下這一盤棋局，崔家已經決然落子。如今這局勢，自然是要追上李嶷，與他同時陳兵洛水，逼迫東都，如此，方才能不落下風。

孫靖終究是沉得住氣的，蓋因洛陽既爲東都，易守難攻，而且洛陽刺史不是別人，正是孫靖最爲得意的部將符元兒。此人雖是胡人，但六七歲時便被擄爲奴隸——彼時孫靖的父親還在柘厥關，就花百來錢買了這碧眼的小奴隸，帶回家給孫靖做馬僮。因爲這胡兒滿嘴胡語，總是咈咈有聲，問起家鄉來歷，也一概不知，就此給他取了個名字叫符元兒。這符元兒長大了，中原話早說得流利，但胡人脾性不改，極嗜酒肉，力大無比。後來孫靖從軍，身邊只帶了他，他勇武異常，打仗的時候衝得太猛，好幾次幸有孫靖救他性命，幾番出生入死，已經是領兵的大將。先帝召見，他就在御階前吃了大半隻烤羊，抹了抹嘴角的油，扛起畫戟來，舞得呼呼有聲。先帝喜他魯直可愛，連聲讚這碧眼的胡兒勇武，還將他擢到禁軍來做首領。哪知這碧眼的胡兒貌似魯直，實則粗中有細，心中極有城府，後來孫靖謀反，也是此人拿捏了禁軍才能成事。

這般心腹大將，有他在洛陽爲刺史，鎮守東都，孫靖對李嶷率著幾千人兵臨洛水，自然不屑一顧，反倒更矚目逼近隴右的裴獻，親自調配了兵馬，去應對那棘手之至的裴大將軍。

李嶷率軍駐紮在洛水之側，定勝軍的大軍在那崔公子的率領之下，亦到了洛水之側，兩軍遙遙相望，相距不遠。李嶷明知道那崔公子打的什麼算盤，卻也決定將計就計——他所率兵丁不多，這定勝軍來了，正好壯一壯勤王之師的聲勢。雖然難以撼動洛陽和洛陽城中的符元兒，但有這數萬人馬在洛水之側，和沒有這數萬人馬在洛水之側，自然是絕不相同的。

裴源看到定勝軍出並南關追上來，自然忍不住嘀咕：「這是撿便宜撿慣了，還想跟在我們後頭撿便宜呢？」

李嶷在暖洋洋的太陽底下，拿著根針，縫著底子都快掉了的鞋，說道：「洛陽哪稱得上便宜。符元兒對孫靖忠心耿耿，還特別能打仗，勸降都沒法勸，就我們和定勝軍這些人馬加起來，也圍攻不了洛陽，依我看，洛陽哪裡算便宜，硬骨頭差不多。」

兩人正說著話，忽報洛陽城中遣使前來，李嶷和裴源對望一眼，李嶷便道：「我去見吧。」

當下「小裴將軍」親自接見了洛陽來使，而真正的裴源扮作副將，侍立在他身後。只見那使節五十餘歲年紀，雙目炯炯，竟生得一雙碧眼，鷹鼻薄唇，樣貌甚是奇特。李嶷心中一驚，連忙起身相迎。「符公竟然孤身來此，果真好氣魄。」

符元兒目光如刀鋒般，在他臉上一繞，上前叉手行禮，笑道：「殿下過獎，符某無他，唯膽壯爾。」

原來這使節並不是別人，正是符元兒本人，他一眼便識破了李嶷的身分，又看了一眼裴源，說道：「你必是裴獻的小兒子吧。你和你爹一樣，長著一副老實面孔，心裡卻盤算著鬼主意。想當年我和你爹一起領兵征伐屹羅的時候，你還在吃奶呢。」

裴源不由得苦笑一聲。符元兒這種名將，論資歷都已經快要和裴獻不相上下，這般話語，也確實只有他說得出來。

李嶷笑道：「符公十幾年前征伐屹羅，單槍匹馬連闖王帳，取下屹羅王首級，彼時李嶷年幼，是當故事聽的。如今得見真人，方知符公神勇，確如故事一般。」

符元兒擺了擺手，說道：「老啦，不提當年勇。眼下十七郎和崔家公子都在洛水邊，當眞是少年英傑輩出。」

李嶷不卑不亢，道：「前輩面前，何敢談英傑二字？」

符元兒大笑道：「我出城的時候，眾部將驚疑不已，說我這樣貌實在招眼，人望便知我是符元兒，若是扣押了我，徒呼奈何。我說道，李十七慷慨少年，雖是小兒，必不至行此等事，今日一見，果然如此。」

李嶷見他拿話來拘住了自己，只得苦笑。「前輩謬讚了。」

符元兒笑道：「你也知道，扣押了我亦是無用，你是個聰明人，必然不會辦這種蠢事。但是鎭西軍和崔家軍在建州的事體，符某都聽說了，你怎麼就心甘情願，吃這麼大的悶虧？」

李嶷問：「符公這是替晚輩打抱不平來了？」

符元兒哈哈大笑。「符某是個胡兒，一輩子不會拐彎抹角，就直說了，韓立既是殿下所獲，建州之降，也因爲殿下之故，爲何不一同將建州收入囊中，反倒讓崔家占了偌大便宜？」

李嶷道：「我鎭西軍不似定勝軍財大氣粗，只能拿建州換了糧草，也是無可奈何。」

符元兒點了點頭。「原來如此，殿下就不想以牙還牙，將崔家的糧草輜重都奪過來？」

李嶷雙目直視符元兒，說道：「符公怕是忘了我爲何兵臨洛水？」

符元兒道：「崔家雖也自稱勤王之師，但殿下難道不明白，崔家打的是什麼算盤？如今觀這天下大勢，崔家隱隱已經有與殿下分庭抗禮之勢，眼下鎮西軍缺少糧草，人倦馬乏，若硬攻洛陽，不過徒然替崔家定勝軍做嫁衣。」

李嶷笑道：「世人皆道符公勇猛無儔，沒想到這離間計亦使得高明。」

符元兒卻是誠懇得很。「雖是離間，也是實情。殿下此刻不出手，難道要放任崔倚勢大，一路坐收漁翁之利，終成心腹之患？難道他崔倚，就比孫大都督更好相與？」

李嶷神色凝重，問道：「符公想要什麼，不妨直說罷。」

符元兒道：「眼下兩軍壓境，符某深受大都督私恩，大都督命我鎮守洛陽，我必定竭盡全力守住洛陽。以殿下如今的兵力，想要攻破洛陽絕非易事，不若出其不意，擊潰崔子所率的這支定勝軍，一旦事成，符某即刻奉上城內萬擔糧草。接下來鎮西軍只要繞城而過，符某絕不阻攔，如此，符某與殿下，皆可兩全。」

李嶷臉上神色不變，說道：「符公還是在使離間計。」

符元兒道：「殿下不妨好好想想，是將崔子這般狼子野心，撳滅於萌芽之態更佳；還是苦戰洛陽，將鎮西軍元氣大傷，令崔子勢大不能遏更佳，想好了，再給我答覆亦不遲。」

李嶷點了點頭，符元兒見話已經說畢，便道：「我已命人準備了一百車糧草，今夜便會送至此處，算是此行對殿下的贈禮。」

李嶷知道他這是離間計，佯作誠懇，但無可奈何，這也算得是陽謀，於是也客氣地道：「如此，便先謝過了。」

那符元兒本已經走到大帳門口，忽地又轉身，一雙碧眼湛湛，上下打量了一番裴源，方才道：「你很好，替你阿爺高興。」

說罷，再不回頭，大踏步出帳而去。

桃子在營中正檢點藥材，忽聞得鎮西軍中有人尋她，出來一看，正是那謝長耳。他牽著馬，站在深秋的陽光下，身形越發顯得高大。見她走過來，他咧開嘴便笑了，從馬背上解下一個袋子遞給她，裡面卻是洗得乾乾淨淨的一袋荸薺，每個圓滾滾的，雖然比棋子大不了多少，但看著紅亮可愛，她不由問：「這又是那位顧小姐送的？」

謝長耳嚇了一跳，連忙擺手，說道：「不是不是，顧小姐早就回京了，這是我自己得閒了去水邊摸的，給妳做零嘴兒。」

自從認識了桃子，他才知道，姑娘家原來是要吃零嘴兒的，尤其桃子，曬藥材的時候，她還會拈一塊首烏桃仁什麼的餵進嘴裡，她那裡也有無數稀奇古怪的好吃的。有時候她嫌棄地扔給他一塊茯苓糕，說：「做得太甜了。」他左看右看，只覺得那糕點精巧無比，愛若珍寶般接過去，小心翼翼地咬一口，十分不解。「挺好吃啊。」她便大大地翻他一個白眼，似乎在嘲諷他吃不出什麼好風味來，如同牛嚼牡丹。

這次他來，沒想到先給自己一袋荸薺。她拈了一個嘗了嘗，淘洗得十分乾淨，並沒有半點泥沙，入口清脆。她問：「你來做什麼？」謝長耳說：「十七郎有信給何校尉，我就討了這跑腿的差事，正好把荸薺拿來給妳。」

她接過信，就轉身拿去給何校尉看，一邊吃著荸薺，一邊問：「皇孫說什麼？」

「說要面談。」何校尉掃了一眼信上的字，匆匆又疊成一個方勝，隨手放進自己的妝盒裡。桃子不由道：「我覺得皇孫這人不行。」

「怎麼不行？」

「謝長耳還知道給我捎一袋荸薺來呢。」桃子說，「他就只知道寫封信給妳，兩手空空，啥也不送。」

何校尉不由噗哧一笑。待見了面，果然李嶷兩手空空，就站在一株大柳樹下等她，她心裡也不知怎麼想的，脫口問：「殿下怎麼兩手空空就來了？」

李嶷已經頗有些時日沒有見到她了，見她換了深秋的妝束，天氣還不算冷，所以只穿了夾衣，腰背纖細，笑語吟吟，氣色倒是頗佳。他被她這一問可問住了，怔了一下，方笑道：「上次給妳買糖糕，妳說一塊糖糕便要換并州，是我算計得太精，我怕再拿了什麼來，妳又要說，這點物什就要換取洛陽，我算計得太精明了。」

當下將符元兒親至營中，正大光明使離間計之事，源源本本都說了。她聽完沉吟問道：「那殿下的意思，是打算爲了糧草，反戈擊我定勝軍了？」

李嶷道：「那可不一定，我也得聽聽妳的意思，萬一定勝軍給出的糧草更多，咱們還是可以一起去圍攻洛陽的。」

她點了點頭。「殿下還是這般坦蕩，我也就放心了。」

他嘆了口氣，說道：「打又打不過，圍也圍不了，這洛陽，實在是硌牙得很，我還不如看看兩邊開出的價碼。有了糧草，我不論是返身去和裴大將軍會合，還是繞洛水而下，兩相便宜。」

她斜睨了他一眼。「我定勝軍在此有數萬之眾，殿下就不怕我反過來與符元兒談妥，內外夾擊，把殿下這支鎮西軍殄滅，從此我們公子自立爲王？」

李嶷聞言，皺眉道：「我還從未與妳家公子對陣，要打一場，方才知道勝負。」

她問：「那打一場？」

他點點頭。「必須打一場。」

「行，」她聲音清脆，「殿下數次以少勝多，尤其里泊陷殺庾燎那一戰，震動天下，使孫賊色變。此番殿下又是以少迎多，我定勝軍上下，拭目以待。」

李嶷苦笑道：「我必盡全力。」

「那是自然，我定勝軍也必盡全力。」

兩個人鄭重其事地說完，她轉身就要走，他偏叫住她：「等等。」她疑惑地轉身，他探手摘了一大把柳枝在手裡，也不知如何操弄，翻折數次，又將枝葉劈開穿過，最後折出來一個風車，一吹就骨碌碌地轉動。那柳枝柔軟，風車並不十分渾圓，但枝條上還帶著幾片葉子，隨著轉動，倒是十分好看。

他將風車遞給她。「給妳的，免得妳說我兩手空空。」

她嗔怪似地看了他一眼，到底還是把風車接過去，對著吹了口氣，那柳葉風車就骨碌碌轉動起來。她上馬離去，就將那風車插在轡頭邊，小白蹄快步輕，那風車便被吹得轉動不已，她的心也像風車一樣，輕快地轉起來，帶著微微眩暈似的愉悅。一直回到營中，她把風車摘下來，插在自己妝盒邊。他就是有這樣的巧思，隨手就能做出這樣精巧可愛的物件，這個人吶，討厭有討厭的地方，但是有趣倒也頗多有趣的地方。

到了晚上，桃子進進出出，斜眼看了那風車總有十萬八千遍吧，終於忍不住問：「他送的？」

她卻似是漫不經心。「妳說誰？」

「別裝啦。」桃子擠在書案前，就在她身邊咬耳朵似地竊竊私語，「這個人手滿巧的，反正比送荸薺有意思。」

她忍不住噗哧一笑，說道：「人家送妳吃的，這叫投其所好；妳呢收了吃的，也是人家心意，怎麼忽然就見異思遷了。」

「我這是羨慕，」桃子左右端詳著那風車，說道，「這麼巧的手，不去做木匠，偏去做皇孫，可惜了。」

李嶷自不知桃子這番感嘆議論。他回去之後，便即向洛陽遣出快馬，回覆符元兒，說經過深思熟慮，最終還是答允符元兒的提議，他若回身突襲崔琳擊潰定勝軍，符元兒便依約送出糧草，並允許他渡過洛水南下。

符元兒並沒有回信，只是派人痛快地又給他送來了三百擔糧草，外加美酒數罈，說道自己溫酒以待，觀皇孫殿下大勝。

李嶷召集諸將，說要突襲崔家定勝軍，眾人面面相覷，道：「這如何使得。」「而且敵數倍於我。」

七嘴八舌，議論不止。

李嶷道：「所以只能突襲，不能蠻幹。」當下將自己的謀畫說出來。眾人聽了他的計策，不由又是好氣，又是好笑，但仔細思量，卻覺得頗爲可行，於是商議既定，依計而行。

當下裴源去請崔璃喝酒，只說感謝上次崔璃相請。兩人喝得酩酊大醉，裴源突然翻臉，說上次崔璃故意陷害於他，若不是自己機警便險些中計，當下便將崔璃一腳踹翻在地，埋伏好的鎮西軍一擁而上，將崔璃的從人都綁了，將崔璃也綁了。老鮑等人早就看定勝軍諸人百般不順眼，此刻老鮑便將崔璃嘴裡塞上兩個麻核，把他捆成個粽子，扔到馬棚裡讓北風吹了一夜。

崔璃一夜未歸，第二日崔公子親自遣人來問，李嶷這才知道手底下人幹出這麼冒失的事來，便責令裴源趕緊將崔璃放了，好生送回定勝軍營中。裴源無可奈何，只得答應，親自送崔璃回營，那崔璃早氣得一佛出世二佛升天，一進了定勝軍轅門，便大喝一聲：「把他拿下！」

當下把裴源及諸人全都綁了。崔璃恨得牙癢癢，說道：「今日不叫你在馬棚裡吹一夜北風，也枉我姓崔！」便依照原樣，將裴源及諸人捆得跟粽子一樣，嘴裡塞了麻核，扔進了馬棚。

桃子聽說鬧得這般，還專程去馬棚邊上瞧了一回熱鬧，回來眉飛色舞地講給何校尉聽，說道：「哇，沒想到謝長耳也被捆了，他耳朵大，嘴卻不大，兩個麻核塞得滿滿的，連支吾之聲也發不出來，偏他又腿長，只能把他塞在馬棚角落裡，哎，萬一被馬踹了，那可痛了。」

何校尉見她臉上神色，不由問：「那妳是希望他被馬踢呢，還是不希望他被馬踢呢？」

桃子想了半晌，終究還是糾結不定。「我沒想好。」

話是這樣說，半夜裡李嶷帶著人突襲定勝軍大營，馬棚中的諸人早解開了束縛，與李嶷所率大隊裡應外合，直鬧了個天翻地覆，還放火燒營。但見火光沖天，在黑夜中格外顯眼，只怕洛陽城中都遙遙可以望見。

何校尉怒道：「襲營就襲營，竟然還放火，罪不可恕。」當下拿了劍便出了營帳，只見各處戰作一團，喊殺聲震天，乒乒乓乓打得煞是熱鬧。老鮑等人拿著火箭亂射，一箭差點就射中她；她一閃身躲過去，四下一張望，便瞧明白了，扭頭就朝南去，果然沒多久就看見李嶷。他身形高大，火光中甚是顯眼，她闖上去就是一劍，直刺他咽喉。他聽見疾風破空之聲，看也不看，回手就是一劍，正架住她的劍，她不待招式用老，手腕一抖就又斜刺出去，他再次架住，這次可算是回頭了，見是她，笑嘻嘻地道：「出招這麼狠，上來就想要我的命，我就知道，除了妳，再沒旁人了。」

她喝道：「你是來襲營的，打就打，少廢話！」唰唰又刺出數劍，他一一招架住了，卻道：「你們公子呢？遇見襲營叫妳一個女郎出來迎敵，怎麼不見他？」又道：「聽說你們公子上陣總戴著面具，但作戰極是英勇，今天我都來襲營了，他怎麼不出來讓我見識一番？」

她冷笑道：「收拾你這樣的宵小，還不用驚動我們公子。」當下劍鋒一抖，手中利劍宛如游龍一般，刺、挑、劈、剔、剜……劍芒吞吐，半分也不曾容情，每一招都使得狠辣。雖是如此，但他皆一一招架住了，甚是從容，竟還好整以暇。

她本來心中有一股氣，但鬥得稍久，氣力不濟，到底教他窺見破綻，一劍便向她刺來。她招架稍慢，勉力格擋，身子一偏，劍尖竟朝她胸口滑去。他唯恐真傷到她，極力想要回劍，卻不想她大約力竭，一個踉蹌，竟然朝他劍鋒上撞過來，他大驚失色，回劍不及，只能側身用肩膀將她擋開。偏巧此刻陳醒看見校尉遇險，心中發急，當下拎起長槍，一槍便向李嶷腰間紮去。李嶷雖然堪堪撞開了何校尉，陳醒槍尖卻已經刺破李嶷腰間的衣裳，李嶷應變雖快，翻身閃避，那長槍仍將他腿上劃了一道口子，血瞬間流了出來。

這下子事起突然，見李嶷受傷，何校尉不由一怔，連陳醒也是一怔，李嶷反倒渾若無事，轉頭瞧見桃子將何校尉扶起，知道她並未受傷，心下大定，笑道：「好厲害的槍法。」說完執劍上前，只不過兩三招內就逼得陳醒長槍脫手。李嶷再不理睬陳醒，認準了方位，徑直朝著那崔公子所在的中軍大帳而去。何校尉本來心下內疚，見他往中軍大帳而去，忙跟上去，喝道：「你要做什麼？」

李嶷不答，她硬著頭皮又向他一劍刺去，他回手招架住，卻是不徐不疾地道：「都打成這樣了，你們家公子還穩如泰山，我實在是想見識一番。」

她心中雖然急惱，但轉念一想，忽然上前，悶不作聲便扯住他的衣袖，他回劍便刺，本想迫她撒手，卻不料她想也不想，伸手就握住了他的手，他不由得一怔，她說道：「你的傷要不要緊，我帳中有上好的傷藥，還是先去上藥吧。」

他被她這一握，不知為何，連耳根都發熱起來，一時也不好說不去，但是要說去吧，似乎也甚是不妥。正僵持間，只見黃有義等人，舉著火把，咋咋呼呼，與定勝軍數人，一邊乒乒乓乓打著，一邊就朝這邊奔過來。她連忙撒手，偏那黃有義等人一見了是李嶷，喜不自勝朝這邊來了，一邊跑一邊還喊：「十七郎，你看我們放火！」說著就手就把旁邊一頂帳篷點燃了。

何校尉大怒，正待要去好好教訓一下黃有義，卻聽李嶷「哎喲」了一聲，似乎滿面痛苦之色，那黃有義等人已經衝到近前，一看到李嶷腿上竟然有傷，也盡皆譁然，七手八腳，抬了李嶷就跑。唯有那錢有道甚是機靈，見何校尉站在一旁，頓時喜出望外，忙道：「阿嫂，眞是好久不見！我護著妳殺出去，這些定勝軍太扎手了，連皇孫這麼大本事他們都能傷到他。」

她又氣又好笑，喝道：「誰是你阿嫂！」舉起劍便向錢有道刺去，錢有道這才發現她身上穿的竟是定勝軍的服色，心下大惑，連忙狼狽不堪地轉身逃開。

喧鬧了這麼一整夜，待得第二日天明時分，洛陽城中便得了消息。李嶷趁夜襲擊定勝軍大營，大獲全勝；定勝軍被火燒連營，折損甚多，被迫撤往洛水上游數十里，才重新紮營。而李嶷本人在襲營時身負有傷，幸而傷勢並不算嚴重。既然鎭西軍襲營，當然是與定勝軍徹底撕破臉了。

待得下午時，李嶷遣裴源進了洛陽去面見符元兒，言道：「符公所託，幸不相負。」

那符元兒倒也乾脆，立時便道給他三日，三日內他一定把糧草湊齊了給鎭西軍送去。裴源也不相疑，拱了拱手便打馬回營。

李嶷腿上只是淺淺地傷到皮肉，但包紮得甚是嚇人，裡三層外三層，乍一看去，好似受了什麼駭人的重傷一般，連十里八鄉的外傷大夫都被徵召來了。但李嶷也不用他們看傷勢，只將他們扣在營中，不讓他們回去，放出去的風聲卻是遮遮掩掩，教人疑心他傷勢十分嚴重。

話說符元兒自在洛陽城中調配糧草準備給鎮西軍送去，卻有一人徑直闖進堂上來，斥道：「符元兒，你既爲洛陽刺史，爲何便要資敵？」

符元兒抬起碧眼一看，闖進堂來的不是別人，正是孫靖的內弟，魏國夫人的胞弟袁鮮。袁氏本爲陳郡郡望，多有子侄在軍中，孫靖發動宮變，也頗得袁氏襄助。袁鮮這一支，久居洛陽。袁鮮雖是魏國夫人的親弟弟，又是這一支的長子，孫靖卻素來知道這位內弟才幹有限，所以並未授以實權，亦不命他領兵，只是給了鄭國公的封邑，讓他做一個富貴閒人罷了。

偏這洛陽城中，諸多世家，隱隱以袁氏爲首，見孫靖派了符元兒來鎮守洛陽，自然百般瞧不上符元兒一個胡人。袁鮮雖然沒什麼才幹，但對孫靖特意派符元兒來做洛陽刺史，也是空前不滿。何況那些狐朋狗友，又在他面前嘲弄挑撥。嘲弄者自不必說，挑撥者亦是別有用心，言道：「大都督既封了你作鄭國公，那是將東都託付與你，怎麼又另派了個胡兒來做刺史？這胡兒定然是個奸佞，不知怎麼誆騙了大都督。」

聽得袁鮮不由大怒，又想到西長京中，自家阿姊寫了信來，言詞幽怨，說道孫靖自宮變之後，寵幸前太子妃蕭氏，對自己頗多冷遇。他思來想去，覺得孫靖還是並未將袁氏闔族放在眼裡。不說別的，鎮守洛陽這般要緊的軍事，洛陽刺史這樣要緊的職銜，若是給了旁的名門親貴倒也罷了，竟然輕易給了個曾是奴隸的胡兒，這可不是大大地不將袁氏放在眼裡嗎？

他心裡憋著一股氣，自從符元兒到了洛陽，便橫挑鼻子豎挑眼。符元兒雖是行伍出身，但爲人粗中有細，知道這是孫靖的妻弟；袁鮮每每過府，他便稱病避開，避免與袁鮮起衝突，倒氣得這袁鮮越發以爲他恃兵張狂，不將自家放在眼裡。

這日，符元兒調配軍糧，這麼大的動靜，自瞞不住別人，袁鮮聽說符元兒竟然要將萬擔糧草給那李嶷送去，不由勃然大怒，闖進刺史府質問符元兒。

符元兒見他發急，卻是不緊不慢，先命人給袁鮮奉茶，然後這才細細與袁鮮分說。「國公，」符元兒叉手行禮，說道，「這糧草不過是誘敵之計罷了。」

原來符元兒早在甘冒奇險出城之際，便謀算清楚。若是能說動李嶷去攻崔家定勝軍，自然大大有益；若是無法說動，他自堅守城池便是。李嶷雖去襲營，但定勝軍傷亡不明，他便要了三日籌備糧草，一來拖延時日，二來到時自會遣精兵出城送糧，殺李嶷一個措手不及。

「李嶷不過七千餘眾，」符元兒道，「又非精兵，他的營地我看過了，雖有頗多可取之處，但他便是神仙，也奈不住敵眾我寡。我的精兵，比他那幾千老弱，還是要強上幾分的。」

鄭國公聞言大喜，當下也不質問了。那符元兒又道：「此事是極要緊的機密大事，本當親往國公府上，面稟國公，但彼時敵情未明，符某便忍了一忍，今日國公既然親至，那便當與國公分說清楚，好令國公知曉。」

他這幾句話，說得又熨帖又妥當，還客客氣氣，眞拿鄭國公當作上司的模樣。袁鮮心下不由十分舒坦，點了點頭，笑道：「事涉機密，你事先不說，也是應當的。」

當下符元兒親自送出府門，看著鄭國公上馬離去，這才回轉。他心中煩惱，不免喟然長嘆，身邊親信的郎將便勸道：「將軍，如此機密，何必語之外人？」

符元兒又嘆了口氣，說道：「他可不是外人，他是大都督的內弟，若不分說清楚，他鬧得不可開交，徒增煩惱。」

當下符元兒繼續調配精兵，僞作送糧準備突襲不題。李嶷在鎭西軍營中只歇了半日，忽然謝長耳進來，支支吾吾地說道：「十七郎，定勝軍派了個人來，你見還是不見？」

李嶷還以爲是桃子，以爲何校尉有信傳來，忙道快請。待得那人進來，穿著營中民伕服色，身形修長苗條，正是何校尉，他心中一喜，謝長耳連忙出去，好讓他們說話。

她雖然喬裝前來，倒也落落大方，看了一眼他腿上綁得裡三層外三層的綳帶，卻是嗤之以鼻。「皇孫這也未免太作態了。」

「我都傷成這樣了，」他不滿地嘀咕，「也沒見妳送瓶金創藥來。」

「皇孫就不怕我在金創藥裡下毒嗎？」她瞪了他一眼，「再說了，你星夜襲營，還放火，才受這點小傷，叫我說，那是活該。」

他苦笑一聲，她卻就在榻前坐下了，問他：「再過兩日，符元兒若是守約，就該把糧草送出城來了。」

他微微嘆了口氣，問道：「定勝軍是想要一半嗎？」

她明眸皓齒，笑起來格外動人，說道：「那大可不必，畢竟鎮西軍久乏糧草，我們定勝軍要有友愛之心，這次就全歸鎮西軍所有好了。」

他悻悻地道：「也沒見妳之前有什麼友愛之心。」抱怨歸抱怨，當下還是取了沙盤來，細細研判。說完了軍事，他忽地問：「你們公子，這次會不會親自上陣？」

「這點小事，哪用勞得我們公子，」她漫不經意地說道，「遣一將爲前鋒就夠了。」

他被噎了一噎，說道：「我都受傷了，還得親自領兵前去。」

「誰讓鎮西軍缺糧呢。」她狡黠一笑，看著時辰已經不早，起身便欲離去。李嶷急著起身相送，不想碰倒了榻前的拐杖，其實他壓根就用不著那根拐杖，不過是放在榻前做個樣子罷了，但拐杖落地「啪噠」一響，他忽然靈機一動，只作站立不穩，身形晃了晃。果然她一回頭見他趔趄，不假思索伸手就攙住了他。他只覺柔荑纖纖，扶住了自己的胳膊，她的手又輕又暖，身上又有一股幽香，中人欲醉。

兩人視線相觸，她忽然就明白他是故意的，當下不動聲色，只作不知，彎腰拾起拐杖，突然就以杖爲劍，朝他腿上刺去，他倒是不慌不忙，手一探就捏住了杖頭，她卻撒手就將拐杖往前一送，指尖銀針脫手，逼得他不能不閃避。

「喂！」他躲得不算狼狽，卻甚是不滿，「明兒還要去接糧呢，妳此時刺昏了我，誤事怎麼辦！」

「你這樣的狡猾奸險之徒，就該刺昏了才是。」話是這麼說，她氣恨恨收了針袋，轉身離去。

還是半分也不肯相讓啊！他悵然地想。

話說那鄭國公袁鮮，自知道符元兒定下這般突襲妙計，喜不自勝，在家中與幾位要好的親友宴飲，這幾名要好的朋友，皆是城中世家子弟，與袁氏世代通婚，親密無間，也是他視作心腹之人。

那些人最擅察言觀色，見他高興，便吹捧了一番，又拿話激他：「鮮兄不是說要去質問那胡兒，怎麼去了一趟刺史府，便又偃旗息鼓回來了？」

袁鮮話到了嘴邊，忽又想起符元兒再三叮囑，此乃機密要事，萬不可入第三人之耳，當下又忍住了，只道：「反正那胡兒有辦法克敵制勝，我們只在城中等著便是了。」頓了頓又道：「那胡兒甚是客氣，說我是代大都督鎮守洛陽，又是洛陽城中爵位最高之人，所以這等機密事，只能告訴我一人知曉。」說畢洋洋得意，看了在座諸人一眼。

座中有一人正是袁鮮的內弟，洛陽城中有名的紈褲韋谿。此人最是自覺聰明過人，又特別愛出風頭，見袁鮮話裡有話，哪裡還按捺得住，知道硬是逼問只怕無用，當下便使了個眼色，座中人左一杯，右一杯，便都來起哄敬酒，說連符元兒那個素來無禮的胡兒都不得不低頭，還是袁國公有能耐云云，過了大半個時辰，將袁鮮灌得有七八分醉了。

韋谿便道：「雖是機密，但這座中亦無外人，國公何不透露一二，我們也幫著參詳參詳。」

袁鮮早被吹捧得飄飄然，更兼又飲了偌多酒，當下大著舌頭，說道：「這既然是機密，自然是不能說的，也不是信不過諸位。」

那韋谿眉頭一皺，卻道：「符元兒素來不將咱們放在眼裡，他別不是拿話誆騙吧。」

袁鮮氣得一拍胸口，說道：「憑他敢誆騙誰，也不敢誆騙我！」當下便將符元兒派精兵喬裝出城送糧，實則突襲之事，源源本本說了。韋谿大喜過望，連忙道：「建立功業的時機到了！」

原來他們這些舊日便與孫靖十分親近的世家勳貴子弟，因爲孫靖謀逆，都或大或小得了些虛銜，但半分實權沒有，兵權更是摸不到邊。要知道孫靖乃是武將，如此在朝中攝政，任用的也皆是武人。他們這些勳貴，手不能提肩不能挑，更兼個個志大才疏，孫靖哪肯將兵權交到他們手上。

這韋谿心思活絡，早就想得明白。如今這天下大勢，想求眞正的富貴，只怕還得立軍功；可既無兵權，洛陽城中又有個天下名將符元兒，自己這等人，有何軍功可立？這次卻是個絕好機會。當下便藉著酒意，慫恿那袁鮮：「你是國公，府裡亦有三千私兵，我們這裡的人，每個人府上總能湊出一千兩千來，趁著那胡兒遣人送糧，我們也湊幾千人出城去，殺李嶷一個措手不及。」

另一名紈褲也連連點頭，說道：「韋兄說得是，我們府裡這些私兵，都是精兵強將，聽說李嶷才只幾千老弱殘兵，有何可懼？」又道，「且莫將這樁天大的功勞，讓那胡兒獨得了，若是他真大敗李嶷，從此後且不說這洛陽城中，只怕在朝中，也無你我世家立足之地了。」

眾人皆點頭稱是，當下謀劃起來，如何避開符元兒的眼線，如何悄無聲息出城，如何布置殺李嶷一個措手不及，卻是越講越興奮，袁鮮還命人取了沙盤來，依著兵書推演。在深秋的夜風中，袁鮮只覺渾身熱血沸騰，說道：「隨我出城，建功立業，活捉李嶷，令那胡兒再不敢在我等面前，有爭榮誇耀之心！」

他們雖然是一群紈褲，但皆是久居洛陽的世家，在城中根深葉茂，各家有各家的辦法。符元兒雖然悍勇，但被調到洛陽城中也不過數月，他們悄悄調配私兵，竟然瞞過了符元兒。

這廂符元兒收拾停當，命心腹的一名荀郎將領兵出城去送糧，這荀郎將素來爲他信任，他便細細叮囑道：「李嶷是個奸猾的人，不然也不能陷殺庾燎萬軍，你出城之後，見機行事。李嶷雖依約率鎮西軍襲定勝軍，但說不好其中是否有詐，若是不利，速速退回城中，那些糧草就扔在那裡也不可惜，他得了糧草，反倒行動遲緩，尋機再殲滅不急。」

那荀郎將叉手行禮，道：「將軍放心，我理會的。」

荀郎將領著幾千喬裝成運糧丁的精兵，推著糧草出城。幾萬擔糧草，車隊綿延不絕，行起來自是緩慢，待得午後，方才行至鎮西軍軍營前十餘里許，早有裴源得訊，親自帶著人接出來。

荀郎將只看著眼前人馬疾馳帶起的煙塵，心想鎮西軍果然傾巢而出，倒是頗可一戰。待得煙塵漸漸散去，卻見裴源只帶了寥寥幾百騎，卻是每騎後面綁了竹帚樹枝之屬，因而疾馳時便似有千軍萬馬的假像。他臉色大變，知道必然有詐，當下令旗手揮旗示意，領著幾千喬裝的精兵，轉身上馬朝洛陽城中退去。他剛剛上馬轉身馳了數百步，回頭一看，忽不知從哪裡衝出來一支人馬，直奔著糧隊前的裴源殺過去，他心中詫異，忽聞喊殺聲震天，原來是崔家定勝軍與鎮西軍早在兩翼伏下重兵，幸好他見機快，退得也快，但見後面鎮西軍與定勝軍合圍，將那支襲向裴源的人馬圍在其中，殺得片甲不留。他領著自己的精兵，再不敢耽擱，逃回了洛陽城中。

洛陽城中卻是大亂。原來那幾個紈褲，攛掇鄭國公袁鮮領著府中私兵，一起出城，本打算殺鎮西軍一個措手不及，不想竟然反被鎮西軍和定勝軍圍而殲之。這些紈褲哪裡是這兩軍的對手，不過一炷香工夫，便兵敗如山倒，兵卒逃散，袁鮮等人束手被擒，其他的人見狀，只得降了。

李嶷本來只是想將計就計，讓符元兒吃個小虧，多得些糧草罷了。萬萬沒想到袁鮮貪功，竟然親自出城來，頓時喜出望外。等拿住了袁鮮等人，便立時遣人去給城中的符元兒送信，叫他開城出降。

符元兒聞訊，勃然大怒，說道：「豎子焉能壞我大事！」當下便在堂中回覆鎮西軍的信使，說道：「別說一個鄭國公，便是有十個鄭國公，也甭想我出降。李嶷若要殺那個紈褲，一刀殺了便是！」

話說李嶷何等精細之人，他遣信使到洛陽城中，卻令俘獲的袁鮮最爲信重的一名家將，穿上鎮西軍的服色，扮作信使的隨從，夾在其間。那家將親耳聽到符元兒如此言語，當下心膽俱裂。回到鎮西軍營中，一見了袁鮮及眾紈褲，當即痛哭流涕，將符元兒那番言語，一五一十全都告知了袁鮮。袁鮮不由瞠目結舌。他原本還抱著萬一的指望，心道眾人皆言那符元兒善戰，自己不慎失陷在這裡，洛陽城中卻有數萬兵馬，皆是精兵良將，符元兒領兵來將自己救了，不是舉手之勞嗎？萬萬沒想到，心腹家將竟然帶回這樣一個消息。

帳中那同樣被生擒的韋谿亦是瞠目結舌，他自詡知兵，沒料到出城一戰，稀里糊塗就敗了；敗了不說，自己所領的私兵四散奔逃，他卻被生擒了。好在鎮西軍對待他們這些俘虜還算客氣，既沒有施之酷刑，也沒有過分折辱，就給他們帶上了鐐銬，命人嚴加看管，防止他們逃跑而已。

今日李嶷遣信使去城中，韋谿本來抱了極大期望，心想不論是財帛也好，糧草也好，甚至是洛陽城，不管李嶷提什麼條件，符元兒總要想方設法，將自己諸人贖回的。沒想到符元兒壓根都不跟李嶷討價還價，徑直叫李嶷把袁鮮一刀殺了，顯然毫不顧忌袁鮮乃是孫大都督的內弟。

袁鮮乃是這幫紈褲中爵位最高、身分最貴重之人，那符元兒都毫不顧惜，自己不過是韋家的子弟，又哪裡能指望符元兒投鼠忌器呢？當下他心中大悔，不該為了功名富貴，就攛掇袁鮮出城，但此時痛悔無用，他定了定神，當下便抱著袁鮮的大腿，泣不成聲：「姊夫，符元兒那個胡兒，早就將你視作眼中釘、肉中刺，今日只怕是要借李嶷這手，來除掉你我諸人。」

袁鮮自從淪為階下囚，被鎮西軍生擒，心腹家將從城中折返，又帶回符元兒如此言語，早就頭昏腦脹，心想果然兵者不祥，自己就不該帶兵出城，這符元兒翻臉無情，竟然連自己的性命都毫不顧惜。可惜孫靖遠在西長京，縱然素來疼愛自己的姊姊魏國夫人知曉，求得孫靖下令，讓那符元兒來相救，定然也來不及，只怕自己早就被李嶷一刀殺了，心中又慌又怕，更兼被韋谿這麼一哭，更是心亂如麻。

韋谿哭道：「姊夫，眼見便有性命之憂，快想想法子呀！」

袁鮮也幾乎要哭出來了。「能有什麼法子可想？實不相瞞，我現在也是方寸大亂，沒想到那個胡兒，竟然這般冷酷無情。」當下與韋谿抱頭痛哭，帳中諸紈褲想到今日只怕就要將性命葬送於此，個個都忍不住嚎啕大哭起來。

話說那定勝軍營中，又是另一番情形。定勝軍與鎭西軍合謀，鎭西軍僞作襲營，定勝軍詐作敗走，然後又趁洛陽城中送糧出來，兩軍埋伏在道邊，一起將出城的袁鮮等人盡皆擒了。因爲鎭西軍乃是李嶷親自領兵，所以袁鮮諸人，皆被押在鎭西軍營中。

桃子知曉此事，不由得忿忿。「李嶷這個人，就是太狡猾了。早知道咱們就不該答應他，只是襄助，戰果盡歸他所有。」

大帳之中，崔公子斜倚在榻上，臉色卻有幾分蒼白，他素有痼疾，每逢秋冬之時，便舊疾發作，雖精心調養，但這時節便無法帶兵上陣，只能靜養爲宜。偏這日又接了要緊的軍報，乃是孫靖徑直從滑州出兵，直奔崔倚大營而去，顯然是想抄了崔倚的後路。這便令眼下崔公子所領的這支定勝軍進退兩難。若是帶兵回援，那麼只能棄了建州和並南關；若是不帶兵回援，只怕孫靖之師與洛陽連成一氣，合力眞將崔倚困住。

他咳嗽了兩聲，接過桃子遞上的熱水，飲了兩口，緩過一口氣來，卻對何校尉道：「袁鮮是鎭西軍僥倖得之，既答應了李嶷，這點氣度，我們總該有的，不應與他們計較。」

何校尉點了點頭，深以爲然。「誰也沒想到袁鮮竟然會領兵出城，倒是我失算了。」

「也不與妳相干。」他喟然長嘆了一聲，「此番將所獲糧草盡讓與鎭西軍，也是咱們早就商議好的，爲了是之後取得洛陽，盡可以好生理論，占一番上風。若我們有洛陽，父帥那裡，自不必說，定可以從容應對孫靖之兵。」他頓了頓，嘆道，「李嶷這個人啊，才智、謀略、軍事，樣樣皆出色，沒想到連運氣，都這麼一等一的好。」

何校尉並不作聲，那崔公子卻漫聲道：「只是他雖有袁鮮在手，但他實在是兵弱將少，就這麼區區幾千人，擺在洛陽城下，都不夠看的。他想要洛陽，還得來與我們相商，既要來與我們相商，那麼我們一定要得洛陽。」

她點了點頭，確實如此，李嶷親自帶兵出洛水，從戰略意義上來說，是爲了牽制孫靖各部，好讓逼近隴右的裴獻率著大軍，放手一搏。此人在軍事上素有野心，而且從來不懼冒險，但這次，孫靖應對得亦是老辣，調了更多兵馬去堵裴獻，李嶷在這洛水之畔，一支弱兵，進，無力攻洛陽；退，無城可守，其實是相當有風險的，只能與他們定勝軍聯手，才能有機會獲取洛陽城。

幸得李嶷並不知曉，洛陽對眼下定勝軍來說，甚爲要緊。不然他那個人滿腹算計，只怕要以此相脅，替鎭西軍謀算更多。

她想得清楚，又與崔公子商議一番，當下便拿定了主意。等從中軍大帳出來，她便命桃子去約李嶷，桃子問：「這次不寫信啦？」

「寫什麼信。」她想到李嶷，心中卻是百味陳雜，不知爲何，竟有點生氣的樣子，「他不配我寫信。」

話是這麼說，李嶷得了謝長耳傳遞的桃子的一句口信，還是喜出望外，高高興興就打馬來見她了。

這次相約的地方，乃是洛陽城外著名的一座道觀，名喚太清宮。李嶷來到山前一看，只見修篁處處，掩映著山上的山門，和沿著山門延展開去的若隱若現的青磚牆。其時深秋，風吹竹海，竹葉蕭蕭，甚是幽靜。竹林之間，一道曲折的青石臺階，直通往山門。他把馬拴了，拾階而上，進了山門，方見著「太清」二字的匾額。這太清宮地近東都洛陽，坐落於洛陽城外的翠雲峰上，是有名的清修之地，供奉的乃是道德天尊太上老君，故名太清宮。仁宗皇帝素愛巡幸東都，傳說這太清宮也是他常常微服遊冶之地，曾在這裡與著名的玄霄眞人論道。玄霄眞人愛竹，偏東都舊無植竹之俗，論道之時仁宗皇帝輸了，這位陛下也甚是大方，命人在太清宮這山上遍植修竹，以作自己輸了的彩頭，也以造「獨坐幽篁裡」的隱逸勝景。這太清宮也成了東都名勝，春天無數遊人仕女前來觀賞這道觀中的牡丹花，夏天則去後山放生池看荷花避暑。時值秋日，並無甚應季的美景，更兼兵刀之禍，符元兒緊閉城門，因此這太清宮中遊人絕跡，只有一兩名道童，在庭院中行灑掃之事罷了。

李嶷也不與那些道童相接，過了藏經樓，徑直朝後山去，果然在放生池畔，見到了何校尉。她似是有心事，獨自坐在池畔一塊大石上，托腮正看著池中殘荷，怔怔地出神。她身姿宛然，坐在那裡，石畔偏又有數叢菊花，香氣幽然，當眞如同秋日仕女圖一般。

他看了片刻，這才加重了腳步，朝她走去。她聽見聲音，果然回頭望了他一眼，站起來相迎。「殿下來了。」

他其實心裡老早就想令她叫自己一聲十七郎，但不知爲何，這話卻很難說出口，比如他老早就想叫她的名字阿螢，但話到嘴邊，還是說：「校尉今日約我，所爲何事？」

她只是一笑。「也沒什麼事，難得秋高氣爽，此處又是東都勝景，來遊冶一番。」

他沒想到她竟然說出這麼一句話來，不由一怔。兩個人都久居軍中，尤其李嶷，自孫靖謀逆以來，他率軍出牢蘭關，哪裡曾有過片刻休憩，更遑論所謂遊冶。聽她這麼一說，好似偷得浮生半日閒一般。於是當眞也不提正事，只去那太清宮中遊玩。

太清宮百年名觀，依著山勢而建，從山門往後，卻是建築越來越高，殿宇重重，斗拱飛簷，那藏經閣建在山坡最高處。待過了藏經閣，後山地勢偏又爲之一緩，因此從前的道人便率信眾在此挖掘爲池，卻是好大一片池塘。夏天的時候有碧荷數頃，風荷清露，頗爲涼爽，乃是避暑的勝地。這個時節，池中荷葉枯敗，秋水如鏡，映著池邊萬杆翠竹，搖曳生姿，碧水中紅魚喁喁，偶爾探出水面，想是被遊人餵慣了的，因此聞得人語，便浮起來探食。

兩人在觀中玩賞一番，自山門、正殿、三清殿、藏經閣等等各色建築一一看過。拾階而上，復又沿著那青苔點點的碎石小路，向著後山中去。在竹林中繞了一圈，忽然聞見菊花的清香，原來又走回了放生池畔。李嶷見池畔上方山巔處有一大塊山石，便如一座巨大的假山一般，巍峨嶙峋，山上勒石書著「攬勝」二字，便笑道：「聽說在山上可以俯瞰洛陽城，咱們上去看看吧。」

她也是隨性遊玩，便點了點頭，兩個人皆是身手矯健之人，不多時就攀到山巔大石之上。放眼望去，只見觸目可及，紅塵滾滾；洛陽城池，依稀可見，只是四面城門緊閉，城牆之上旌旗招展，似乎隱隱可聞金戈鐵馬之聲。

「俯視洛陽川，茫茫走胡兵。」[6]他在心裡默默地想起這句詩來，並未說話，不料她忽然輕聲念道：「流血塗野草，豺狼盡冠纓。」[7]

他不由望了她一眼，兩人四目相對，盡知對方心中所思所想。他想到了李太白的這首詩，她也想到了。此時兩人一望，便似有千言萬語，卻盡皆不必說了，只聞秋風陣陣，吹得那竹葉簌簌作響。

過了好久之後，她才笑道：「若有一張琴，今日可鼓一曲。」

他也笑道：「今日雖無琴，但我攜了佩劍，若是校尉不嫌棄，我可爲之舞劍器。」

兩人皆想起當日在并州城中，他冒充崔公子，與她一起彈琴舞劍，誅殺孫靖所遣的那十二個金甲武士之事來，不由心中俱是甜蜜。

她笑道：「皇孫既有興，那便舞吧。」

當下她在大石上坐定，他執了佩劍，在山石上舞劍，只見寒光凝眼，劍氣如蛟，吞吐氣象，直舞得竹葉蕭蕭而落，風聲過耳如利箭，天地便似也爲之變色。

一舞既罷，她不禁拍手叫好，說道：「原來這才是你的眞本事，當日在韓立府中，只怕你連三分本事都沒用出來。」

他今日這套舞劍，亦覺得酣暢淋漓，十分痛快，便執劍而笑，說道：「彼時不過要殺人，何必全力以赴？」

說完還劍入鞘，坐到了她身邊山石之上，笑道：「那天妳彈著琴，唱著歌，真是好聽，我一直想，若是哪天能再聽妳唱一首歌就好了。」

她也甚是大方，說道：「今日你既然舞劍給我看，那我也唱歌給你聽。」說畢，便曼聲清唱了起來。李嶷凝神聽去，她唱的乃是一首小曲：「杏花天，疏影窗，軒外幾杆幽篁。調金弦，折柳送，人誰不知離傷。」曲調卻漸漸至悲壯感傷，「兒郎，振甲至遼西，枕戈且待旦，胡馬鳴蕭蕭，朔風吹鐵衣，照我心彷徨，不知金閨人，淚有幾多行。」

一曲既唱罷，她卻久久不語，過得片刻，方才勉力笑道：「我的母親，本來生在中原，但嫁作征婦，跟著我父親戍邊。這首小曲，就是我年紀幼小的時候，聽她無意中哼唱的。」

他知道她母親原是娘子軍中人，早就戰死在營州，見她如此感懷，不由伸出手，輕輕握住她的手。她並沒有掙開，反倒怔怔地出神，過得片刻，方才道：「所以從很小的時候，我就有一個願望，哪怕以戰止戰，也希望這天下終有一日，能得太平盛世，可以讓天下百姓，過上安寧的日子，可以讓敵人不再敢犯境，可以讓征婦不再淚有千行。」

6 出自唐．李白《古風．其十九》。
7 同前。

他靜默了一息，想到庾燎被陷在泥沼中的那三萬大軍，如何哀號著死去；想到涼州被焚，多少百姓流離失所；想到兵不血刃奪下建州，終於保全一州黎民；想到這一路征戰廝殺；想到遠在成州率大軍血戰的裴獻……這麼多人犧牲，這麼多人死去，只因爲孫靖想要謀奪權位，他長長地吐出一口氣，才說道：「會有那樣一天的。」

她沉思良久，忽地道：「袁鮮既落入你手中，你必有法子拿下洛陽。」

他怔了一怔，她問得坦率，他也就坦率點了點頭。「不錯。」

她不徐不疾，口齒清楚，聲音動聽，便如一隻黃鶯一般，說道：「我要洛陽。」

他不由挑了挑眉。「洛陽爲東都，妳難道要仗著兵多，與我在城下一戰？」

她說道：「你我同爲勤王之師，洛陽在誰手中，難道不一樣嗎？」

他點點頭。「正是如此，所以洛陽在我鎮西軍中，實乃一樣。」

她並不氣惱，反倒徐徐地道：「殿下，我與你打個賭吧，若是我贏了，定勝軍全力襄助你攻城，但事成之後，洛陽歸我，我也不白要你的彩頭，定勝軍會把建州還給你，你有了建州，也好策應裴大將軍。若是我輸了，定勝軍仍全力襄助你攻城，事成之後，洛陽歸你，我還是會把建州還給你。」

他仔細想了想，建州位置比洛陽要緊太多，尤其扼並南關，如果在定勝軍手中，即使裴獻在隴右得勝，但只要定勝軍扼住並南關，裴獻所率大軍仍舊無法南下洛水，自己孤軍在此，若不得裴獻大軍會合，實在是太危險了。既然無論輸贏，定勝軍都會將建州拱手相讓，自己又何妨一試呢。

當下他心下大定，便問：「怎麼賭？」

她言笑晏晏，道：「你閉上眼睛，我從一數到十，若是在我數到十之前，你睜開了眼睛，便是你輸了。若是我數到十，你還沒睜開眼睛，那便是我輸了。」

他仔細想了一遍，道：「不行，由我來數。」心想她若是耍詐，久久不肯數到十，那便十分棘手。不想她乾脆地點了點頭，說道：「行，就由你來數。」

李嶷又想了一想，覺得渾然並無破綻，心中百般不解，自己數到十之前，她有什麼法子可以令自己睜開眼睛，難道她是打算趁著自己閉眼之後刺自己一刀？她若是如此心狠手辣，自己哪怕被刺一刀，也絕不睜開眼睛便是了。

當下他便道：「行，與妳賭了。」於是閉上眼睛，開始從一數起：「一、二、三……」他原本數得不緊不慢，心中還想看看她到底要玩什麼花樣，但四還沒出口，忽然覺得鼻中幽香襲來，正是她身上素日有的淡雅香氣，想必她此刻離自己極近，他猶在思忖她這麼近前來要做什麼，臉頰上忽然覺得有柔軟至極、溫暖至極的一物輕觸，好似一隻蝴蝶落在花蕊上一般，顫顫巍巍，他的心忽然也顫顫巍巍起來，這是……

他驀地明白過來，情不自禁就睜開了眼睛，只見她的唇還停留在他的頰畔，她的眼睛倒是微微閉著，彷彿害羞，睫毛眞如同蝴蝶的翅膀一般，正在微微顫動。她似若有所感，忽然也睜開了眼睛。四目相對，他的眼裡只有她花瓣一樣溫柔的嘴唇，還有她倒映著自己錯愕的臉的眼睛；她的眸子水盈盈的，像籠了一層霧氣，又好似湖上清晨的秋光，映得瀲灩無雙。他的心裡泛起層層漣漪，又是酸楚，又是感動，還有一種直沖天靈蓋的喜悅，心中只有一個念頭，她是喜歡我的！

她果然是喜歡我的！

驚喜的狂響在他胸腔中震動，迴盪。果然，果然她確實是喜歡我的！他有些暈乎乎地想，心裡只有滿滿的喜悅，像是要溢出來一樣。像是被人擊中了後腦杓，不，是擊中了心臟。他聽見自己的心跳如鼓，一聲比一聲更響，好似那顆心都要跳出胸腔來了。

他生平第一次心悅一個人，這個人又恰好心悅於他，世間沒有比這更美妙的事了。他覺得自己稀里糊塗，卻已經好似飄在了雲端，一切都遙遠了，一切也都模糊了，只剩下了喜悅，滿心滿腔的喜悅，滿天滿地的喜悅。

她臉頰上也泛起一層淡淡的紅暈，不知爲何，倒有一剎那失措，像是被獵人箭頭瞄準的小鹿，但這無措與驚惶也就只是一剎那，片刻之後，他就清清楚楚聽見她說：「你輸了。」

是輸了呀，但他完全沒有從那種暈暈乎乎的幸福眩暈中反應過來。她臉上一紅，似深悔自己做了這樣的事，轉身就朝山石下走去。他一時都傻了，過了好半晌，才急急地探頭往下望去，只見她的身影在那千萬杆茂竹中的小徑上一閃，衣袂飄飄，裙角飛揚，似乎步子很急。

「阿螢！」他終於大聲地喚出了他早就想喊的名字，也是在他心裡默默喚過百遍千遍的名字，但她並沒有回頭，只是急急朝山下走去。

「剛才可不可以不算？」他本能地又朝她的背影喊了一句。

話甫一出口，他就懊悔地想要咬掉自己的舌尖。願賭服輸，自己這是明明輸了卻想賴帳不認嗎？還是想……占人家姑娘的便宜沒有饜足？他臉上一熱，懊惱起來。

她卻恍若未聞，連半步都沒有停頓，不一會兒，整個人就消失在茫茫竹海中。他悵然地看著山間千萬杆翠竹。風吹來，無數翠竹皆被吹得搖曳不止，好似她適才的背影一般，又纖細，又文弱，但百折不撓，他明明知道，定然能承受這世間所有冰霜風雪的。他都不知道自己是從什麼時候開始喜歡她的，或許就是那日在滑泉鎮上第一次相見，或許是她一腳將他踹進井中的時候，又或許，是她第一次拿針刺昏他的時候。但他就是喜歡她呀，從很早很早就喜歡了，從看到她的第一眼，其實就已經怦然心動。

但還是忐忑難安，畢竟此事他也是第一遭，他也不知道她心意如何，相識以來經歷了這麼多的事，總歸她應該是不討厭自己的吧？但也難說，有時候她一見了他，好似就牙根癢癢似的，咬牙切齒，尤其那天她自稱是崔公子的侍妾，他當真如同晴天霹靂，連裴源都不知道，當時他只想還不如身負重傷呢，哪怕身負重傷，只怕也沒那般痛楚，眞要了他的半條命。

但今天所有的忐忑都沒有了，剩下的只有滿滿的歡喜和篤定，她當然是喜歡他的呀，不然她爲什麼親他呢？

雖然是拿洛陽爲賭注，她想要洛陽，自有一千一萬個法子，她既然用這個法子跟他打賭，那麼她就確實只是想親他而已，並不是爲了贏。

他是懂得她的。

她也知道他是懂得她的，知道她不是爲了贏，而是爲了告訴他，她是喜歡他的，所以她才會親他。

他伸手摸了摸臉，只覺得心中氣血翻湧，起伏不定。

風吹過竹葉蕭蕭有聲，似在嘲弄他的手足無措。

夕陽西沉，風也似漸漸尖利，暮色初起之時，深秋夜晚的寒意也漸漸來襲，但他深深吸了口氣，只覺得那寒風似蜜一般甜。

何校尉雖然打賭贏了，但心裡卻也七上八下，她一說出「你輸了」那三個字，忽地就像是清醒過來，轉身便走。待出得山門，尋到自己的馬匹，上馬奔出了里許，忽又忍不住噗哧一笑。

她在心裡細細回想了一番李嶷適才的神情。這個人素來精明，從來在他臉上，不曾看見過有那般神色，他確確實實是當場就傻掉了，不然也不會傻乎乎地問她，能不能不算。

眞是個傻子，這麼精細的一個人，這麼聰明的一個人，竟然會手足無措，連話都不會說了，眞的是張口結舌，就會傻愣愣看著她了。

全天下可只有她見過他這般模樣，人人皆知鎭西軍中的十七郎何等勇武英明，可是他啊，今天變成了大傻瓜。

她臉上發熱，不由單手執韁，伸手摸了摸自己的臉，心想不知今日如何，竟做出這般膽大妄爲的事情來，但她就是想親一親他呀，他那麼玲瓏剔透的一個人，定然也能明白她的心意吧。

洛陽哪有什麼要緊，她想要，自有一千種一萬種方法可取，但她就是想藉著這個機會，親一親他，讓他明白，自己其實也是心悅他的，免得他忐忑難安，患得患失。

她伏在馬背上又笑出聲來，覺得自己也有點傻。明明是深秋時節，風裡卻也似有春日般的溫柔與甜蜜。

「杏花天，疏影窗，軒外幾杆幽篁。調金弦，折柳送，人誰不知離傷。兒郎，振甲至遼西，枕戈且待旦，胡馬鳴蕭蕭，朔風吹鐵衣，照我心彷徨，不知金閨人，淚有幾多行。」她在馬背上，輕輕哼唱起那首小曲。李嶷並不知道，這首小曲最後還有一闋，只是她剛才未唱，此刻，她才輕輕地唱出聲來，「四方，歸來入閣戶，薔薇滿院香。調墨知螺黛，畫眉閑不足，春水碧欄杆，並肩畫鴛鴦。」

唱到鴛鴦兩個字，她臉上越加發熱了，但在深秋暮色裡打馬歸營，偏又似營州杏花開的時節，天氣還有點冷，但花到底是要開的，營州城外那滿坡滿谷的杏花，開起來如霞似雲，眞的非常美啊。

她十分篤定地知道，總有一天，李嶷定然會陪著自己，一起去看那些杏花的。

❀

李嶷都不知道自己是怎麼回到鎮西軍營的。回來之後，倒像是失魂落魄，連老鮑來問他吃不吃晚飯，他都期期艾艾，一時不知該怎麼說。

等起了更，巡完營，帳中點了燈，李嶷這才拿了兩個硬餅，狼吞虎嚥地吃著，只是一邊吃，一邊想起太清宮中的情形來，卻又禁不住笑，笑了一會兒，又忍不住嘆氣。裴源走進帳中的時候，正見到如此情形，心裡不由得一緊，問道：「十七郎，你怎麼了？」

李嶷慌忙掩飾，說道：「挺好的呀，沒怎麼了。」

裴源卻不肯信，藉著燈燭，看了看他臉上的神情，說道：「你不是去見了定勝軍的何校尉？她怎麼說？」

李嶷定了定神，說道：「她要洛陽，我讓給她了。」

「什麼？」裴源大吃一驚，說道，「今日不是得了密報，孫靖遣兵從滑州襲崔倚，咱們不是說好了，趁此良機，定然叫定勝軍好好出力，才能將洛陽讓給他們。」

「她拿建州來換。」李嶷說道，「我想了想，便答應了。」

裴源鬆了口氣，對鎮西軍而言，建州確實比洛陽要緊多了，有了建州，與裴獻大軍會合，便指日可待。

「十七郎，還是你有辦法。」裴源笑道，「你用了什麼法子，說服她讓出建州的？」

李嶷一時語塞。裴源從來沒見過他竟然有如此遲鈍之態，不由心下大急。李嶷道：「她素來是個識時務的人，對大局自有判斷。我也沒說服，她自己知道，於定勝軍而言，洛陽比建州更為要緊，所以就主動提出來，以建州換洛陽。」

裴源又鬆了口氣，說道：「你剛才神色好古怪，我還以爲她給你下了藥呢。」

李嶷不解地看著裴源，裴源道：「你今天回來之後，就特別古怪。我跟著你去巡營，就跟在你後面，你竟然毫無察覺，就像吃醉了酒一樣，我眞憂心她是不是給你下了什麼迷魂藥，讓你答應了定勝軍什麼過分的要求。」

李嶷聽到迷魂藥三個字，心裡又是一蕩，但旋即神色肅然，確實自己從下午到此刻，都有些輕飄飄的，彷彿騰雲駕霧一般，身在軍中，又是率孤軍在此，委實不該如此忘形。若是遇襲，只怕已經鑄下大錯。

他便正一正臉色，說道：「是我不該。」言畢，便起身重新著甲。

裴源大惑不解。「你幹什麼去？」

「再巡一遍去。」李嶷整束停當，便拿了劍，徑直出營帳而去。

裴源看著案上被他吃了一半的硬餅，搖頭只是苦笑。

❀

何校尉回到定勝軍營中不久，桃子卻尋了過來，見她一手支頤，兀自怔怔地出神，不由奇怪。「校尉，妳怎麼啦？」

她聞得桃子出聲，這才掩飾。「沒什麼，怎麼了？」

桃子見她神色有異，不由得想左了，憤然道：「是不是李嶷太狡猾，不肯答應讓出洛陽？哼，這個人算得太精明了，每次都想占盡便宜，等我尋個機會，好好給他下毒，讓他狠狠吃一番苦頭。」

何校尉只覺得臉頰微燙，忙亂以他語：「別罵他了，也別總惦著下毒。」

「我覺得下毒這法子可行，」桃子眼珠一轉，想到此節，頓時就興奮起來，「鎮西軍防備雖然森嚴，但以陳醒的身手，混進鎮西軍營中不難，就叫他去給李嶷下毒吧，等李嶷中毒了，想求得解藥，咱們就叫他讓出洛陽。」

「妳都在想什麼呀，」何校尉不由得又氣又好笑，「若是這般行事，咱們豈不與鎮西軍成了敵人。」

「成敵人也沒什麼可惜的。」桃子渾不以爲意，「難道咱們打不過鎮西軍嗎？」

何校尉道：「不用勞煩桃子姑娘下毒了，李嶷已經答應了，讓出洛陽。」

桃子一怔，不由得噘起嘴來。「我看妳回來悶悶不樂，還以爲鎮西軍沒答應呢。」

「我哪有悶悶不樂，」她伸手刮了刮桃子的鼻子，起身道，「走，咱們去面稟公子，看他如何決斷，與鎮西軍同取洛陽之事。」

她們倆一起到了中軍大帳，還未進帳門，就聽到一陣搜腸刮肺的咳嗽之聲，她二人不由加快了腳步，果然見崔公子伏在榻上，直咳得全身顫抖，喘不過氣來，阿恕在旁，面露不忍之色。桃子見狀，忙去取了鎮咳之藥，那崔公子卻搖了搖頭，說道：「適才……適才已經吃過了……」

這種鎮咳之藥素有微毒，兩個時辰之內，不能再服第二遍。桃子默默不語。阿恕奉上一碗熱湯，崔公子就著他的手，微微喝了兩口，似乎喘息得略好些，便靠在枕上，含笑注視著何校尉，說道：「妳回來了，定然有好消息。」

不知爲何，她心中也皆是不忍之意，見他這般微笑注視著自己，眼中又是那般微微沉醉之色，更是令她心底隱隱竟似有一分愧意似的。當下她接過阿恕手中的湯碗，執了湯匙，就坐在榻前，一邊親自餵他喝湯，一邊又細語輕聲，將李嶷答應讓出洛陽之事，說與公子聽了。

那崔公子聽她這般說，只是微微點一點頭，笑道：「父帥那邊情形危急，可恨我這身子不爭氣，這時節實實無法領兵，不然的話，不必將建州讓與鎮西軍。李嶷不過區區數千人，奪了他的營地，將他逐出洛水，也不算什麼難事。」

她用湯匙舀了一勺湯，細細吹著滾燙的熱氣，又餵他慢慢喝下，這才道：「公子，咱們既要洛陽，便將建州給了李嶷便是，此刻與李嶷翻臉，不吝告知天下，咱們並非勤王之師。何必如此？」

他點一點頭，深以爲然，但是旋即又冷笑起來。「李家人沒一個好相與的，這個李嶷，頗具才幹，又知軍事，只怕他將來上位，必然以我崔家定勝軍爲心腹大患。」

「那也得等李嶷能平得了孫靖再說，」她渾然不以爲意，「眼下孫靖才是頭等大事，而且將來的事，百般變化，未必就走到那一步。」

崔公子不知想到了什麼，靜靜地出神，帳中燈燭火苗亮動，照得他的臉忽明忽暗。他生得容貌俊秀，更兼氣質弘雅，有一種濁世翩翩佳公子之態，素日被人見了，都會讚嘆一聲，如何似節度使的兒子，倒好似京中那些文臣世家的公子。

秋已深了，定勝軍紮營之處在洛水之側，是在山林腳下尋得平坦之地，忽聞得不知哪裡一隻秋蟲，唧唧有聲，遠處偶有一兩聲戰馬嘶鳴，遙遙地傳到帳中來。因夜深風涼，他又禁不住咳嗽起來，這一咳直咳得臉通紅，艱難喘息，呼吸急促。阿恕等人連忙上前來，撫胸捶背。

何校尉也忙放下湯碗，輕輕替他揉搓手上的穴位，減緩他的痛楚。

還是要在入冬以前，讓公子住進洛陽。她暗暗下了決心。只要進了洛陽城中，自有房舍，可以蔽風生火，不必如大營在這般野地裡，於公子身體有礙。

她是這麼想的，李嶷行動也十分迅捷，很快便遣人來定勝軍中。他原本是想約崔公子一起謀劃洛陽之事，沒想到赴約而來的，卻是何校尉。

自從太清宮一別，好幾日不曾見到她了，他一見了她，心中不免一喜。只見她身著輕甲，身後跟著陳醒等人，另帶了一些隨從，於營前下馬，卻是步履從容，神色肅然。

他不敢造次，也就客客氣氣，以軍禮相見。「辛苦何校尉了。」

「殿下客氣。」她也拱一拱手，回了軍禮。

兩人便進了李嶷的中軍大帳，商議軍事。李嶷也不瞞她，將自己的計策源源本本，和盤托出。她聽了之後，沉吟片刻，忽道：「我倒有個法子，不過，還是要借鎮西軍中的人。」然後細細說來，李嶷聽完，十分爽快，說道：「此計甚妥，便依妳的計策行事。」

說完了正事，她起身便要告辭，他其實很盼她私下裡跟自己說句話，但帳中人多耳雜，也不便說什麼，直到他一直將她送到帳門口，她目不斜視，卻道：「殿下腿上的傷，好些了嗎？」

他不由怔了一下，他腿上不過劃破點皮肉，早就痊癒，那日在太清宮舞劍，她不早就看到他行動自如，絲毫無礙了嗎？但她既然這麼客氣地問起來，他也就客氣地答：「多感校尉掛懷，已經好多了。」

她道：「這裡有些傷藥，送與殿下，願殿下早日康泰。」

說著便示意跟在她身邊的桃子，桃子卻老大不願意似的，噘著嘴捧出一只錦盒來。跟在李嶷身後的謝長耳連忙伸手去接，桃子卻沒好氣，將錦盒擲在謝長耳懷中。

何校尉見此情形，不過嫣然一笑，帶著桃子諸人，出帳歸營而去。李嶷將她一行人送至轅門外，這才回轉，摒退了眾人，打開錦盒一看，哪裡有什麼傷藥，盒子裡只有一只牛皮護腕，他拿出來戴著一試，不大不小，正正好。他又摘下來翻來覆去地看，只見護腕裡襯上繡著「拾柒」兩個字。這兩個字雖然筆畫不算繁複，但亦不算少，字跡繡得勉強端正，裡襯上更有一些針眼痕跡，八成是繡完嫌不好又拆過重繡的。他知道這護腕定是她親手製作，心中又是甜蜜，又是得意，心想原來她除了會打仗，竟然還會繡花啊，可真是……太厲害了。

他喜滋滋地重又將護腕戴上，實在是無處炫耀，只好走到營中去，跟老鮑說話。

老鮑卻蹲在炊伕班中，正在琢磨怎麼用粟米烙出餅子來，回頭一看是他來了，不由大喜過望，招呼道：「來，來，快想想法子，缺油少鹽的，又沒有細白麵，這餅子還沒下鍋呢，就散開了。」

李嶷看了一看，說道：「這可一時想不出什麼法子。」見地上散著生火用的麥草，忽然靈機一動，說道：「拿這些麥草洗淨了，編成蒲包，用粟米摻一半糜子麵，用蒲包裹嚴實了，上籠蒸了，等涼了打開蒲包切成糕，不就成了？」

老鮑一拍大腿，說道：「哎呀，還是你機靈！」當下興興頭頭，把麥草攏了去洗淨了，拿來編蒲包。李嶷也坐下來幫忙，他十指靈巧，不過片刻，一個圓圓的蒲包就編好了，擱在蒸籠裡一試，果然正正好。老鮑卻斜乜了他一眼，問道：「你這手腕上的新護腕，是哪裡來的？」

李嶷假作渾不在意，說道：「友人相贈。」

老鮑抓著他的手腕，仔仔細細看了片刻，方才嘆道：「你這小子什麼運氣，那個何校尉，會打仗倒也罷了，竟然還會針線。」

李嶷笑道：「我只說朋友送的，你爲什麼非要猜是她。」

老鮑搖了搖頭，說道：「咱們軍營裡幾千條漢子，哪個會做這麼精細的針線，除了她，還能有誰？再說了，今天她不是帶著人往咱們營中來了，她走了沒多久，你就得意洋洋，戴著這護腕出來了。」

李嶷豎起拇指，誇道：「不錯，察看十分仔細，剖析得也對。」

老鮑嗤之以鼻。「我要不是這麼能幹，你會把送袁鮮這種髒活累活都交給我？」

李嶷笑道：「押送個紈褲算什麼髒活累活，再說了，這種事不交給你還能交給誰，你就別躲懶了。」

老鮑嘆道：「這等促狹的伎倆，必是那何校尉想出來的計策。」

李嶷笑道：「雖是促狹，好用不就行了。」

老鮑上下打量李嶷一番，搖了搖頭，說道：「你都被她帶壞了，你從前打仗，不是這樣的。」

李嶷道：「若用計能少死幾個人，便是好計。」

老鮑道：「那個何校尉必是小氣記恨，不然，為什麼偏覺得我去合宜？」

李嶷道：「此事須得隨機應變，除了你，其他人沒有這般能耐。」

老鮑道：「呸，那個何校尉明明說的是，就那個鮑大哥合宜，長著一張貪圖富貴的臉。」

李嶷哈哈一笑，說道：「雖是苦差，好歹人家也稱你一聲鮑大哥呢。」又指著那蒸籠道：「大不了，這蒸出來的第一籠糕，先給你吃。」

老鮑嘿嘿一笑，說道：「那行，說好了，這蒸出來的第一籠糕，就歸我了。」

老鮑如願以償，吃到了蒸出來的第一籠糕，這蒸糕甚是香甜好吃，就是個頭太大，老鮑要了第一籠自然不是獨享，而是分發給黃有義等人。眾人吃完切糕，抹了抹嘴，便拿了刀子，徑直朝關押袁鮮諸人的帳中走去。

話說袁鮮等人這幾日食不下嚥，睡不安寢，每天戰戰兢兢，偶爾從看守口中得知，李凝數次遣人去向那符元兒分說，那符元兒一口咬定，要殺便殺了袁鮮諸人，若想讓他出降，斷無可能。到了最後一次，符元兒索性連李凝的信使都不讓進城了，直接就令人在城樓上朝信使放箭，逼得信使回轉。

袁鮮等人聽說這般情形，忍不住捶胸頓足，號哭不已，只覺得自己活命的希望越來越渺茫，哪裡還吃得下，睡得著？欲要逃走，看守又甚是森嚴，並無半點法子可想，因此每日只如籠中待宰之雞，惶恐難安。

如此惶惶了幾日，此時聽見雜遝的腳步聲直奔這邊來，當然戰戰兢兢，魂不守舍。果然帳篷被掀開，一群人凶神惡煞地闖進來，爲首的胖子橫眉冷眼，一看就不是什麼好相與的人。這胖子一聲喝令，當下眾人一擁而上，拿繩索將眾紈褲皆綁了手腳，拖出帳去。

袁鮮只道此刻便要喪命，嚇得兩行眼淚又流了出來，偏四肢發木，嘴角抽搐，竟似哭也哭不出來。待被拖出帳外，卻又被人扔麻袋似的，往戰馬背上一扔，橫著被馱在馬上。不過片刻，眾紈褲皆被綁上了戰馬。那胖子一聲呼喝，眾人押著這些紈褲，打馬離營而去。袁鮮思忖，既然上馬，應該不會是要殺自己等人，起碼不會現在殺，當下懸著的心稍定，但轉念一想，只怕這些惡人是將自己等人綁出去再殺，那可如何是好？

他心中害怕，眼淚滾滾而下，落在那馬鬃之上，偏那戰馬疾馳，馬鬃毛時時拂刺過他的眼角，將他雙目刺得又痛又腫，他何時吃過這等苦頭，只覺得苦不堪言。

等馳出大約四五里，剛進一片山林，天色就陰沉下來。袁鮮身分貴重，卻是顯爲首領的那胖子親自押送。那胖子牽著袁鮮的馬轠，看了看天色，罵罵咧咧道：「眼見就要下雨了，這雨一下起來，凍死個人！」

另有一個滿臉橫肉的漢子道：「不如尋個避雨的地方，下馬生個火，先吃了晚飯再說。」

那胖子點了點頭，在山林邊搜索一番，竟然還眞讓他們尋得了一間破廟；說是廟，不過是東倒西歪一大間茅堂，頂上蓋的茅草腐去了七七八八，連椽子都露了出來，但好歹地方算是寬敞。眾人進了破廟，拾柴生起火來。剛生火沒多久，果然烏壓壓一陣大雨，稀里嘩啦就降下來。這深秋之雨最是纏綿，一時下得淅淅瀝瀝，寒氣侵衣，看那雨勢，一時半會兒卻也走不了了。這破廟之中，屋頂破敗，處處漏雨，那胖子咒罵不止，只能揀選稍乾之處歇坐。

鎭西軍眾皆從懷中掏出食物，圍火而食。袁鮮藉著火光一看，眾人吃的似乎是一種甜糕，色澤金黃，看著甚是美味，他衣裳被漏雨淋濕了大半，又冷又餓，聞得那糕被火烘出的香氣陣陣傳來，不由肚子「咕嚕」一聲。

眾紈褲雖然被擒，但鎭西軍這幾日也沒餓著他們，此刻方才嘗到凍餒的滋味，人人眼巴巴看著火堆旁的鎭西軍兵卒大口吃著甜糕，卻也不敢出聲討要。

那胖子吃完了糕，用手背抹了抹嘴，他身旁一個賊眉賊眼的鎭西軍兵卒問道：「鮑大哥，咱們眞的要把這些人押送給定勝軍嗎？」

袁鮮這才知道這胖子姓鮑，只聽那姓鮑的胖子幽幽嘆了口氣，說道：「皇孫殿下不願意將這些人交給定勝軍，我們又何嘗願意呢？不過崔家定勝軍眼下在洛水的兵多，咱們沒法子罷了。」

袁鮮眼中賊眉賊眼之人，正是錢有道，他用骨碌碌的小眼斜乜了袁鮮一眼，只嚇得袁鮮垂下頭去，不敢再看他。錢有道卻扭頭，對火堆邊的胖子道：「鮑大哥，我替你不平，你是鎮西軍中的老卒，一身病痛，這種下雨天押送的苦差事，偏又交給你。」

那姓鮑的胖子垂頭喪氣，說道：「誰教我得罪了小裴將軍呢，我可不得被打發幹這種苦差事。」

當下鎮西軍眾人七嘴八舌，皆出言安慰那姓鮑的胖子，袁鮮聽得分明，從眾人言語之中，拼湊出來龍去脈。原來這老鮑乃是鎮西軍中的老卒，立過戰功，本應升爲郎將，偏他性子執拗，一次執行軍法之時得罪了裴源。那鎮西軍原本是裴獻親率之師，得罪裴源可不就等於自毀前程，因此什麼美差好事都輪不到他老鮑，下雨天押送這種苦差，偏又交給他。袁鮮出身世家，久在富貴，耳濡目染皆是官場上下各種勾心鬥角，曾聽得無數這般挾私報復的事體，心想這胖子得罪裴源，那可確實大大的不妙，無甚前途可言。

這胖子老鮑顯然深受排擠之苦，忍不住牢騷：「跟著皇孫打到洛水，縱沒有功勞，也有苦勞，如此待我，真令人寒心。」

眾人又七嘴八舌一通安慰，原來這老鮑家裡還有老母弱弟，七八口人張嘴吃飯，偏鎮西軍糧餉斷絕，已經足足有數月不曾發餉，老鮑為錢財甚是發愁。一說起這話來，那些鎮西軍兵卒人人牢騷不絕，他們不敢提及皇孫，人人卻指桑罵槐，皆道當兵吃餉天經地義，上面竟然剋扣糧餉，實不能忍。

老鮑幽幽嘆了口氣，說道：「早知今日，還不如去投了定勝軍，我聽說定勝軍糧餉充足，每隔三天，士卒都可以吃肉呢。」

當下眾人又議論起定勝軍來，這個說定勝軍的甲冑好，那個說定勝軍的輕騎實在光鮮，還有人說親眼看到定勝軍給馬都餵豆料，惹得眾人嘖嘖豔羨不已。

他們這般說著話，那老鮑扭頭看見被縛在一旁的袁鮮等人，嘆了口氣，說道：「他們被送到定勝軍中，只怕那崔公子發覺對符元兒招降無用，定然也會將他們殺了，都是可憐人，給他們一塊糕吃吧。」聽老鮑這麼說，便有鎮西軍幾名兵卒從火堆邊起身，拿了糕來，分與眾納褲。

袁鮮和韋谿對望了一眼，兩人皆從對方眼中，看到了一線生機。當下那韋谿大著膽子，戰戰兢兢地開口，先叫了一聲「鮑將軍」，言辭懇切，卻是多謝他送糕。那老鮑渾不在意，只揮了揮手，那韋谿便膽子又大了三分，說道：「愚生有一句話，想說與將軍聽。」

那老鮑想是見他這麼一位世家公子，卻客客氣氣稱自己將軍，當下笑道：「沒事，你說。」

韋谿膽子又大了五分，說道自己家居洛陽，家中豪闊，財帛無數，只要老鮑等人將自己等人放了，必然奉上萬貫爲報。那老鮑聽完，卻連連搖頭，說道：「這不行，我們鎮西軍軍法甚酷，放了你，我們這裡所有人無路可走，都要被砍頭的。」他頓了頓，又斜乜了韋谿一眼，說道：「再說了，你們現在身上又並無錢財，總不能我們憑空就信了，冒著砍頭的風險放走你們。」

那韋谿聽他這麼說，忽然福至心靈，說道：「愚生但有一策。不如將軍將我等送回洛陽，我等必然在大都督面前，爲諸位爭得高官厚祿。大都督求賢若渴，對投誠之士極是善待，說不得，鮑將軍你可以得個刺史做做呢！」當下指著袁鮮道：「這是大都督的內弟，絕不能誆騙將軍。」

那袁鮮拚命點頭，說道：「大都督素來愛才，就那符元兒本是給大都督牽馬的奴隸，大都督都封他做洛陽刺史，若得了鮑將軍這樣的人才，定然欣喜萬分，委以重任。」

那老鮑沉吟不語，火光映著他的臉，神色變幻。破廟之外，雨聲如注，下得一陣緊似一陣，嘩嘩有聲，屋頂破處漏雨之聲，淅淅瀝瀝不絕。袁鮮心都提到了嗓子眼，盯著那老鮑，不知該如何誘勸才好，深知能不能活命，便在此人一念之間。

火光飄搖之間，老鮑忽然搖了搖頭，袁鮮一顆心直直地往下沉，只覺得如墮冰窟。只聽那老鮑道：「符元兒都說了，叫我們一刀把你們都殺了，他好似不怎麼在意袁公子的死活。」他看了袁鮮一眼，似乎頗爲不安，「我們要是跟你們一起去洛陽，只怕還沒進城，就被符元兒放箭射死了。」

袁鮮終於明白他的顧慮，想到符元兒那人冷酷無情，還眞的能做出這樣的事情，因此咬牙又言道：「鮑將軍，洛陽城安喜門的守軍乃是我袁氏從前的家將，他定然是會開門放我進城的。將軍若是不信，咱們悄悄潛行至洛陽城外，到時將軍隨我入城，符元兒若眞的不肯任我舉薦將軍，咱們便徑直奪了他的印信，遣快馬去報知大都督，定要替鮑將軍爭個刺史做做。」

那老鮑神色游移不定，思前想後，似乎難以決斷。廟內只聽得火堆之中，柴燒得劈劈啪啪，火苗搖動，映得那老鮑臉上忽明忽暗，神情猶豫不決。又過了片刻，方才冷聲道：「這莫不是你們的計策，將我等騙入洛陽城中，待進了城，你們翻臉把我們全殺了，如何是好？」

韋谿咬牙道：「將軍可將我二人綁在身側，若有不對，將軍一刀殺了我們便是。」

老鮑聽到此處，終於一拍大腿，說道：「好，就信了兩位公子！」當著袁鮮等人的面，又與鎮西軍眾人商議，袁鮮等人不斷許以財帛官位，眾人皆言道在鎮西軍中無糧無餉，受盡委屈，不如投奔洛陽，若能得個一官半職，那才是正經前途。

於是待得雨勢稍緩，眾人再帶著袁鮮等人上馬。這老鮑也十分仗義，說道自己平日最好博戲賭錢，今天便是一場潑天大賭，也不綁袁鮮了，連眾紈褲都不綁了，信就信到底，相信袁鮮等人會帶給自己一場潑天富貴。當下客客氣氣，口稱國公，延請袁鮮上馬，袁鮮心中感動，心道這等豪爽的漢子，比起符元兒那個無情小人，眞不啻天上地下，暗自下定決心，無論如何，自己要讓親姊替此人爭得一個上好的官銜。

一行人悄悄潛行，直到洛陽城下。天色已晚，四野俱黑，只有城樓上燈火依稀。袁鮮也不敢貿然叫城，反倒是那老鮑，想出一個法子，令袁鮮寫了一封書信，縛在箭上，老鮑張弓搭箭，竟然將這枝綁著信的箭，直射入城牆之上。那袁鮮見此箭如流星一般，直入半空，準準落上城頭，不由瞠目結舌，過了半晌方才道：「將軍好本事。」

那老鮑嘿嘿一笑，說道：「國公既然許我做刺史，我當然有些本事，不然自己丟臉是小，失了國公相薦的顏面，那就不好了。」

袁鮮聽他這樣說，甚是稱意，心中又想，這個人不僅有本事，而且知曉分寸，自己確實招攬了一個極好的人才。

話說城樓上的守將姚績，正是袁氏家將出身，見得射進城上的書信，心下大驚，但又難辨眞假，不敢擅開城門，思前想後，叫人將自己從城牆上用吊籃縋下來，待見得果然是袁鮮，頓時又驚又喜；見了鎭西軍服色的老鮑等人，當然又是驚疑不定。

袁鮮將自己勸降老鮑等人的來龍去脈細細說了，聽說要開城門讓老鮑等人進城，姚績不免猶豫。老鮑卻甚是倨傲，一見姚績似有所疑，便對袁鮮說道：「國公許諾富貴，我老鮑心領了。現在國公已經到了洛陽城下，我等卻不能入城，今日便是我賭錯了，願賭服輸。」

那錢有道更是啐了口唾沫，說：「還說自己是國公呢，原來是個說話不算話、只會騙人的玩意兒！」

老鮑冷笑一聲，拉著錢有道等人，轉身便要離去。袁鮮心下大急，心想如此有本事的人，可不能讓他們走脫了，而且自己出城被俘，大失顏面，好容易說服了一隊鎮西軍來歸降，本可有功，這功過相抵，說不定反倒功勞更多些，若是讓老鮑等人走了，自己灰溜溜地進城，那符元兒趾高氣昂，怕不立時就欺負得自己頭也抬不起來。

韋谿見老鮑等人要走，也心下惶急，他的想法與袁鮮不謀而合，尤其他想到是自己攛掇袁鮮帶私兵出城，袁鮮乃是孫靖的妻弟，脫險歸來，符元兒八成不敢殺袁鮮，可自己這條小命就難說了，沒準兒符元兒會殺了自己出氣。那胡兒乃是孫靖愛將，又是洛陽刺史，眞要殺自己，還有人敢阻攔嗎？但若是自己與袁鮮能帶著這投降之軍歸城，說不得有些功勞，可保全性命。當下領著眾紈褲，攔在老鮑等人的馬前，苦苦勸阻。

袁鮮逼著那姚績立時打開城門，又哭訴姚績當日本是白丁，自己的父親對他恩遇隆重，沒想到今日竟負義背信。姚績焦頭爛額，又覷老鮑等人神色，竟然昂然欲走，顯然並無半點入城之念，一時猶豫不決。袁鮮見老鮑拉開韋谿，便要縱馬離去，心下一急，竟然拔出姚績的佩刀，橫刀頸中，說今日不如死在此處。

姚績無奈，心想這一隊歸降的不過數百人，城中有守軍數萬，自己這處安喜門的守軍，亦有千人，允這幾百人進城倒也無妨，若有不妥，待這些人進城之後，再細細搜檢便是，便令城上開門。袁鮮見城門緩緩打開，這才破涕爲笑，延請老鮑入城。老鮑此時也轉嗔爲喜，口稱國公義氣，擁著袁鮮，進了城門。

待一進城門，老鮑便立時拿住了姚績，鎮西軍眾人迅疾如霹靂，取出木楔諸物卡住城門門扇，但聞一聲呼哨，城外忽然漫山遍野湧出無數人馬，皆向城門湧入。

姚績一被拿住便知不妙，待見這千軍萬馬湧入城門，心下大駭，不過片刻，九門預警，城頭燃起熊熊的火光，原來是鎮西軍與定勝軍早就一起埋伏在城外，此刻奪門而入，瞬間就控制了城牆。

符元兒還沒睡。他常年軍伍，便是幕天席地也睡得著，偏今日輾轉難眠，正想要不要更衣去城頭巡查一番，忽然聽到殺聲震天，忙起身著甲。方披掛停當，荀郎將也衝進堂中，告知鎮西軍與定勝軍不知何由賺開了安喜門，大軍已衝入城中。

符元兒心下震動，他久歷軍旅，思忖片刻，喟然嘆道：「安喜門守將乃是袁氏的家將出身，李嶷拿住袁鮮，想必是用計誑開了安喜門！」

不過一瞬，他便沉聲道：「牽馬，隨我迎敵。」

城中守軍雖多，但鎮西軍與定勝軍驟然入城，守軍大多還在熟睡中，便被鎮西軍與定勝軍衝進營房，一片混亂之中，守軍驚惶失措，更兼不知是誰四處大喊裴獻率十萬大軍殺到。裴獻何等威名，那些守軍黑夜之中哪能分辨，鬥志皆失，常常成隊的就降了。便有不降者，老鮑等綁了袁鮮諸人，這些皆是城中世家子弟，洛陽守軍大多將領，皆是這些紈褲父兄的下屬，或是由這些紈褲父兄薦到軍中。老鮑用刀架在這些紈褲頸中，命他們喊話勸降，棄械認降者，十之七八；便有一二冥頑不靈不肯降，也盡被定勝軍和鎮西軍殺了。

符元兒率人苦戰一夜，城牆早就被鎮西軍與定勝軍控制，城中各要緊處，亦皆被勸降接管，分明大勢已去，符元兒卻不肯逃走。待得天明時分，李嶷得報，符元兒帶著幾百親衛被堵在坊中，卻仍負隅頑抗。

此時天已大亮，定勝軍與鎮西軍全軍皆已入城，李嶷正待要去勸降符元兒，忽又聞報，崔公子帶著定勝軍後營人馬亦往此處來了。他便駐馬在街口稍待。

過得片刻，只見崔公子被定勝軍輕騎簇擁而來。有段時日不見，只見這崔公子臉色蒼白，似又消瘦了幾分，想是他那舊疾又發作了。崔公子從來甚是客氣，見了他便在馬背上拱了拱手，稱了一聲「殿下」，李嶷目光在他臉上一繞，已經看到他身後的何校尉。她今日也著了全甲，盔帽下只露出半張臉，卻甚是英武。

當下兩支人馬會合，一起往坊中去，待行得近前，只見遍地狼藉，橫七豎八倒著無數屍體，辨其服色，有定勝軍也有鎮西軍，但絕大部分皆是符元兒的親衛。

符元兒已經窮途末路，被眾人逼在坊間一處牆角。他滿臉汙血，箕坐牆前，手裡還緊緊抓著刀，那刀本是一把精鋼好刀，砍殺一夜，血水直將刀柄上的紅纓皆染作褐色，刃上也崩出了細小的缺口。符元兒握著刀，靠著牆呼哧呼哧喘著粗氣，顯然已經精疲力竭，但目光仍如鷹隼，盯著李嶷等人的一舉一動。待李嶷與崔公子二人皆下馬，他忽地哈哈大笑起來，笑得兩聲，忽然嘴中噴出一口血，嗆得他咳嗽不止。

崔公子走得近了，這才看見這符元兒胸腑間有極深一道傷口，血正湧出來，但符元兒渾不在意，只是看了看李嶷，又看了看崔公子。

李嶷便上前道：「符公，這是崔倚的公子崔琳。」

符元兒抬眼又看了崔公子一眼，問道：「你們是怎麼賺開的城門？」

崔公子便淡淡地將如何與李嶷合謀，令老鮑等人作戲，誆得袁鮮深信不疑，逼得姚績開門，兩軍趁機衝入城中等等講述了一遍。

符元兒點了點頭，說道：「這計策是你想出來的罷？」

那崔公子微微一怔，符元兒卻用手中刀指了指李嶷，說道：「他打仗，大開大闔，不是這種作派，陷殺庾燎才是他行事之風。利用人心賺開安喜門這種詭奇的計策，定然是你想出來的。」

那崔公子倒也坦然，說道：「是我軍中校尉與鎮西軍商議出來的。」

符元兒又抹了一把鬍子上的血，說道：「你麾下有這般人才，其志不小。」

崔公子聽他這般言語，知道他仍在做最後的挑撥，於是微微一笑，並不再多說什麼。

符元兒忽又失聲，笑了起來。「很好！將來這天下，是你們這等少年英傑的。」他勉力舉起刀，遙遙指了指李嶷，又用刀勉力指一指崔琳，說道：「等到你和他爭奪這個天下的時候，該多精采啊！可惜，我看不到了！」言畢，橫刀往自己脖子上一勒，鮮血噴灑，頓時氣絕倒地。

李嶷等人見符元兒不肯逃走，知他早已存了死志，見他橫刀，也皆知搶救不及，只得眼睜睜見他自刎而亡。

符元兒一死，城中守軍皆已盡降，李嶷、崔琳命人厚葬符元兒，然後是受降、清點城中要緊之地等等諸事，忙碌不提。

話說洛陽這樣一座大城，又是國朝的東都，既然收復，不論鎮西軍還是定勝軍，都歡欣鼓舞。依約便由定勝軍入城駐紮，而鎮西軍則退出洛陽城外紮營。

洛陽與西長京相距不過八百餘里，洛陽失陷的消息，卻是由快馬馳道，送入西長京。又因為孫靖離京去了隴右，再由西長京派出快馬疾馳，送至隴右軍前。

孫靖得知洛陽失守，符元兒戰死，痛心不已，只將那袁鮮恨得銜骨。他的一個心腹謀臣辛紱便勸道：「洛陽既失，卻不宜殺袁鮮，以免動搖袁氏闔族之心。」

孫靖吸了口氣，忽道：「梁王是不是還有兩個兒子？」

那辛紱點了點頭，說道：「此二人封邑皆在江南道，當初承順帝萬壽之日，諸王、王孫皆入京祝壽，此二人卻未奉召，不能入京，可見同他們的父親梁王一樣，不甚入承順帝之眼，也因此這二人並未於萬壽宴上伏誅。」他提到先皇，徑直以年號「承順」代之，顯得頗不客氣。

又言道：「梁王長子名李峻，次子李崍。自大都督舉事，李嶷陷殺庾燎大軍，震動天下，這兩人雖庸碌，在江南道也被擁護起來。江南道的那群蠢材，還以為這兩人也像李嶷一樣，堪可領兵一戰呢。此二人攏江南諸府兵大概萬餘人，被陶昝領兵堵在江淮之南，不得北上。」

孫靖若有所思，問道：「這兩個都是什麼脾氣稟性？」

辛紘道：「李峻乃是梁王原配所出嫡長子，養得驕狂；李崍乃是梁王寵妾潘氏所出，其人甚是有些小氣狹隘。這兩人都不知兵，沒什麼過人之處。」

孫靖點了點頭，說道：「派人告訴陶昝，放這兩個人帶兵過江。」

辛紘一時愕然。

孫靖冷笑。「既然都姓李，他的兩個哥哥，可從名義上比他更有資格做那個什麼『平叛元帥』。放他們過江，誘而殲之，把他們倆生擒，然後用他們倆去換袁鮮，看那李嶷是換還是不換。」

辛紘略一思忖，便知道孫靖用意，叉手道：「大都督妙策！若是李嶷不肯交還袁鮮，袁氏自無話可說，大都督殺了李峻、李崍，李嶷自會殺了袁鮮，即使李嶷願意交還袁鮮，放他兩個兄長出去，怕也夠李嶷好一番周折。」

孫靖冷笑。「我倒要看一看，這李嶷是不是絲毫不顧及父兄。」

孫靖這般謀畫不題。李嶷卻也並沒有立時殺掉袁鮮等紈褲。洛陽城破，鎮西軍將袁鮮諸人仍舊關押起來，好吃好喝，那袁鮮渾渾噩噩，死又不敢，活著也戰戰兢兢，時不時就哭一場，不知道何時送命。

李嶷帶著鎮西軍駐紮在洛陽城外，忙著理順接管糧倉軍資等種種細務。再過些時日，鎮西軍便要北上去接收建州城與並南關，而定勝軍亦要東去，支援崔倚。因此這日得閒，李嶷便約了何校尉一起，出城相會。

深秋時分，城外草木微黃，李嶷尋得那地甚佳，乃是山下極大一片緩坡，長滿了野草。他到了此處，便放開了黑駒的轡繩，任由牠去吃草。他自己這陣子攻城受降，連日辛苦，卻尋了個草長得綿厚之處，躺下就睡。

方在睡意朦朧間，忽然聞得黑駒嘶鳴，睜眼一看，果然是她騎著小白來了。那黑駒見了小白，撒開蹄子衝過去，便要咬那白馬的鬃毛。何校尉，不，阿螢忙拉著白馬避讓，那黑駒甚是霸道，竟追著白馬咬。李嶷見此情形，急忙上前，扯住了黑駒的轡繩，將牠遠遠拴在一棵樹上。

她又是好氣，又是好笑，說道：「你這馬怎麼回事，就愛欺負小白。」

他想了一想，無可辯駁，只得躬身道：「我替牠賠禮了。」

她噗哧一笑，便也下馬，將小白轡繩放開，任牠自去吃草。他卻忽地想起一事來，說道：「妳的馬也不怎麼喜歡我的馬，但是妳的馬和妳家公子的馬，卻甚是親密。」

他每每想到捉住韓立那晚，她與那崔公子並轡而去，心中就難免一陣陣泛酸。她卻白了他一眼，說道：「我的馬與公子的馬，乃是同一匹牝馬隔年所生的兩匹小馬駒，當然親密。」

他心中一喜，終於釋然，她卻又道：「就沒見過你這麼小氣的人，連馬都要計較。」

他說道：「妳也見著了，我遇見旁的人，旁的事，都挺大方的，唯有與妳有關的事，不知為何，卻總是小氣起來。」

她本來想再白他一眼，但不知為何，心中一甜，便不再計較。他卻膽子大了一些，見四顧無人，伸手就牽住了她的手。她將他的手甩開，問道：「你今日約我出來，有什麼事嗎？」

他雖然被她甩開手，卻仍是笑嘻嘻的，說道：「沒事就不能約妳出來嗎？」頓了頓，說道：「再過幾日，我就要去建州了，妳說不定也得隨妳們公子往東去接應崔大將軍，咱們只怕有好些時日，不得相見。」

說到此處，他臉上神色不由甚是悵然。她伸手牽住他的手，說道：「戎馬倥傯，乃是常事，雖然一時不得相見，但你可以給我寫信，我也可以給你寫信。再說，將來還怕沒有相見的時日嗎？」

他反手握住了她的手，低聲道：「可是我會很想妳。」

她默默與他執手片刻，方才也低聲道：「我也會想你的。」

兩個人心下皆是悵然，只見黑駒被拴在樹上，不斷嘶鳴，那小白偏又促狹，一邊吃草，一邊故意在黑駒不遠處踱來踱去。黑駒不斷想要掙脫韁繩，但李嶷將韁繩繫得極緊，黑駒打著噴鼻，似乎十分不滿，卻又無可奈何。

兩人看了一會兒兩匹馬，只覺得好笑。她忽然道：「要不，把你那黑馬的韁繩還是解了吧，我看牠都要把鼻子掙出血來了。」

他道：「我的馬有名字，叫小黑。」

她略感意外，說道：「這名字……」

他道：「我剛剛給牠取的。」又道：「妳的馬叫小白，我的馬當然應該叫小黑。」又說：「妳別可憐牠，一旦把牠解開，牠一定就去欺負小白。」

她又氣又好笑，斜睨了他一眼，說道：「呸，平日裡看皇孫挺穩重端莊的，偏要說這麼輕薄的話。」

他渾不以爲意。「那做皇孫在人前，可不得穩重端莊？在妳面前嘛，我不是什麼皇孫，只是十七郎罷了。」說到此處，忽地想起來，說道，「妳還從來沒有叫過我十七郎呢，快叫一聲聽聽。」

她本來在給他做護腕的時候，一針一線，繡出「拾柒」兩個字來，但此刻聽他這般說，卻臉頰發熱，說道：「那不能，我還是叫你殿下吧。」

他說道：「那不行，妳若叫我殿下，我可就覺得太生分了，咱們都要好長時間不見了，妳難道不該叫我一聲十七郎嗎？」

她心想，其實叫他一聲十七郎也是無礙吧，畢竟鎮西軍上下，從裴源到最尋常的士卒，都稱他一聲十七郎，但不知爲何，這三個字便如燙嘴一般，無論如何，都叫不出口。

她素來是個爽利的人，不知今日爲何，竟然糾結起來。他見她有爲難之色，不忍再逼迫，心想反正不管她是不是叫自己十七郎，自己是可以叫她阿螢的。正在此時，忽然頰上一涼，他抬頭一看，原來竟然下雨了。

她嗔道：「你眞選的好日子，偏就下起雨來。」

他是斥候出身，預知天氣對他而言，也不是什麼難事，偏就選了這麼一個日子，適才還風和麗日，此刻就下起雨來。

他渾不以爲意，說道：「我知道這左近有人家，咱們去避一避。」當下兩人拉過馬，上馬徑直朝東南方向而去。那雨淅淅瀝瀝，下得並不甚大，但深秋之雨，侵衣寒涼，幸而不過馳出里許，便看到一帶土垣，掩映著一戶人家。

兩人下馬，叩著柴扉，揚聲詢問，久久不見主人回應，當下便推門進去，只見院中寂寂，只有一棵偌大的柿子樹，樹梢七零八落還掛著些未讓鳥雀啄食的柿子。

兩人把馬拴在簷下，進屋看時，只見房舍之內，器物猶存，但衣裳被褥之類已盡皆收拾一空，桌椅榻上落了薄薄一層灰塵，顯然頗有一些時日無人居住。想是近日戰亂連連，主人家已經闔家逃走了。

李嶷看屋內有灶，簷下堆著柴禾，就抱了一些柴禾進來，生火烘烤濕衣。一生了火，頓時就暖和起來。他見院中樹上還掛著幾個柿子，就摘下來，洗乾淨了，拿與她吃。

阿螢見那柿子不過半拳大小，但遍體通紅，皮薄剔透得似能看到果肉，撕開了外皮嘗了一嘗，並無澀味，於是捧著一只柿子，津津有味地吃起來。

李嶷讓她坐在灶前，一邊吃柿子一邊烘烤著濕衣，然後自己出去轉了一圈，不多時便帶回一些菜蔬，並柳條串著的兩條魚，也不知道他從哪裡撈的。

她吃了兩個柿子，卻把餘下的柿子都洗淨並剝開皮，放在粗陶大碗裡，等著他回來吃。見他帶著菜蔬和魚回來，便笑道：「君子遠庖廚，殿下這是要親自下廚了嗎？」

他從碗裡拿了她剝好的柿子吃，柿子清甜，他心中喜悅，只覺得她剝的柿子比蜜還甜，笑道：「被雨困在這裡啦，不如烤乾衣服，再吃飽了回去。」

當下又去尋得井水，挑了清水來，一邊清洗菜蔬，一邊又在院中尋了塊石板好剖魚。

她坐在灶前看他忙碌，心中不由生起一種淡淡的安然之感，看著他將魚剖好洗淨，走回灶邊來，利索地整治菜肴。

灶台之上雖放著鹽罐，但鹽素來貴重，主人家逃走的時候，早就將鹽都帶走了，他打開鹽罐看了看，勉強從罐壁上刮下一點點鹽粒，就放在魚肚裡。他動作麻利，不一會兒就將菜肴收拾出來，又在火裡扔了幾個芋頭，等燒熟了吃。

她早就將桌椅擦拭乾淨，又洗淨了碗盤竹箸等物，等他做好了菜肴，兩人坐下，不由相視一笑。

這頓飯雖然缺油少鹽，但兩人吃得甚是香甜。等吃完了飯，李嶷坐在灶前，烘烤著背上的濕衣，只見她素手纖纖，十分仔細地在簷下淘洗碗箸，只覺得心中無比安寧。

他幼時在家中頗受冷落，待稍年長，便去了西陲邊地，隱姓埋名，從小卒一步步軍功累積，什麼苦都吃過；命懸一線，萬分危急之勢，也頻頻經歷過。尤其去探黠戾王帳的那一次，可謂九死一生，險些喪命在大漠之中，但他素來不畏懼什麼，因為在這世間，他其實無牽無掛，只不過坦蕩地活著罷了，縱送了性命又有何妨？

自從孫靖謀逆，他率鎮西軍出牢蘭關，一路各種大戰小仗，每次皆是衝鋒在前，也絲毫不以自己性命為懼，便是也因著這份了無牽掛。裴源，甚至裴獻每次都勸諫自己，為了大局，愛惜自己一二。但他從來也不以為意，何謂大局，權柄？功業？甚至，要謀取這天下？就像符元兒最後的言語，還以為他會與那崔公子相爭，但那些東西他絲毫不放在心上，從來也無人知曉他心裡到底是怎麼想的。

從前他也不打算說給任何一個人聽。阿源是很好的，從十三歲就和他一起在鎮西軍中，他知道在阿源眼裡，十七郎就是殿下，眼下又是鎮西軍的統帥，更是平叛王師的主帥。他樣樣出色，帶兵打仗又厲害，是個稱職的主帥，是他們裴家父子要擁護的主上。他與阿源是有著近乎手足之情的，但也就是這樣，反倒有些話，不能同阿源說。

鎮西軍中的同袍，他與老鮑最為要好，但一樣的，那是同袍，縱有些話，也是不能同老鮑說的。

這世間沒有一個人知道，他並不想做什麼殿下，他只是想做牢蘭關裡的十七郎而已。

陷殺庾燎數萬大軍，他心裡只有厭倦。戰爭殺戮，血流遍野，有何可喜。但這般大勝，震動天下，挽救危局，皆是他應爲之事。

應爲之事他從來都做得很好，只有他自己心裡明白，自己不喜，十分不喜，但又不得不在人前人後，挽狂瀾於既倒，扶大廈之將傾。

今日午後，看著她在簷下洗碗，他忽然就覺得，若這樣的辰光，能長久一些該有多好啊。可以燒菜給她吃，吃完看她在簷下洗碗，就如同這世上千千萬萬人的一般，過著尋常日子。

她洗淨了碗，轉過身來，見他正望著自己怔怔地出神，不由問：「你看什麼？」

他一時有幾分愣神，過了片刻才說：「妳洗碗挺好看的。」

他從來是很聰穎的，不知爲何，近日在她面前，總有些傻乎乎的模樣，她卻是懂得的，就在他身邊坐下，倒了一碗熱水遞給他喝，說道：「以後有機會，我常常洗碗給你看。」

這句話，其實說得也傻氣，她也是素來聰明的一個人，但在他面前，也能說出這樣的傻話來。他不由牽住了她的手，兩個人看著灶間燃燒跳動的火焰，靜靜地出了一會兒神。

過了片刻之後，只聽他說：「阿螢，我今日好生歡喜。」

她也點了點頭，輕聲說：「我也是。」

簷外的雨下得越發大了，漸漸雨珠連成了線，院子裡積了薄薄的一層水，雨珠砸下來，冒起一個個圓圓的泡泡。

他說道：「我從小，就不得父王喜歡。那個時候，就覺得王府裡頭，真冷清，沒有半點意思。兄長們都有生母照應，就我，只有一個奶娘，被兄長們百般欺辱，父親不分青紅皂白，定然是回護兄長，拿我是問。那時候我就下定決心，一定要走得遠遠的，還沒滿十三歲，果然讓我找到了一個由頭，把禮部侍郎的兒子揍了一頓。那小子不是什麼好人，仗著家裡有錢，在街坊裡欺負女娘，我就把他打了。這下可熱鬧了，他家哭哭啼啼鬧上門來，我父親把我揍了一頓，但我趁他們沒防備，晚間又偷偷溜出去，把那小子的腿打折了。這下子連先帝都被驚動了，於是下旨，把我發往鎮西軍。走的那天府中人人額手稱慶，都覺得我走了，是府中少了個禍害。我心中痛快，心想你們都不知道，我是故意的，我也早就不想在這府裡待了，甚至，我也不想待在西長京了，我要走得遠遠的，走到沒有一個人認識我的地方去才好。」

他說起這些往事，語氣甚是輕描淡寫，但她心中明瞭，只是用手指輕輕摩挲著他的手背，那個決然不顧而去的小小少年，心裡其實很苦吧，那個家裡沒有一個人對他有家人之情，他心裡其實很難過吧。她忽然很想張開雙臂抱一抱他，雖然如今他已經在萬軍之中，但他其實一直很孤獨吧。

「我以為這輩子我都可以待在牢蘭關了，那也是逍遙快活的。」說到牢蘭關，他眼中頓時有了異樣的神彩，「我喜歡牢蘭關，那裡天地遼闊，有草場，有大漠，有一望無際的瀚海，還有雪山。牢蘭河水就是雪山融化的雪水，漸漸匯流成河。夏天的時候，天時那麼熱，牢蘭河水也是涼的；等到冬天的時候，整條牢蘭河都凍結實了，我們會在河上鑿一個冰洞取水。有時候，能看到雪豹來喝水。雪豹和尋常豹子不一樣，牠皮毛上長滿了斑點，在中原，可沒這樣的豹子，軍中眾人常常說笑，說這樣一張雪豹皮，若在中原，怕不要値萬金。但沒人去獵雪豹，牠太神氣了，也太漂亮了，眞是獸中之王。冬天的晚上，天色是青黑色的，有月亮被雪地反光，映得光亮一片，在關隘上就能看到雪豹悄悄地走到河邊，牠飲水的時候甚是警覺，總是時不時會豎起耳朵，聽著周遭的動靜，稍有不對，牠就會跑掉。牠奔跑的時候可太快了，像閃電一樣，再好的弓箭也追不上牠，牠的爪子在雪地裡踩出印子，特別大，比我的手掌還要大。牠可太機靈了，有時候牠來喝水，城隘上的崗哨都不能察覺，只有第二天看到雪地裡的爪印，才知道牠來過了。」

她想到極西極北那樣蒼涼之地的雪夜，雪光映襯，雪豹豎著耳朵在河畔飲水。朔風呼嘯，捲起雪花，那雪豹飲飽了水，便矯健地躍入茫茫雪野，風雪遮掩了牠的去處，唯有雪中留下一行爪印。那番場景，甚是動人。

她覺得他眞的像他口中的那隻雪豹，聰明，機警，快如閃電。但這話她不好意思說，只道：「將來有時機，你帶我去看一看那雪豹。」

他點了點頭，說：「好。」

她不知不覺，已經依偎在他肩頭，只覺得他肩背寬闊，甚是讓人安心。他伸出手臂，將她攬入懷中，雖然是第一次，卻如同曾經千萬次一般攬她入懷，如此自然，如此熟稔。

他說：「阿螢，我其實不在意那些所謂功業。」

她沉默了片刻，說道：「但為身分所拘。」

他點了點頭，長長呼出一口氣，說道：「沒錯，為身分所拘。」

孫靖謀逆，先帝及太子、諸王皆身死，他被鎮西軍擁護成為勤王主帥，於國，於族，於家，甚至論到為人子，他都該盡自己的應盡之力。驅除孫靖，平定叛亂，救出父親梁王，光復大裕王朝。

「我想過了，太孫迄今並無音訊，沒有音訊，其實就是好消息。」他說道，「韓暢素來是個機智又忠心的人，他既然護衛太孫逃走，那麼一定千方百計，會保護太孫周全。等到戰局稍穩，我便多遣些人才，尋找太孫。如果彼時已經收復西長京，那就再好不過，擁護太孫返京登基；若是彼時還未收復西長京，也沒什麼打緊，太孫可以先登基繼位，我再護衛他還朝。等到了那時候，朝中大定，我就可以回去牢蘭關，繼續戍邊西陲了。」

她聽他一句句說來，心中頗不以為然，但此時此刻，是這般寧靜安詳，她實在不忍心出言打破，便笑著說：「那我就希望十七郎，可以稱心如願。」

她說出了這句話，起先他猶未察覺，只點頭笑道：「那我就謝妳吉言了。」說完這句話，他才猛得反應過來，說道：「阿螢，妳叫我十七郎啦。」

她見他欣喜的模樣，倒好似什麼了不起的大事一般，本來她沒覺得什麼，被他這麼一說，倒有一分不自在了。她便笑著岔開話：「你剛才同我說了牢蘭關，我還沒同你說過營州呢。」

他喜滋滋地道：「營州我喜歡。」

她道：「你都沒去過，你怎麼就喜歡營州？」

他說道：「營州有妳啊，我當然喜歡。」

他說得那般坦蕩自然，她心中一甜。

說起營州，她眼中亦有了異樣的神采，營州亦是天地開闊之地，而且不比西北荒涼，營州水草豐茂。

「我阿爹常說，營州黑土豐饒，種什麼，長什麼。」她說道，「也確實如此，隨便撒點種子，便生得好莊稼，也因是如此，揭碩人虎視眈眈，總想搶了這片地，好放牧生養。」

她又說起營州的春天來：「在我們營州城外的山上，漫山遍地都是野杏花。春天的時候——營州苦寒，春天來得晚，總要四月——山上的野杏花都開了，整個山頭都是粉色的，可好看了。」她笑著同他說，「等將來有時機，我一定帶你去看那些杏花。」

他悠然嚮往了片刻，說道：「漫山遍野的杏花，一定好看。」又說道，「西長京外有樂遊原，原上也遍植桃李杏花，春天的時候，從樂遊原上，還能俯瞰西長京。站在樂遊原上，西長京參差十萬人家，城池宮苑，皆在眼底。而樂遊原上，春日花開，燦若雲霞。從西長京中遙遙相望，都覺得如同仙境一般，彷彿神仙之地。」他笑道，「我小的時候，最喜歡從家裡悄悄溜出去，去樂遊原，在家裡百般煩惱困苦，但是到了樂遊原上，那些煩惱就拋諸腦後，就像它的名字一樣，樂遊原。我想天上的白玉京，應該就像樂遊原一樣，有花，有樹，有水，有山川，是何等逍遙快樂之地。」

她也悠然神往，說道：「我還沒有去過西長京，更沒有去過樂遊原。」

他道：「到時候我帶妳去。」他又說道，樂遊原上有一片茂林，穿過茂林有一個湖，那裡絕無人跡，是他無意中發現的，甚是幽僻。

他笑道：「我小時候有好些玩意兒，怕家裡發現，都藏在樂遊原那湖畔的樹林裡。受了委屈，心中百般不快活，就跑到那湖畔對著水，大喊大叫，發洩一番，也不覺得委屈了，現在想想，雖然幼稚，但還好有樂遊原。」

她拉著他的手，說道：「若是小時候，我能認得你就好了。」

他心中感念，知道她是希望小時候若能認得自己，定然不會讓自己覺得那般孤獨，但是無甚要緊，反正現在他已經遇到她了。從前的孤獨都過去了。

他心裡的喜沒人可說，他心裡的憂沒人可說，但已經過去了，他終於遇見她了。

兩人靜靜地又執手依偎片刻，她忽地想起一事，便問道：「咦，怎麼沒聽見馬叫？」

他們本來將兩匹馬皆拴在簷下避雨，想那小黑一見了小白就要廝咬，但避雨要緊，廝咬就廝咬吧。但偏生此刻才留意，外邊靜悄悄的，只聽見嘩嘩的雨聲，並不聞兩馬廝咬之聲。

兩人起身，推開窗子一看，只見小白乖乖地避在簷下，那小黑偌大一匹黑駒，卻在外頭淋雨，見兩人開窗，小黑打了個噴鼻。李嶷以為牠是被小白趕出去的，當下又氣又好笑，便出去牽了韁繩，要將牠拉回簷下。誰知那黑駒扯著韁繩不肯過去，李嶷細看，只見簷下堪堪只能橫著避一馬，若是兩匹馬都在簷下，要麼兩匹馬頭頸皆在露天被雨澆，要麼就是兩匹馬後蹄屁股皆要被雨澆。

李嶷一怔，過了半晌方才哈哈大笑，拍了拍黑駒的馬頸，再不管牠，徑直回到屋中。阿螢在窗下看得分明，也明白過來，卻也是又氣又好笑，對小白道：「你就不能大方一點，讓一半給牠，大家同甘共苦。」

小白一雙大眼睛看著她，長長的睫毛忽閃，顯得十分無辜的樣子，彷彿是在說，牠願意讓我避雨，妳說我做什麼？

灶間的芋頭烤熟了，傳出一陣陣香氣，兩個人剝了芋頭吃，滾燙糯甜。她臉上吃得都是黑灰，他一時起了促狹之心，趁她不備，悄悄用手指蘸著草木灰，出其不意，突然伸手就在她嘴角畫了兩撇鬍子。她大為惱怒，拿著芋頭皮就砸向他。「真是沒良心，你的馬都知道讓著小白，你卻不讓著我。」

他一邊笑一邊躲閃，說道：「那不能讓，我倒寧可妳惱我、記恨著我呢，將來好長時日不見，妳想起我來就生氣，豈不是沒那麼難過了。」

她聽聞此話，不由怔了一怔，手也慢慢放下去。是啊，今日歡愉何其短暫，有好長一段時日，只怕他們都不能相見。

她拿了一塊芋頭，出去餵給小黑吃，小黑高興地抿耳甩尾，吃了芋頭，又伸出舌頭舔她的手。小白看得都生氣了，「希聿聿」一聲長嘶，似在警告小黑。但牠的韁繩被繫得很短，再說了，牠是一匹漂亮的白馬，也不願意走到稀爛泥濘的雨地裡去。

李嶷在窗前，看著她在晶亮的雨絲中，餵小黑吃芋頭。她回過頭來對他一笑，她的眼睛比雨絲更爲晶亮，彷彿匯聚了這世間所有的光。

天色漸漸黯淡下去，雨也下得小些了，似牛毛，似細芒；過得片刻，雨絲更細了，漸漸變成了霧氣一樣，若有似無。

他們該回去了。

她要返回洛陽城中，他要回去鎮西軍的營地，他便將她一直送到渡口。這裡是僻野之地，洛水上的渡口不大，船更小，渡夫無奈，先將她的馬載了過去。

他心裡還有很多話，千言萬語，都想說給她聽，但又覺得，都不必說了，因爲她明白，她懂得。

她心裡也有很多話，但也知道不必說，因爲他明白，他懂得。

兩人站在渡口，暮色蒼茫，極遠極遠處似有人煙，淡青色的煙霧四散開去，融在似有若無的暮靄裡。深秋時分，臨夜已經十分寒冷，何況適才又下過雨，只見洛水茫茫，水面上泛著細白的水霧。水畔蘆荻諸物皆已經衰敗枯黃，越發顯得離意蕭蕭。

他聽見「咿呀」的櫓聲，是渡夫搖著櫓回來了，就要渡她過河去了。他心中有萬千不捨，最後終於只是伸手捏一捏她的手，說道：「保重。」

渡船已經靠岸，渡夫招呼著她上船，她忽然從懷中掏出一物，就在他眼前晃了晃，他看得分明，正是自己那根繫著明珠的絲絛。她曾經騙他說丟了，果然她還好好收著。

她說：「你給我繫上吧。」

他一時無措，定了定神，終於伸出手來，接過那根絲絛，十分鄭重地，給她繫在腰帶間。

明珠在她腰間輕輕晃動，便如他的一顆心一般，緊緊跟隨。

她跳上船，揮手朝他作別。

洛水並不寬闊，渡船漸漸搖到了洛水中間，她的身影小了些，變纖細了些，又過得片刻，渡船已經到達了彼岸。她翻身上馬，又隔河朝他揮了揮手。

他也上馬，朝她揮了揮手。

然後，縱有萬般不捨，她也掉轉了馬頭，沿著洛水，朝下游馳去。

他掉轉了馬頭，方馳出數步，忽然又勒住韁繩，掉轉馬頭，也朝下游馳去。

水上霧氣漸散，暮色越濃，洛水輕淺，兩騎隔著洛水，一起疾馳。她遙遙望著他，他也遙遙望著她，緊緊追隨。

隔著洛水，她大聲道：「十七郎，你回去吧。」

他大聲道：「阿螢，這二十年來，我未曾有過今日這般平安喜樂。」

她微微一笑，馬蹄輕快，兩騎雖隔著洛水，但相伴疾馳，她心中也有無限喜悅，高聲答：「十七郎，我也是！」

她聽見他的聲音，充滿了喜悅與期待，他大聲喊：「待到天下安定，妳我並肩同遊樂遊原！」

她笑著高聲應答：「一言爲定！」

〈上冊完，故事未完〉

國家圖書館出版品預行編目資料

樂遊原 / 匪我思存著. -- 初版. -- 臺北市：春光出版, 城邦文化事業股份有限公司出版：英屬蓋曼群島商家庭傳媒股份有限公司城邦分公司發行, 2023.07
面；　公分. --
ISBN 978-626-7282-22-9 (上冊：平裝). --
ISBN 978-626-7282-23-6 (下冊：平裝)

857.7　　112009499

樂遊原・上

原著書名／樂游原
作　　者／匪我思存
企劃選書人／王雪莉
責任編輯／何寧

版權行政暨數位業務專員／陳玉鈴
資深版權專員／許儀盈
行銷企劃／陳姿億
業務協理／范光杰
總　編　輯／王雪莉
發　行　人／何飛鵬
法律顧問／元禾法律事務所　王子文律師
出　　版／春光出版
臺北市 104 中山區民生東路二段 141 號 8 樓
電話：（02）2500-7008　傳真：（02）2502-7676
部落格：http://stareast.pixnet.net/blog　E-mail：stareast_service@cite.com.tw
發　　行／英屬蓋曼群島商家庭傳媒股份有限公司城邦分公司
臺北市中山區民生東路二段 141 號11 樓
書虫客服服務專線：（02）2500-7718 /（02）2500-7719
24小時傳真服務：（02）2500-1990 /（02）2500-1991
服務時間：週一至週五上午9:30～12:00，下午13:30～17:00
郵撥帳號：19863813　戶名：書虫股份有限公司
讀者服務信箱E-mail: service@readingclub.com.tw
歡迎光臨城邦讀書花園　網址：www.cite.com.tw
香港發行所／城邦（香港）出版集團有限公司
香港灣仔駱克道 193 號東超商業中心 1 樓
電話：（852）2508-6231　傳真：（852）2578-9337
E-mail : hkcite@biznetvigator.com
馬新發行所／城邦（馬新）出版集團【Cite (M) Sdn Bhd】
41, Jalan Radin Anum, Bandar Baru Sri Petaling,
57000 Kuala Lumpur, Malaysia.
Tel:（603）90563833　Fax:（603）90576622　E-mail:cite@cite.com.my

封面設計／蔡佩紋
封面插畫／辰露
內頁排版／芯澤有限公司
印　　刷／高典印刷有限公司

■ 2023 年 7 月 27 日初版一刷　　Printed in Taiwan

售價／360元

城邦讀書花園
www.cite.com.tw

ISBN　978-626-7282-22-9

104 臺北市民生東路二段 141 號 11 樓

英屬蓋曼群島商家庭傳媒股份有限公司
城邦分公司

請沿虛線對折，謝謝！

愛情・生活・心靈
閱讀春光，生命從此神采飛揚

春光出版

書號：OF0094　　書名：樂遊原・上

請於此處用膠水黏貼

讀者回函卡

謝謝您購買我們出版的書籍！請費心填寫此回函卡，我們將不定期寄上城邦集團最新的出版訊息。亦可掃描 QR CODE，填寫電子版回函卡。

姓名：________________________

性別：□男 □女

生日：西元________年________月________日

地址：________________________

聯絡電話：________________ 傳真：________________

E-mail：________________________

職業：□ 1. 學生 □ 2. 軍公教 □ 3. 服務 □ 4. 金融 □ 5. 製造 □ 6. 資訊

□ 7. 傳播 □ 8. 自由業 □ 9. 農漁牧 □ 10. 家管 □ 11. 退休

□ 12. 其他 ________________________

您從何種方式得知本書消息？

□ 1. 書店 □ 2. 網路 □ 3. 報紙 □ 4. 雜誌 □ 5. 廣播 □ 6. 電視

□ 7. 親友推薦 □ 8. 其他 ________________________

您通常以何種方式購書？

□ 1. 書店 □ 2. 網路 □ 3. 傳真訂購 □ 4. 郵局劃撥 □ 5. 其他 ______

您喜歡閱讀哪些類別的書籍？

□ 1. 財經商業 □ 2. 自然科學 □ 3. 歷史 □ 4. 法律 □ 5. 文學

□ 6. 休閒旅遊 □ 7. 小說 □ 8. 人物傳記 □ 9. 生活、勵志

□ 10. 其他 ________________________

請於此處用膠水黏貼